Una madre

Novela

Alejandro Palomas

Una madre

DESTINO

Certificado PEFC

Este libro procede de bosques gestionados de forma sostenible y fuentes controladas

PEFC

PEFC/14-38-00305

www.pefc.es

Ediciones Destino es un sello de Editorial Planeta, S. A.
Avda. Diagonal, 662-664, 08034 Barcelona (España)
www.edestino.es
www.planetadelibros.com

Adaptación de la cubierta: Booket / Área Editorial Grupo Planeta
Imagen de la cubierta: © Collage de Gabriel Sanz Balfagón, cedido por Ediciones Siruela, S.A., Madrid, 2018; Fotografía: © Olga Ekaterincheva -Shutterstock
Primera edición en Colección Booket: septiembre de 2021
Segunda impresión: diciembre de 2021
Tercera impresión: marzo de 2022

Depósito legal: B. 11.680-2021
ISBN: 978-84-233-6008-6
Impresión y encuadernación: QP PRINT
Printed in Spain - Impreso en España

Biografía

Alejandro Palomas (Barcelona, 1967) es licenciado en Filología Inglesa y máster en poética por el New College de San Francisco. Ha compaginado el periodismo con la traducción de importantes autores y con la poesía (*Quiero* y *Una flor*). Entre otras, ha publicado las novelas *El alma del mundo*, *Agua cerrada* y *El tiempo que nos une*. En 2016 recibió el Premio Nacional de Literatura Juvenil por *Un hijo*, cuya secuela, *Un secreto*, se publicó en 2019. La exitosa trilogía *Una madre*, *Un perro* y *Un amor* (Premio Nadal 2018) retrata a una familia que ha enamorado a miles de lectores. Con *Un país con tu nombre* (Destino, 2021) inicia un nuevo universo literario. Su obra ha sido llevada al cine y al teatro y se ha traducido a más de veinte lenguas.

Twitter: @Palomas_Alejand
Instagram: @alejandropalomas
Facebook.com/PalomasAlejandro

El buen funámbulo sabe
que el verdadero vacío está arriba.

A todos los que mantienen el equilibrio.
A mi madre.
Y a Rulfo, siempre.

Libro primero

Algunas luces y muchas sombras

«No se puede encontrar paz evitando la vida, Leonard.»

VIRGINIA WOOLF en la película
Las horas, basada en la novela homónima
de MICHAEL CUNNINGHAM

Uno

Mamá había dicho que ella misma compraría las flores, pero con tanto ajetreo se le ha olvidado pasar esta tarde por la floristería y nos hemos quedado sin. Ahora cuenta uvas a mi lado. Las arranca delicadamente del racimo mientras escucha la radio que suena a tres bandas en el pequeño apartamento: en el transistor que está en la encimera de la cocina, en el que se ha dejado encendido en su habitación y, por último, en el que tiene instalado en el cuarto de baño y que raras veces apaga. Sentados a la mesa del comedor, ella cuenta uvas y yo doblo las servilletas rojas con estampados navideños mientras en el horno se enfría la crema de espárragos y un asado de algo que supuestamente debería ser pavo pero que parece otra cosa.

Al otro lado del ventanal es noche cerrada. En el suelo, junto al sofá, duerme acurrucado Max. Tiene la cabeza apoyada en un pequeño charco de babas y da patadas en sueños. Shirley, la perrita de mamá, duerme junto a él en la cesta, tapada con su manta de cuadros.

Barcelona. Hoy es 31 de diciembre.

—Seremos cinco —dice mamá—. Eso sin contar a Olga, claro. —Olga es la novia de Emma, o, como la llama Silvia cuando no tiene a Emma a tiro, «la añadida», de ahí que mamá siempre la cuente aparte. Y no es que lo haga con desprecio. Simplemente cuenta como cuentan las madres: los míos a un lado, los demás al otro. Aquí mi sangre, allí lo que no la tiene—. Aunque tío

Eduardo llegará un poco más tarde, porque su vuelo lleva retraso —aclara, apartando doce uvas y metiéndolas en el primer bol. Luego sigue contando. Al ver que no digo nada, para y me mira—. ¿Pasa algo?

Niego con la cabeza. Mamá está nerviosa e ilusionada. Lleva así unas semanas, desde que tiene la certeza de que esta noche estaremos todos. Por fin, después de tantos intentos frustrados, los que somos su sangre nos sentaremos a la mesa a celebrar el fin de año y brindaremos juntos. Es un gran día para ella y no lo disimula, porque no sabe hacerlo. Desde que se divorció de papá, siempre ha pasado algo, algo ha terminado torciéndose y la cena de Nochevieja ha estado coja. La primera Navidad, Emma se quedó colgada casi un mes en Argentina porque la compañía aérea en la que viajaba se había ido a la quiebra, dejando al pasaje de todos sus vuelos en tierra. Tío Eduardo fue el siguiente en faltar: decidió un año más tarde irse a vivir a Lisboa y estaba por esas fechas a la espera de recibir el par de contenedores llenos de muebles que al parecer se habían perdido por el camino y que por fin habían aparecido en Tánger. Y el año pasado nos tocó a Max y a mí. El día 31 a mediodía, mientras jugaba con él en el parque, su pelota rebotó contra un árbol y salió despedida a la calle. Max hizo lo que jamás había hecho hasta entonces: echó a correr tras la pelota como si le fuera la vida en ello y al salir a la calle un 4x4 se lo llevó por delante. Pasamos la noche en urgencias de la Facultad de Veterinaria, él milagrosamente ileso, aunque en observación obligada; yo con dos trankimazines en vena, tumbado en una camilla entre Max y un shar pei con cara de buda enfurruñado que no paraba de aullar porque al parecer tenía un no sé qué en los intestinos, así que para mamá la cena fue de nuevo un mar de pocas luces y muchas sombras.

Esta es, por fin, la noche de mamá, y ella lleva en danza desde las seis de la mañana, tan emocionada que, entre los nervios, la torpeza que la caracteriza y lo poco que ve, llevamos un récord de damnificados adicionales amontonados junto al cubo de la basura.

—Saca eso antes de que llegue Silvia, por favor, Fer —me suplica con cara de angustia antes de sentarse con las uvas a la mesa—. Ya sabes cómo se pone tu hermana cuando rompo algo —añade al tiempo que mira de reojo la bolsa con los restos de la lámpara de porcelana, tres vasos, dos marcos de fotografías, una jarra de agua y una tetera supuestamente china que hasta la fecha era la estrella de su colección de horrores en miniatura, cortesía de un periódico que ella se niega a leer, pero que compra «por los regalos».

Ahora me mira desde su lado de la mesa y de repente hay en sus ojos tanta ilusión contenida, tantas ganas de que la noche sea un éxito y de tenernos a todos aquí que, a pesar del día que me ha dado, reprimo las ganas de abrazarla y decirle que no se preocupe, que todo va a salir bien.

—¿Tú crees que les gustará? —pregunta por enésima vez, volviéndose a mirar el horno—. Es que... estaba pensando que a lo mejor es poca comida. Aunque, claro, también están las dos ensaladas, y tío Eduardo seguro que llega con algo del Duty Free. Y además quedan los turrones que trajo Silvia el día de Navidad, y...

—Cálmate, mamá —la corto con suavidad—. Habrá comida de sobra.

Debemos de haber tenido esta conversación al menos una decena de veces en las últimas tres horas. ¿Llegará la comida? ¿Será suficiente? ¿Les gustará? ¿Hace mucho calor? ¿No sería mejor que bajáramos un poco la calefacción? ¿Encendemos ya las velas o esperamos a que lleguen? ¿Y el aperitivo? Ah, ¿sin aperitivo?

¿Tú crees?... Preguntas. Mamá lanza preguntas al aire como si fuera repasando los ingredientes de una receta que ya no permite demasiados retoques, porque la hora es la que es y a estas alturas deben de estar todos en camino. Sus preguntas esconden otras de distinto calado, y solapan las que realmente la tienen así, sufriendo por adelantado, entre la ansiedad y una emoción casi infantil que no ha aprendido a controlar a pesar de los años: son esos interrogantes que la atormentan y que ni ella ni ninguno de nosotros podemos resolver de antemano, porque algunas familias son así —somos así—, así de intensas, así de imprevisibles y de arrebatadas; son esos interrogantes que, si mamá se atreviera a darles voz, sonarían así: «¿Tú crees que Silvia se comportará y no se las tendrá con Olga? ¿Y que no empezará a hablar de política y a cargar contra los bancos o contra tu padre y tendremos la fiesta en paz? ¿Y tío Eduardo no nos contará ninguna historia de esas cochinas de sus viajes que a Olga la ponen así tan... tan...? Y dime que no se presentará ningún vecino del edificio, como hace dos años, cuando apareció el señor Samuel, el del 1.º C, con la pobre cubana mulata esa medio desnudita, preguntando si teníamos una botella de ron, y la cubana que luego volvió porque se quería quedar con nosotros y... ay, hijo, dime que no».

Y es que, aunque desde que papá ya no está se han liberado muchos nudos y mucha tensión con los que afortunadamente ya no nos toca lidiar y la cena de Nochevieja se ha suavizado mucho, el fin de año es una fecha que a esta familia se nos atraganta. Por eso llegamos tensos a esta noche, decididos, cada uno desde su rincón de vida, a corregir en lo posible la intensidad del año anterior y pasar una velada ligera, charlando tranquilamente de naderías y compartiendo un sentido del humor en el que todos nos reconocemos y que nos hace más familia, que nos habla mejor de lo que somos juntos.

Hasta la fecha, los intentos han sido siempre fallidos.

A eso hay que sumarle que desde hace unas semanas algo parece haber puesto en alerta a mamá. Está inquieta, preocupada. Sin saberlo, barrunta cosas que todavía le son ajenas, verdades todavía no perfiladas. Luces y sombras. Está torpe. Hace más ruido.

No imagina que quizá tenga razones para estarlo. Razones que desconoce.

Todavía.

—No, no me pasa nada —respondo, intentando olvidar la última cena en la que estuvimos todos y tío Eduardo quiso sorprendernos con un «regalazo» (así lo anunció él, golpeando con una cucharilla la copa de champán, con tan mala suerte que la copa quedó hecha trizas al tercer golpe y sembró de cristales el mantel). El regalo en cuestión fueron unas carpetas de colores con información detallada de cómo hacernos socios de Dignitas, la sociedad esa de suizos que ayudan a suicidarse al mundo. A la carpeta había adjuntado una copia del formulario para redactar el testamento vital. Olga, católica de la rama amarga donde las haya, se había puesto verde; y Emma se había echado a llorar así, como llora ella, sin hacer ruido, porque acababa de morírsele su perra Lúa y de repente se sentía culpable ahora no me acuerdo de qué. Luego los mayores habían bebido un poco de más, y tío Eduardo se había caído por las escaleras (mamá vive en un primero) y habíamos tenido que llamar a una ambulancia. Durante el trayecto al hospital no dejó de agitar en el aire su copia del testamento vital mientras le gritaba al enfermero, arrastrando las palabras como un viejo beodo: «¡Sois todos unos asesinos y unos mariquitas, pero conmigo no vais a poder! ¡Demonios, más que demonios!».

Sí, dejando a Olga a un lado, seguimos siendo cinco. Dos generaciones de hermanos: la de mamá —tío Eduardo y ella— y la mía —Silvia, Emma y yo—, como dos raíles en paralelo cruzando el tiempo, separados esta noche por la mesa, los platos, las copas y las interpretaciones múltiples de nuestra historia en común.

Sin papá. Sin los abuelos.

Ellos muertos. Él ido. Ausentes todos.

Y yo aquí, contando uvas con mamá como si nada, temiendo —como ella— lo que quizá depare la noche en esta mesa puesta para siete. «Que nada se tuerza, por favor, que nada se tuerza», la adivino pidiendo en silencio, mientras recuerdo de pronto la confesión que hace apenas cuarenta y ocho horas me ha hecho Silvia y cuyo peso noto desde entonces sobre los hombros como una segunda piel.

Y es que en mi radar particular palpita desde hace unas horas una luz roja que conozco bien. Es una luz que titila, cada vez más clara, en la pantalla rectangular de mi mente, roja sobre fondo blanco como las servilletas que ahora doblo.

A un lado de la mesa, mamá inspira hondo y saca despacio el aire por la nariz. A este lado, yo la miro y la siento cerca. Mamá es parte de mí, de lo que me gusta y no me gusta tener conmigo.

«Es muchas cosas. A veces, demasiadas», pienso mientras seguimos preparando la mesa y en la radio alguien se ríe. Hablan de uvas, de años anteriores y de cosas que no interesan nada. Lugares comunes. Huecos. Ruido navideño.

Falta poco.

Deben de estar a punto de llegar.

Dos

Mamá se vuelve a mirar hacia la cocina y entrecierra los ojos. Hay demasiadas lámparas encendidas y la fotofobia —la suya— no perdona. Un sesenta y cuatro por ciento de discapacidad; eso es —entre otras muchas cosas— mamá, aunque en la ONCE no la admitieron en su día porque nos dijeron que la fotofobia no era certificable y solo aceptaban a gente con discapacidad visual no menor del sesenta y cinco por ciento. Cuando salimos de la consulta del médico que la evaluó (un tipo infame con los dientes marrones y una joroba como una colina galesa que ni siquiera se levantó a saludarnos cuando entramos y que no miró a mamá en ningún momento), nos sentamos en una terraza a tomar algo. Era agosto y hacía un calor espantoso. Mamá estaba ausente, disfrutando de su cerveza como una niña. El asfalto ardía. El aire también.

—Bueno —dijo por fin con los bigotes llenos de espuma y una sonrisa de felicidad que auguraba una de esas salidas que Silvia no suele encajar bien y que tío Eduardo, en su afán de sonar joven y al día, califica como «de flipar»—. ¿Ves como no estoy tan mal?

La miré.

—No —dije con la mandíbula apretada—. Llevas un año magnífico, la verdad. Solamente te han quitado de la espalda dos melanomas, no ves tres en un burro y vives en un piso de protección oficial para mayores de sesenta y cinco con una perra minúscula que come kleenex usados y una vecina llamada Eugenia que vende Tupperware de extranjis y tira la basura al contenedor por la ventana. Estás es-tu-pen-da, mamá. Todos estamos estupendos. De hecho, somos la Familia Estupenda. No sé por qué no nos han llamado de *Informe Semanal* para el especial de verano.

Arrugó el morro un poco y luego se tomó un buen trago de cerveza.

—Qué exagerado, hijo —replicó, negando con la cabeza—. Tienes rabia. Lo percibo. —Y poniendo los ojos en blanco, añadió—: Es una corriente vibratoria que siento aquí —remató, apoyándose los índices en el esternón.

Sí, tenía rabia. Y mucha. Contra el médico jorobado de los ciegos, contra el calor demoniaco de ese mediodía infernal y contra mí mismo por no ser capaz de tomarme las cosas con el humor y la despreocupación de mamá. «Debería volver a fumar», pensé en un arrebato de mal genio mientras la veía mojar otra vez los bigotes en espuma con cara de felicidad. No pude evitar soltarle un nuevo latigazo:

—Hay que ver, desde que sabes que solo tienes un sesenta y cuatro por ciento de discapacidad te has vuelto muy observadora, mamá.

—Ji, ji, ji. —La risilla, la suya, se convirtió en tos, y la tos esparció un reguero de espuma por toda la mesa. Cuando quiso coger una servilleta para limpiarla, la mano barrió todo lo que encontró a su paso y la botella salió disparada hacia la acera, rodando hasta la alcantarilla. Dos chicos repletos de tatuajes que estaban sentados en el respaldo de un banco, intercambiando algo que no eran cromos y escuchando una música rapera en un teléfono de esos que venden en los «paquis», se pusieron a aplaudir.

—Qué monos —dijo mamá, saludándolos con la mano. Ellos le sonrieron. Entre los dientes del de la izquierda brillaron un par de fundas de oro y un brillante. El de la derecha se colocó un porro en la boca y le dio una calada que le debió de calcinar la mitad del cerebro—. ¿Ves como no estoy tan mal?

No pude evitar una sonrisa. En ese momento le sonó el móvil, una especie de mamotreto con pantalla fosforescente y teclas como platos que le había traído tío Eduardo de Hong Kong y del que cada vez que alguien llamaba saltaba la voz de una china que declamaba a grito pelado una página entera del *I Ching*.

—¡Eduardo! —gritó mamá cuando por fin pudo contestar y la china dejó de salmodiar con voz metálica—. Sí, sí, sí. Estoy aquí con Fer, en una terracita. Sí. No. Ah. Qué bien. No, no me han dado la subvención porque me falta un punto. ¿A que es fantástico? Si es que ya lo sabía yo. Estoy estupenda. Claro. Sí, celebrándolo con una cerveza. Ay, no sabes los nervios que he pasado, Eduardo. ¿Te imaginas que me meten en uno de esos quioscos con un perro a vender rasca-rascas? ¡Con lo que me gusta a mí jugar a la lotería!

Cuando colgó, guardó el teléfono en su funda de piel rosa de Bob Esponja y me miró.

—¿Te pasa algo?

Quise decirle que sí, que algo me pasaba, que habíamos ido hasta allí con aquel calor que fundía las palmeras un 17 de agosto buscando algo y que ese algo era una ayuda para que pudiera manejarse mejor en la vida; que la respuesta buena era «sí, señora, hay ayuda» y que la mala era «no, señora, no hay ayuda», pero la vi tan entusiasmada y tan feliz, protegiéndose los ojos con la mano para poder ver algo y esa cara de no haber roto nunca un plato, que mi respuesta fue:

—Cómo me gustaría que me gustara la cerveza.

Ella torció un poco la boca y suspiró.

—Mmm.... Todo es cuestión de intentarlo, hijo. —Tomó un par de sorbos mientras desde el banco de los dos adolescentes nos llegaba una nube tóxica de porro que me llenó los ojos de lágrimas y en la que mamá ni siquiera reparó—. A mí al principio, y te hablo de hace muchos años, no me gustaba, no había manera. Me daba un asco... y ahora ya ves. —Tomó otro buen trago y remató con—: Oye, a lo mejor podrías pedirle a Ingrid que te hiciera reiki. Total, si trabaja con alcohólicos y con animales, igual también trabaja con abstemios.

Tragué saliva. Ingrid es una amiga sueca de mamá. Tiene cincuenta años y, además de trabajar en un turoperador de viajes de aventura a las ex repúblicas soviéticas, está enamorada de Arundel, un chico veinticinco años menor que ella al que estuvo viendo solo media hora al día durante una semana —Ingrid estaba lesionada porque en una sesión de chamanismo, el chamán le había atizado con una especie de maraca de hierro en la cadera y se la había desplazado un poco, y Arundel era su fisio—. El chico en cuestión, que ya entonces estaba casado y tenía un hijo, se había vuelto a Venezuela poco después de terminar su máster en Barcelona y desde entonces Ingrid ahorra como una posesa durante el año para pasar el verano en alguna ONG de Caracas, porque después de haber leído *El secreto* está convencida de que el destino la llevará hasta Arundel y de que él la espera, aunque el pobre todavía no lo sepa. Ingrid es además maestra de reiki para animales de granja, pero no practica mucho porque hace unos meses realizó una práctica con un semental de caballo árabe y el caballo intentó montarla, y, como ella se resistió, el bicho le arrancó la mitad del pelo.

—Mamá, Ingrid es una chiflada que un día aparecerá troceada en la hoguera de algún chamán de esos que la fustigan en público. No fastidies.

Se llevó la mano a la mejilla y negó despacio con la cabeza.

—¿Tú crees? Pobrecita, si es que es tan buena... ¿sabes que no cobra a sus pacientes?

—No, pero no me extraña. De hecho, lo que me extraña es que tenga pacientes.

—Y el otro día me contó que un señor le pidió si podía hacerle reiki en... bueno, en las cositas, porque no le funcionaba el... aparato, y a la muy boba no se le ocurrió otra cosa que decirle que sí.

—¿Y?

—Pues que le puso las manos.

—¿Y?

—Pues que parece que funcionó.

—Mamá...

—Y se le hizo la cosa encima.

—¡Mamá!

—Ay, hijo, yo te cuento lo que ella me dice.

En fin. Que mamá no ve. A eso iba. Y menos cuando hay exceso de luz. Y cuando no ve y, como ahora, está sentada a una mesa, hay que ir vigilándola porque como mueve las manos como las mueve, suele terminar todo en el suelo. A veces, hasta ella.

—¿Quieres que apague alguna lámpara, mamá?

Parpadea y se mete una uva en la boca. Luego niega despacio con la cabeza y se cubre los ojos con la mano a modo de visera. Y dice:

—Me da en la nariz que a tu hermana le pasa algo.

Me encojo un poco. Cuando mamá empieza con uno de sus «me da en la nariz», sé que no vamos a terminar bien, porque algo empieza a no estar bien. Me pregunto si sabe más de lo que dice y si lo que quiere es cotejar informaciones. No, no puede ser que Silvia le haya contado algo. A mamá no.

—Tengo dos hermanas, mamá —le digo, levantándome a apagar la radio e intentando quitar hierro a su comentario—. ¿De cuál de las dos estamos hablando?

—De Emma, claro.

Respiro más tranquilo.

—Ya, a Emma siempre le pasa algo.

Niega con la cabeza y chasquea la lengua.

—Qué cosas, ¿no? —dice, mientras pierde la mirada en la ventana—. A Emma siempre le pasa algo y a Silvia nunca le pasa nada. —Tiene razón. En su mecanismo mental de peculiar andamiaje caben verdades que a veces suenan como bofetadas y que a todos nos desarman. Siempre ha sido así—. Y a ti... mmm... a ti ya podría empezar a pasarte alguna cosita, ¿no, cariño? —remata, volviéndose hacia mí.

Ya sabía yo que me iba a tocar. Y sé por qué lo dice. Ella también.

No insiste. En la radio un famoso canta un villancico y la entrevistadora cuenta una anécdota sobre una noche suya de fin de año en Roma que incluye lentejas y bragas rojas y que no tiene ninguna gracia. Son cerca de las nueve.

—Me gustaría que me gustara la Navidad —digo, cambiando de tercio—. Aunque fuera un poco. Como a la gente. A la gente normal, quiero decir.

Ella frunce el entrecejo e inclina un poco la cabeza. Luego apaga la radio y se hace el silencio.

—Ya —dice—. A mí me gusta mucho. La Navidad, digo. —Examina con atención una uva con la lupa que lleva siempre encima y añade, como si hablara consigo misma—: La gente normal, un poco menos.

Nos reímos, ella con esa risa tan contagiosa que a mí me puede, y yo con la que tengo, que a veces llega y otras no.

—Esa parece una frase de tío Eduardo.

—Es que *es* una frase de tío Eduardo —dice con una sonrisa. Desde mi iPhone no dejan de sonar timbres repetidos. Hasta cuatro tonos distintos que se intercalan y que a mamá le hacen mucha gracia: Facebook, Twitter, mails y también los whatsapps, sobre todo los del grupo de pádel, que con las semanas ha ido creciendo y en el que ahora intentan ponerse de acuerdo para jugar hasta treinta personas. La gente no descansa, ni siquiera en fin de año.

—Acuérdate de poner copas de champán solo para mí y para Silvia, ¿quieres? —dice mamá.

—¿Y para tío Eduardo no?

Niega con la cabeza.

—Ha dejado de beber. —Al ver que estoy a punto de decir algo, levanta la mano—. O eso dice.

Arqueo una ceja. Ella se encoge de hombros.

—No preguntes. Solo sé que ya no bebe. —Y luego—: Ya conoces a tu tío —añade, encogiéndose de hombros—. Algunas luces y muchas sombras. En su línea. —Cuenta otro grupo de doce uvas y cuando termina, añade—: Ah, también me ha dicho que tenía algo que contarnos.

—¿Algo que contarnos como qué?

—No lo sé, Fer —responde sin mirarme—. De tu tío se puede esperar cualquier cosa. Miedo me da.

Algunas luces y muchas sombras. Esa es una expresión muy nuestra, muy de los de sangre. La acuñó la abuela Ester al final, cuando las cataratas hicieron lo suyo, y lo hicieron bien, y ella se negó en redondo a operarse. La frase nos hizo gracia y poco a poco fuimos adoptándola y adaptándola a situaciones diversas, como cuando mamá nos preguntaba cómo estábamos y no nos apetecía dar demasiados detalles o cuando tocaba describir a alguien que había entrado en la vida de alguno de los tres y la cosa no estaba clara del todo. Luego, con el tiempo, ha terminado sirviendo un poco para todo: la fruta que no termina de convencer en el súper, un restaurante que no está mal, pero que tampoco mata... esas cosas.

Lo de algunas luces y muchas sombras me lleva indefectiblemente a pensar en papá. Y lo que pienso no es bueno. No hace falta que lo diga. De papá ya hemos hablado mucho mamá y yo. De lo que no es bueno, quiero decir.

—Parece mentira que haga casi cuatro años que papá ya no está —digo en cambio. No sé por qué lo digo. De repente me veo así, con una copa en cada mano, y no se me ocurre nada mejor que decir. Enseguida me arrepiento.

Mamá deja de contar uvas.

—¿Ah, sí? —pregunta con voz distraída— ¿Tantos? —Todos los años, en alguna de las comidas o cenas que organizamos en Navidad, alguno de nosotros lo menciona y todos los años ella se hace la sorprendida.

—Sí.

—Vaya. —Suspira—. ¿Qué cosa, no? —Mete las uvas en un cuenco y lo deja a un lado—. Pues han dicho en la radio que este ha sido el diciembre más seco de los últimos treinta años. Y creo que en una cadena las campanadas las dan unos dibujos animados de esos para niños. Los Simpson o algo. ¿Qué te parece?

Mamá es especialista en sortear conversaciones que no le interesan. La poca visión y la torpeza con la que se mueve físicamente por el mundo contrastan con la buena cintura con la que se escabulle de todo lo que la incomoda. Sabe hablar así, en perpendicular a las intervenciones de los demás, como si jugara a Apalabrados. Desde que vive sola en este piso con su perrita, cuando no quiere seguir una conversación la cruza con una frase por la mitad para llevarte a cualquier otra. Ahora, recorriendo el comedor con la mirada, dice con voz de alarma:

—Espero que no me haya olvidado de limpiar nada. Ya sabes cómo se pone Lady Bayeta cuando le da por pasar el dedo por ahí.

Lady Bayeta es Silvia. El título fue una ocurrencia mía y solo lo compartimos mamá y yo, en secreto, desde que me contó que todos los jueves, cuando Silvia come aquí, en su casa, lo primero que hace después de darle a mamá un par de besos de esos de mejilla con mejilla, es correr a revisar cocina y baño. Normalmente termina con el delantal puesto, guantes de goma en ristre y bayeta al canto. Y bronca. A mamá, claro. «No puedes vivir así, mamá», le repite una y otra vez, cigarrillo en mano, tensa como una fusta. «Te va a comer la mierda.»

La escena es siempre la misma: Silvia masticando rabia y nicotina y mamá comiéndose un helado o una caja de galletas de chocolate con leche delante del televisor, concentrada en la telenovela de La 1. La que sea. «Ay, cariño», le contesta mamá con una sonrisa beatífica que es en realidad una mueca de «me importa un bledo» y voz de abuelita buena, «no seas tan intolerante con tu madre, anda». Y luego, cuando ve que Silvia la mira como si quisiera fulminarla, intenta arreglarlo con uno de sus «total, un poco de polvo no hace daño a nadie. Tranquilízate y siéntate conmigo a ver la tele. Ven, cielo, ven», mientras le da unas palmaditas al cojín del sofá sin borrar un centímetro su sonrisa, como si hablara con una retrasada.

—¿Estás segura de que no viene con Peter? —le pregunto a mamá mientras voy poniendo los cubiertos de postre y las copas de vino en la mesa. Peter es el marido de Silvia, además de noruego, informático y tan callado que a veces da miedo. Silvia y él se conocieron en un simposio de optimización de recursos o algo así hace unos diez años, cuando ella llevaba otros diez viviendo con Sergio, un compañero de trabajo al que mamá y papá adoraban y al que ella dejó por Peter, porque según nos dijo: «Hay que saber cambiar de marcha a tiempo, aunque la dirección sea la misma y la velocidad también», una frase que tío Eduardo no tardó en aprovechar para traducírsela a mamá según su propio diccionario: «O sea, que al noruego le va la marcha. No como al otro». Mamá lo miró como si estuviera viendo pasar un taxi en mitad del desierto. Cuando por fin entendió el mensaje, tío Eduardo remató su resumen con un todavía menos afortunado «aunque no lo culpo, pobre. Dime tú qué hombre puede con una fiera como esta niña».

La cuestión es que, desde que Peter y Silvia viven juntos, él pasa siempre las Navidades en Tromso —«esa ciudad donde a los universitarios les dan rayos uva para que no se suiciden y los supermercados tienen guardias de seguridad en la sección de licores», nos contó Silvia a su vuelta la primera vez que estuvo allí de vacaciones con Peter— con su madre y su hermano Adam, que, al parecer, era activista de Greenpeace en el mar del Norte, hasta que la policía lo pilló con dos kilos de cocaína escondidos en la bodega del barco con el que se dedicaba a perseguir balleneros de día y a surtirlos de nieve artificial en puerto durante la noche. La versión siempre positiva de mamá es que Silvia y Peter pasan separados la Navidad porque «son una pareja muy *progresista*» y porque, como dice Ingrid, «siempre viene bien que los chakras se aireen y que las auras respiren». La versión de tío Eduardo es muy distinta: «Peter es de Marte y Silvia, del País de Nunca Jamás, y vete tú a saber por qué después de tantos años todavía no nos ha presentado a su familia el rarito ese, que con esos ojos de bacalao y ese pelo sucio seguro que tiene alguna cabaña escondida por ahí, en los hielos, llena de cadáveres de abuelos disecados».

Cuando le pregunto si está segura de que Peter no va a venir esta noche, mamá me mira y asiente.

—Del todo —contesta, agrupando cuchillos y tenedores de postre—. Silvia me ha llamado esta tarde y me ha dicho que vendría sola. Peter no vuelve de Noruega hasta el día 2.

—Qué pena —le digo—. Otro fin de año más sin poder disfrutar de la alegría y la simpatía de Peter. No sé si podremos superarlo.

Me mira y sonríe. Luego niega despacio con la cabeza.

—No seas malo —dice—. Peter es un buen chico. —Al ver mi cara de poco convencimiento, añade—: Y eso, estando la cosa como está, ya es mucho.

Cuando pongo las copas, ella me mira desde la mesa, volviendo a protegerse los ojos con la mano.

—Mejor lávalas —dice, soltando un suspiro de resignación—. Lady Bayeta seguro que termina metiéndolas en el lavavajillas. Ah, y ya que estás, pásame una Coca-Cola Light de la nevera, ¿quieres?

A punto estoy de preguntarle si quiere también que le dé un repaso a los cubiertos y a los vasos, pero en ese momento llaman al interfono y los dos perros rompen a ladrar como posesos, corriendo hacia la puerta.

—Ahí la tienes —suelta mamá con voz tensa. Y luego—: Ya está aquí tu hermana. —Va hacia el interfono, abre y de vuelta al comedor deja entreabierta la puerta de la calle. Cuando se sienta de nuevo a la mesa, abre la lata de Coca-Cola, le da un buen trago y se queda mirando el cuadro que cuelga de la pared del salón, justo encima del sofá de piel blanco. Es un retrato enorme de la abuela Ester, con un marco de madera oscura y sobria. La abuela está sentada con la espalda muy recta y lleva un vestido de fiesta verde con un hombro al aire. Posa delante de una biblioteca de madera y mira muy seria al frente.

Los perros ladran, ansiosos por saludar a Silvia, que ya sube por la escalera, y mamá se vuelve a mirarme y dice:

—No sé por qué, pero llevo días con la sensación de que esta noche vamos a tener más de una sorpresa. —Luego olisquea el aire como un sabueso y agita los dedos de las manos en el aire, sobreexcitada—: Es como una vibración... mmm... holística, hijo. ¿Tú... no la notas?

«¿Ho... lística?»

He podido contener una carcajada, pero no he conseguido morderme a tiempo la lengua.

—Eso mismo dijiste el año pasado, mamá, y si mal no recuerdo tuvisteis una cena que fue todo menos holística, no fastidies. —Arruga el morro y suelta un pequeño suspiro de fastidio mientras yo anoto mentalmente que debo renovar esfuerzos por intentar que Ingrid y mamá dejen de verse tanto. Luego ella se vuelve a mirar el retrato de su madre, levanta la lata hacia el cuadro y se persigna una, dos y tres veces.

—Ay, mamá, menos mal que te fuiste a tiempo y no has tenido que ver en lo que nos hemos convertido. Aunque yo sé que tú nos entiendes, ¿verdad? —dice, bajando la voz, justo cuando la puerta se abre y Max salta sobre Silvia, empujándola con sus setenta y cinco kilos de gran danés cariñoso y baboso y mandándola directa contra la pared con un chillido.

Tres

2009 fue un año de cambios importantes en la familia. Un día de noviembre extrañamente templado ocurrió algo y desde entonces ya no hubo marcha atrás: una pequeña tuerca del andamiaje que nos sustentaba sobre lo real se desprendió, cayó desde las alturas al vacío y se alejó calle abajo. La oímos rodar sobre el asfalto y no le dimos importancia.

Nos equivocamos.

Cuando quisimos darnos cuenta, resultó que la tuerca en cuestión era la pieza que sostenía la estructura entera y que la estructura no pasaba una revisión desde el principio de los tiempos. En cuestión de semanas, el andamio de nuestras vidas se vino abajo, sobre todo el de mamá y el mío, y tuvimos que empezar de nuevo, cada uno con su propio naufragio a cuestas, salvando unos muebles que no siempre llegaron intactos a tierra y que desde entonces seguimos intentando reubicar.

En el caso de mamá, todo empezó —como ha empezado siempre— con papá, aunque en esa ocasión, y para sorpresa de todos, las cosas resultaron ser distintas. Un día, papá y ella tuvieron una de sus peleas. Al parecer, habían recibido una notificación de una entidad financiera cobramorosos en la que los amenazaban con embargarles no sé qué por obra y gracia de uno de los mil créditos que papá había pedido durante su vida de estafador en activo y del que mamá era —cómo no— avalista única. La cosa no habría ido a más (ninguno de los dos tenía ya nada a su nombre) si mamá no hubiera descubierto que el préstamo en cuestión eran diez mil euros que él había pedido a un banco para instalar un sistema de aire acondicionado en casa que nunca había llegado y que papá se negó a justificar. En un arranque de desesperación y de hartazgo muy impropio de ella, mamá metió cuatro trapos en una maleta de cabina y le dijo a papá que se iba unos días a casa de su hijo —es decir, a la mía— porque necesitaba pensar.

—Estoy cansada, muy cansada —le dijo—. Necesito unos días.

Así que se instaló en casa.

Todo habría quedado en eso de no ser porque apenas dos días antes yo había entrado por la puerta grande en mi propio desierto particular y, a diferencia de otras veces en que mis tropiezos con los hombres me habían llevado a los abismos y había buscado consuelo en la familia y en el amigo de turno, esa vez había decidido callar y tragar, sin molestar a nadie. Cuarenta y ocho horas antes de que mamá apareciera con su maleta, Andrés, mi pareja desde hacía cuatro años, había llegado a casa con Max, una bola de pelo negro de dos meses y medio que, según me dijo, había rescatado del criadero de un cliente que estaba a punto de cerrar.

—Y como sé la ilusión que siempre te ha hecho tener un perro, me he dicho: «Ahora o nunca» —dijo.

Lo que no dijo era que la bola de pelo tenía truco. Esa misma noche, durante la cena, llegó la segunda parte del regalo.

—Creo que deberíamos darnos un tiempo, Fer —sugirió mientras masticaba la mezcla de ensaladas de bolsa sin aliñar que se comía siempre antes de cenar. «¿Un tiempo para qué?», recuerdo que pensé: «¿Para masticar más despacio, para irnos de vacaciones, para casarnos, ahora que ya se puede...?». Lo miré. Él sonrió. Tenía un trozo de lechuga pegado a un diente y parecía una vieja gitana de circo, con el colmillo negro y el aro en la oreja. Entonces entendí. Entendí que la frase, utilizada así, después de haberme regalado un perro y con esa sonrisa de culpa, admitía una sola traducción: «Tenemos que darnos un tiempo para que yo pueda dejarte sin sentirme culpable porque estoy enamorado de otro y tú ya no estás en mis planes. *Stop*. Un tiempo para organizar la despedida. *Stop*. Para que no te des cuenta de que soy un cerdo y de que hace tiempo que lo sé, pero como soy tan cabrón, prefiero regalarte un perro y dejarte acompañado cuando me largue. *Stop*».

—Tenemos que darnos un tiempo, es verdad —dije. Luego me levanté de la mesa y, sin levantar apenas la voz, añadí—: Mientras terminas de comerte la ensalada, saldré a dar un paseo con Max en brazos. Si no te importa, te agradecería que a la vuelta no te encontráramos aquí.

Ese fue el final de Andrés y el principio de Max. Y ese era el Fer que dos días más tarde se encontró en el portal de casa a su madre que, por supuesto, no, no se acordaba de mi piso y para no molestar se había sentado en la acera encima de su maleta roja, viendo pasar a la gente con la mano sobre los ojos como una vigilante de playa arrastrada por las olas ciudad arriba.

Preferí no preguntar. Subimos en silencio y cuando abrí la puerta, Max salió como un loco a recibirnos, entre saltos y ladridos. Mamá, que adora a los animales por encima de todas las cosas, dejó la maleta en el suelo y se abrazó a él como si no fuera a haber un mañana. El flechazo fue instantáneo.

Detrás de Max, un mar de hojas de libros arrancadas y mordisqueadas lo cubría todo: el recibidor, la cocina, el salón y lo que se veía de pasillo. Quise morir de algo. En vez de eso, lo único que se me ocurrió decir fue:

—Andrés se ha ido, mamá.

Ella siguió abrazada a Max, que no dejaba de lamerle la cara, hasta que de pronto pareció caer en la cuenta de lo que acababa de oír. Desde el suelo, levantó la cabeza y, sin dejar de acariciar a Max, me dijo con los ojos vidriosos:

—Ay, hijo. —Dejó escapar un suspiro de emoción y añadió con una mueca de compasión—: ¿Cómo no me habías dicho que tenías un perro?

Nos quedamos mirándonos el uno al otro un par de segundos, yo incapaz de decir o hacer nada de lo que no fuera a arrepentirme y ella totalmente afectada por los estímulos que en ese momento le sacudían esa parte del cerebro en la que deberían de tener lugar las sinapsis y que en su caso no siempre procesa bien. Al final, cerró los ojos, se abrazó a Max y con voz de madre le dijo:

—¿Por qué será que en esta familia nunca nos decimos las cosas que realmente importan?

La habría estrangulado allí mismo, a mamá, a Max y a la maleta de cabina, pero al verla así, con el perro entregado a ella sobre el suelo cubierto de hojas mordisqueadas, me vi —nos vi— desde arriba y me dio por reír. Y es que eso es algo que se nos da bien en esta familia: reírnos de las cosas cuando los tintes dramáticos rozan lo catastrófico y el abismo de lo peligroso nos llama, hipnotizándonos desde lo oscuro. En nuestra familia —y aquí no entra la rama amarga de papá—, la risa llega siempre a tiempo, ahorrándonos de un empujón la caída al abismo y dándonos márgenes de respiro y de temporalidad que al final terminamos agradeciendo.

A veces.

Me dio por reír, sí, primero un poco. Luego, cuando mamá me vio y se unió a mí, ya no hubo quien nos parara, básicamente porque la de mamá es una de esas risas contagiosas que nacen en el estómago y que se reparten en el acto por todo el mapa corporal, lanzando tentáculos hacia lo que la rodea y envolviéndote con ella. Y claro, pasó que terminé sentado en el suelo, con la espalda apoyada contra la pared y llorando todo lo que no había llorado en las cuarenta y ocho horas que llevaba en casa limpiando pipís y cacas de perro mal destetado mientras iba tropezándome con los cuatro años de vida en común que acababan de esfumárseme por la ventana. Y mientras yo lloraba, Max se sentó a mi lado a mirarme al tiempo que mamá callaba e iba recogiendo despacio las hojas del suelo, tan silenciosa y tan respetuosa que casi me dio vergüenza tenerla allí viéndome llorar así.

Por fin, cuando me calmé, se acercó cargada de los restos mordisqueados y troceados de la trilogía Larsson, se sentó a mi lado y me abrazó.

—Hijo, tampoco es para ponerse así —dijo, estrechándome muy fuerte contra su pecho—. Total, a mí la porquería del sueco nunca me gustó. Y la niña loca esa... la bipolar de los *piercings* que le gusta que la azoten, pues qué quieres que te diga...

«Dios mío», pensé todavía en brazos de la mujer que nunca habría de madurar. «No tenemos arreglo.»

A mi lado, Max soltó un ladrido y se hizo pis en la alfombra.

Lo que ocurrió durante las cuatro semanas siguientes se resume así.

Por orden cronológico:

1. Recibí un burofax de mi casero, en el que me comunicaba que había decidido no renovarme el contrato de alquiler, que expiraba al cabo de treinta y siete días exactos.

2. Tres semanas después de que mamá aterrizara en casa con su maleta, el cartero volvió a visitarnos. Esta vez el burofax era para ella. Incluía una copia de un acuerdo de divorcio redactado por el abogado (y compañero de fechorías) de papá. Mamá a punto estuvo de fibrilar. Ni siquiera lloró. Me pidió que se lo leyera. Nos sentamos en el sofá y escuchó en silencio cada una de las diez miserables cláusulas salpicadas de faltas de ortografía del acuerdo (básicamente papá la dejaba en la calle, sin pensión —como buen estafador en cadena, hace muchos

años que no tiene nada a su nombre—, con unos cuantos muebles de la abuela y tres plantas), negando con la cabeza y acariciando a Max que, sentado en su regazo, le mordisqueaba la lana del jersey. Cuando terminé de leer, mamá cogió el acuerdo y le echó un vistazo mientras se enjugaba las lágrimas y negaba con la cabeza, renglón por renglón.

De pronto le cambió la cara.

—Creo que necesito tomarme algo fuerte —dijo. Me asusté. Estaba más blanca de lo que ya es y le temblaba un poco la mano con la que sujetaba el burofax. «Dios mío», pensé, mientras repasaba mentalmente el arsenal de drogas legales que guardaba en el armario del baño. «¿Qué le doy?» Ella me miró y con voz mecánica preguntó—: ¿Tienes Gelocatil?

Quise preguntarle si no había querido decir Rivotril, pero cuando fui a hablar ella me tendió el burofax, que sujetaba entre el índice y el pulgar como si acabara de recoger un ratón muerto del suelo.

—La fecha —dijo—. Mira la fecha. —Antes de darme tiempo a hacerlo, añadió con una voz que hasta entonces nunca le había oído—: Es de hace siete meses.

Fui al baño, rebusqué en el botiquín que tenía debajo del lavabo y volví con mi remedio al salón. Mamá seguía con el burofax en alto como si estuviera pidiendo en una esquina con una lata del Domund. Le acaricié el pelo, le aticé medio Lorazepam y yo me tomé el otro medio. Luego, más calmados, nos armamos de valor y paciencia y llamamos a Emma, pero no hubo suerte. Saltó el buzón de voz. Decidimos probar con Silvia.

Como era de suponer, con Silvia al frente, llegó lo peor.

Y lo peor resultó ser... mucho peor.

3. Un mes después de la llegada de Max a casa, por fin pude llevarlo al veterinario para que lo vacunara y lo examinara. Aprendí entonces que uno de los imponderables de ser papá de un bebé, sea niño, perro, gato o monstruo

de dos cabezas con antena de móvil en una de ellas es ser valiente ante la debilidad, lúcido ante la desesperación y entero cuando la situación se fragmenta. Resumiendo: hay que dar el callo y saber que «vacunar» no viene de «vaca», sino de «vacuna», y que las vacunas —todas— llevan incluida una aguja que se inserta en la piel. En cuanto la veterinaria se volvió hacia mí, vacuna en ristre, sonreí, busqué a tientas el apoyo de una silla que no encontré mientras intentaba decirle «un-momento-espera-un-momento-que-tú-esto-no-me-lo-habías-dicho» y me fui al suelo, partiéndome la ceja y una costilla, aunque lo de la costilla lo sabría horas más tarde al fisurarme.

Cuando salíamos de la consulta, Raquel, que así se llamaba —y espero que siga llamándose todavía— la veterinaria, me acompañó a la puerta.

—Y recuerda —dijo mientras me daba la cartilla de vacunación de Max—, ahora que ya puedes empezar a sacarlo, no dejes que corra mucho. Hasta que cumplen el primer año, los gran danés tienen los huesos muy poco endurecidos y deben trotar despacio y continuadamente. Mejor que camine.

Me quedé plantado donde estaba, con Max en brazos, mientras en mi cabeza una lluvia de bombas de racimo estallaba como una traca de malas noticias.

—¿Los... gran... danés? —pregunté. Luego miré a Max y lo imaginé con 80 kilos, las patas como cuatro vigas modernistas, fabricando babas a destajo en el minúsculo apartamento que había alquilado el día antes en la Barceloneta y acostado conmigo en mi sofá cama de 1,35 × 1,90, con su zarpa sobre mi estómago y durmiendo en cucharita los dos contra la pared—. Pero yo no sabía...

Raquel no me dejó seguir.

—Son una preciosidad. Ya verás —decidió—. Te va a cambiar la vida.

Salí a la calle con mi pequeña bola negra y peluda en brazos. Mamá me esperaba sentada en una terraza de la plaza con su café con leche y un segundo cruasán.

—Es un gran danés —dije, derrumbándome a su lado en una silla medio rota a la que algún macarra del barrio le había pegado un chicle—. El maldito idiota de Andrés me ha regalado un gran danés para que me devore cuando se haga mayor y yo no tenga dinero para comprarle los doscientos kilos de carne y arroz que se zampa al mes. Ya decía yo que lo del regalito tenía truco.

Mamá se rio, me cogió a Max de los brazos y, cubriéndolo de besos, dijo:

—No digas bobadas. —Y luego—: ¿Cómo va a ser danés siendo tan negro? —La miré, incapaz de creer lo que acababa de oír, mientras ella le arrancaba un cuerno al cruasán y Max se lo arrancaba a ella de la mano de un bocado. Mamá se rio, encantada.

—Mamá, los gran danés son unos perros que están a medio camino entre un 4 × 4 y la madre de *Alien*. Y crecen como trotones. Y fabrican unas montañas de caca como pasteles de boda kosovares. Y no caben en ninguna parte. Y... y... —«¡Santodiosbenditoporquémierdatienequepasarmeestoamí!», recuerdo que pensé al tiempo que visualizaba a Andrés y su cara de auditor agresivo, nómina de cinco mil euros mensuales y reloj de Prada, y me imaginaba aporreándole la lengua con las ciento una novelas de detectives baratos que me había dejado en herencia y que Max se había encargado de ir destripando en sus horas de soledad.

Mamá chasqueó la lengua.

—Desde luego, qué exagerado. —Max le lamió la cara y se la sembró de migas de cruasán. Mamá se rio y se pasó la mano por la mejilla—. Y qué detalle, el de Andrés, al regalarte este bombón —dijo, achuchándolo. No me miró cuando añadió—: Si es que Andrés puede que tuviera sus cosas, no digo que no, pero generoso lo era un rato. Y caballero. Y, cuando un hombre es un caballero, lo es hasta el final.

Pedí un cortado al camarero con pinta de yonqui y olor a cosas que no eran jabón que atendía la terraza y me senté sobre mis propias manos, apretándolas contra la silla para impedirme estrangularla con ellas.

—Sí —gruñí—. Lo que tú digas.

—Mmm. Tienes rabia, hijo —dijo, encogiéndose de hombros y dándole un beso en el hocico a Max—. Y es normal, no creas. Ingrid dice que cuando la energía se transforma, nuestro poder interior se apaga como un cirio para dejar salir a nuestro... mmm... ¿cómo era? —Parpadeó, clavando la mirada en una chica con rastas que llenaba un par de bidones marrones en la fuente de la plaza mientras su pelotón de chuchos se repartían una barra de pan que ella había sacado de un contenedor—. ¡Ah, sí! O sea, que si duele, es que tienes el tercer ojo... mmm... atascado o... algo.

La miré. Respiré hondo.

—Tengo el tercer ojo como el sumidero de la bañera de papá, mamá. Aunque en mi caso, lleno de pelos de un perro que antes de que me dé cuenta se habrá convertido en un Tiranosaurius Rex.

Mamá me miró y negó con la cabeza, y Max, que estaba sentado encima de sus rodillas, me tendió la pata.

Quise sonreír.

Fue en vano.

Cuatro

Han pasado tres años desde esa tarde. Poco después de mi primera visita al veterinario, el destino de mamá y el mío recuperaron sus respectivos cauces y la normalidad, o lo que más debía de parecerse a ella, se instaló una vez más en nuestras vidas. Al menos en lo aparente. Yo me mudé con Max a mi nuevo destino, un miniestudio-ático-sin-ascensor-y-con-plato-de-ducha-ideal-persona-sola en la Barceloneta, y mamá, asesorada por la omnipresente Ingrid, se divorció «amigablemente» de papá y se mudó temporalmente a casa de tío Eduardo. Mientras decidía qué hacer con su vida y con los paupérrimos ahorros que le quedaban de la herencia de los abuelos a los que papá no había podido echar mano, mamá adoptó una perrita con orejas de Gremlin y la cola como la espita del gas a la que llamó Shirley.

—Shirley —me dijo al teléfono— te va a encantar, ya verás.

No pude contenerme.

—¿Shirley? ¿Se puede saber qué nombre es ese?

—Pues uno.

—Mamá, has adoptado una perrita, no a una niña dominicana.

—Ya lo sé. —Y luego—: Shirley, como Shirley MacLaine.

«Santo cielo», pensé. «No puede ser que mi madre empiece a pasearse a su edad por ahí gritando "Shirley" en cada esquina como una vendedora de sujetadores de mercadillo. Voy a tener que hablar con Silvia.»

Antes de que pudiera decirle nada más, ella volvió a la carga:

—Es que he leído el libro.

No entendí.

—¿El libro? ¿Qué libro?

—El de Shirley MacLaine, Fer, hijo, qué libro va a ser.

—¿Y?

—Pues que resulta que no nació como tú y como yo.

—¿Ah, no?

—¡No, qué va!

—Mamá, creo que voy a colgar.

—Ya decía yo que esa mujer tenía un no sé qué... —siguió.

Se interrumpió. Esperó. Al ver que yo no decía nada, prosiguió.

—Shirley vino a la Tierra en un ovni —dijo bajando un poco la voz—. Lo explica todo en el libro. Y habla con ellos desde su casa. Y sin antena.

Colgué. No quise saber más.

Unas semanas más tarde se encontró con la ayuda de Silvia en ese apartamento de alquiler protegido para mayores de sesenta y cinco. El apartamento es uno de los dieciséis que alberga un edificio blanco de tres plantas llamado Los Guindos, con espacios comunes diáfanos y adaptados, paredes divisorias de pladur y fachada de losas blancas que, en palabras de Silvia, es un «carguero con bandera falsa lleno de viejos pobres, varado en mitad de un océano de mechas rubias, perlas, golden retrievers y chachas bolivianas maltratadas por sus jefas fachas». Justo debajo mismo de la terraza de mamá, una plaza con un par de parterres de césped y bancos de diseño como potros de tortura se llena a diario de adolescentes que visten uniformes de colegios ingleses, atiborrados de granos, feromonas y porros varios que impregnan el aire de nubes de costo, un olor que encandila a mamá y que la tiene mucho más domesticada. El apartamento es pequeño: un salón-comedor-cocina con terraza, baño y habitación de matrimonio con dos camas. El resto de los vecinos da para varias declaraciones juradas y, conociéndolos, es más que probable que alguno de ellos se deje caer por aquí en algún momento de la noche, porque en este edificio los jubilados se mueven de un piso a otro con una alegría y una soltura dignas de estudio.

—Me tienen loca —se quejaba esta tarde mamá, como tantas otras veces, cuando antes de empezar a preparar la mesa me ha puesto al día de los desmanes del edificio—. Hoy, mientras veía la serie de la tarde, la pesada de Eugenia ha llamado a la puerta.

Eugenia es la vecina que ocupa el apartamento que está puerta con puerta con el de mamá. Vive sola en un piso que tiene amueblado como un apartamento de alquiler por horas de la Playa de las Américas, lleno de bombillas blancas de bajo consumo, plantas de plástico y toda clase de transistores, batidoras, relojes y aparatejos varios que siempre se le estropean y que trae a casa de mamá cuando sabe que o Emma o yo estamos de visita para que se los reparemos. Además está enganchada a la teletienda y vende Stanhome a escondidas para que no le quiten la pensión. Siempre que mamá habla de ella, mira fijamente hacia la puerta, como si Eugenia pudiera oírla desde su casa. Y es que Eugenia ataca en cualquier momento del día o de la noche, porque, además de todas las gracias que la honran, es insomne.

—Cuando he abierto la puerta —ha seguido contando mamá—, Eugenia se ha quedado ahí plantada con una caja de cerillas y un encendedor en la mano, y me ha dicho: «Oye, Amalia, para encender el horno ¿qué te parece que es mejor, usar cerillas o mechero?». Yo le he dicho que el mechero, claro, por lo de la madera y lo de los bosques, porque dice Ingrid que cuando arde una cerilla, llora una raíz, y entonces la Pacharrama...

«¿La Pacha... rrama?»

—Muy bien, mamá. Bien dicho.

—Muy bien, no, Fer —me ha soltado ella, negando con la cabeza y llevándose un dedo a la sien sin apartar los ojos de la puerta.

—¿Ah, no?

—Hijo, es que en este edificio todo es eléctrico. No ves que no se fían de nosotros... Imagínate lo que podría ser esto con todos esos —dice, señalando con la barbilla a la puerta— manejando mecheros, cerillas y calentadores de gas. ¡Pum! ¡Pum! ¡Pum! —Se ha echado a reír, tapándose la boca como una niña traviesa y yo me he reído con ella, porque con mamá y su risa contagiosa es difícil no entrar al trapo. Después hemos empezado a poner la mesa y a preparar las cosas para la cena.

Tan ricamente.

Hasta ahora.

En la puerta, Silvia está apoyada contra la pared. Desparramadas a su alrededor, un par de bolsas con regalos envueltos con papel de la FNAC —que ella pronuncia Efenac, «porque lo otro no es castellano, donde va a parar»— y, colgando de la muñeca, el bolso marrón de marca donde guarda, entre otras cosas, los kleenex, las toallitas húmedas para limpiarse los cristales de las gafas, el cepillo de dientes, el hilo dental, la crema de manos, los guantes de goma rosa para los platos, los de látex transparentes para otra clase de urgencias, gasas, salvaslips, ibuprofenos, la bayeta, un trapo del polvo y una caja de sobres monodosis de KH7 que manda traer de Andorra y que siempre la acompañan cuando visita a mamá. Encima de Silvia, Max le lame la cara, babeándola entera, mientras ella suelta pequeños gritos y Shirley le salta sobre la mano y le mordisquea un guante.

Desde donde estamos, ni mamá ni yo le vemos la cara. Solo alcanzamos a ver la cola dura de Max moviéndose como un molinillo y oímos los quejidos entrecortados de Silvia que, ahogados intermitentemente por los lametones de Max, suenan a algo parecido a: «mmfff», «monstruo del demonio», «puaj», «de encima», «con todos estos virus», «que tenga todas las vacunas»... hasta que mamá dice entre dientes, sin mirarme:

—Creo que no hemos empezado bien la noche, hijo. —Y un segundo más tarde—: Que Dios nos coja confesados.

Me vuelvo a mirarla y la encuentro agarrada a su lata de Coca-Cola con las dos manos como un náufrago a su madero, mirando la puerta con los ojos entrecerrados, obviamente deslumbrada por la luz fluorescente que entra desde el rellano. Cuando, instantes después, haciendo sonar su pelota con pito, consigo convencer a Max para que vuelva a entrar y se quede sentado a mi lado, lo que queda en la puerta es Silvia pegada a la pared con la cabeza girada hacia nosotros y una mirada de odio tal en la cara que hasta yo tengo que apartar la vista.

Entonces dice, apretando la mandíbula:

—Este suelo está inmundo, mamá. —Baja la vista y arruga la boca en una expresión de asco que le conocemos bien, nosotros y sobre todo Jenny, la pobre chica peruana que le va a limpiar a casa—. ¿Se puede saber cuánto hace que no pasa una fregona por estas baldosas?

Mamá se encoge de hombros, pone los ojos en blanco y se vuelve a mirar el retrato de la abuela Ester con cara de «qué habré hecho yo para que me haya salido así esta niña», y mientras Silvia se arrodilla, a la vez que nos da la espalda e intenta ponerse en pie, se me ocurre de pronto preguntarle a mamá en un susurro:

—Supongo que le habrás dicho que al final Olga viene a cenar, ¿verdad?

Mamá parpadea y se toca el cuello distraídamente con el índice y el pulgar. Luego traga saliva.

—¿Mamá?

—Un poco —dice.

—¿Cómo que «un poco»? —le ladro sin apenas levantar la voz—. ¿Se lo has dicho o no se lo has dicho?

—Más o menos.

«Dios mío.»

—Le he dicho que... bueno, que vendríamos todos —confiesa con un hilo de voz y con una mirada de niña cándida, cerrando los dedos sobre la lata y haciéndola crujir.

No puedo decirle nada más. Silvia ha terminado de recoger sus cosas del suelo y entra, cerrando tras de sí la puerta con un suspiro. Lleva la frente llena de babas.

Cinco

—¿Siete?

Es Silvia. Sentada en el sofá, ha terminado de limpiarse la cara con una toallita húmeda y ha dejado por fin de examinarse la ropa en busca de los restos de las babas de Max, que ahora está sentado a su lado y la mira con la lengua fuera. Ella no lo ve. Desde hace unos segundos pasea despacio la mirada por la mesa del comedor, rastreando el terreno como uno de esos focos que barren durante la noche los campos de prisioneros en las películas sobre cualquier guerra, hasta que de pronto parpadea un par de veces y frunce el ceño:

—¿Siete cubiertos? —pregunta, volviéndose hacia mamá.

Mamá me mira, apoya despacio el codo derecho sobre su mano izquierda y asiente.

—Ah —dice con cara de sorpresa—. Pues sí.

En mi mente, el radar descubre un nuevo destello rojo que se une al que lleva titilando desde hace un par de días. Peligro. Hay peligro. De repente se me ocurre que si colocara en horizontal el océano de la pantalla de mi radar, seguramente coincidiría en tamaño y forma con la mesa del comedor de mamá. Los dos focos que parpadean en rojo son las servilletas de papel que cubren los platos de Silvia y de Olga.

Pasan un par de segundos. Silvia traga saliva y carraspea. Luego enciende un cigarrillo.

—Creía que habías dicho que íbamos a ser cinco.

Mamá se lleva la mano al pelo y mira al infinito. Luego, intentando encontrar una vía de escape de urgencia, baja la mirada, y de repente pone cara de extrañada.

—Huy, qué boba —dice, soltando una risilla—. Pero si todavía llevo puestas las zapatillas.

Es verdad. Mamá todavía lleva puestas las zapatillas de cuadros escoceses, una especie de pantuflas horribles que Silvia detesta por encima de todas las cosas y que mamá adora, porque Shirley está enamorada de una de ellas. Vista así, con el pantalón sastre de color crema, el suéter negro de cuello alto, el collar de ágatas de la abuela Ester, el pelo rizado y blanco y las pantuflas de cuadros, mamá es mamá en toda su esencia y yo no puedo evitar una sonrisa que Silvia saluda con una mueca crispada.

—Voy a ponerme los zapatos antes de que... —dice mamá.

—Mamá —la corta Silvia. Mamá la mira.

—Ay, Silvia, hija —dice, agitando la mano en un gesto de fastidio—. Cinco, seis, siete... ¿qué más da? Donde caben...

—Mamá.

—¿Qué?

—Me habías dicho que sor Correcto no venía.

«Sor Correcto.» Así es como Silvia llama a Olga; así y también «sor Deja Que Te Diga», porque esas son las expresiones con las que Olga salpica siempre sus intervenciones, anunciadas a menudo por una pequeña carraspera seca que con el tiempo ha terminado con nuestra paciencia, transformando en irritación lo que en su día empezó siendo motivo de risa.

—Es que no sabía que venía, hija —se disculpa mamá, que se ha convertido en una experta en el arte de disculparlo todo después de tantos años aprendiendo con papá a excusar sus secretos, estafas y mentiras a tutiplén—. Pero esta mañana me ha llamado tu hermana para decirme que sí, que venían las dos. ¿Y qué querías que le dijera? ¿Que no la traiga? ¿Que no la queremos? —Niega con la cabeza—. No, hija. Yo no sé hacer eso.

—Pues mira tú qué bien —rechina Silvia con una mueca de fastidio.

—La verdad es que me ha dado una alegría —dice mamá, bajando la voz.

Silvia aprieta la mandíbula.

—Qué baratas vendes tus alegrías, mamá —suelta entre dientes. Luego aspira el humo del cigarrillo y baja ella también la mirada, quizá lamentando no el comentario, sino el tono. Ha sonado feo, como una tos llena de flemas.

—Puede ser —dice mamá sentándose en una de las sillas de la mesa. Lo dice con esa voz de mujer mayor que no sabe defenderse de los ataques de la gente a la que quiere, porque desde siempre prefiere dolerse a dañar. Mamá es así y todos lo sabemos. Y eso, esa fortaleza tan... débil, es algo con lo que Silvia no puede porque la puede. Mamá me mira, buscando mi apoyo. A Silvia no la mira—. Es solo que... —empieza de nuevo—, bueno, que creo que vuestra hermana y Olga no están pasando por un buen momento y que... si al final vienen las dos, digo yo que a lo mejor es que han arreglado las cosas, ¿no?

Silvia y yo nos miramos.

—Mamá, Emma y Olga nunca están pasando por un buen momento —me oigo decir en un tono neutro. A mí tampoco me gusta Olga. Ni Olga ni el afán eternamente conciliador de mamá, aunque, en mi caso, sé que me molesta porque lo reconozco también en mí y no lo quiero. Desde el sofá, Silvia suspira y asiente.

—Yo creo que Olga no iba a venir porque están pensando en separarse —dice mamá, pasando por alto mi comentario y retorciéndose las manos sobre el regazo. Habla con angustia acumulada. Mamá sufre por nosotros y suele hacerlo en silencio y normalmente *a priori*, imaginando cosas que a veces no son porque no se atreve a preguntar y arriesgarse a descubrir una realidad peor de la imaginada. Luego nos mira—. No, no, Emma no me ha dicho nada, ya sabéis cómo es. Pero esta mañana, cuando me ha llamado para decirme que Olga también vendría, me ha parecido que lloraba. Estaba blanda. Como aliviada.

Silvia suelta el humo por la nariz y Max se levanta con su elegante lentitud de gran danés, viene hasta donde yo estoy y me rasca la rodilla con su enorme pezuña, su forma de pedirme que le dé de comer.

—Pues sí que vamos a empezar bien el año —dice Silvia entre dientes—. Solo falta que tío Eduardo haga alguna de las suyas y nos llegue piripi y disfrazado de Santa Claus como el año pasado. —Vuelve a darle una larga calada al cigarrillo y suelta una carcajada seca—. Desde luego, nuestras cenas de Nochevieja son de traca. No me extraña que siempre se escaquee alguien.

Mamá parpadea, visiblemente dolida, pero no dice nada. Sabe, como sabemos todos, que con Silvia hay que tener cuidado, porque es una olla a presión, siempre a punto de estallar. A diferencia de ella, mamá odia los conflictos por encima de todo, de ahí que se pase media vida intentando que las cosas no se tuerzan, dando mil oportunidades a quien normalmente no las pide —y las merece menos—, y confiando, confiando en que las cosas son y serán siempre mejores de lo que suponemos, aunque la realidad no siempre esté de su parte y casi nunca juegue a darle la razón.

Viéndolas así a las dos, sentada una a la mesa con la lata de Coca-Cola a un lado y la otra en el sofá, con la toallita húmeda en la mano mientras recorre el suelo y la estantería con la mirada, buscando polvo o suciedad o algo que no debería estar ahí, pienso en lo distintas que son y también en lo mucho que se parecen, aunque ninguna de las dos reconozca lo que cada una muestra de la otra porque se miran desde ángulos demasiado obtusos, sin lugar para el reflejo. Pienso en el pelo rojo de Silvia, en la mirada líquida de sus ojos cansados y en la verdad que esconde desde hace unos días y me pregunto qué debe de estar pasando por su cabeza mientras tira de costumbre y se empeña en atrincherarse tras la misma Silvia que ha sido desde siempre con nosotros, la que entendió demasiado pronto que ser la mayor en una familia como esta no era solo ser la mayor de tres hermanos, sino la mayor de los cinco: hermana, padre y madre a la vez. La que no se derrumba, la que no se permite según qué. Y al verla así, tan monolítica y tan aparte, sabiendo como sé lo que calla y lo que debe de dolerle, me viene a la memoria, como me ocurre a veces en situaciones que se conjugan como se conjuga esta noche, el primer recuerdo claro y completo que conservo de ella, de los dos juntos. Es un recuerdo que con el tiempo he ido atesorando, reinterpretando y redescubriendo en sus mil lecturas y matices. Un recuerdo que dice mucho.

Todavía.

De ella y también de mí.

Seis

La imagen es nítida. Estábamos en un parque que había cerca de casa y yo quería subirme al tobogán, pero había un niño que lo ocupaba desde hacía un rato y que no me dejaba ni siquiera acercarme a las escaleras. Silvia estaba sola en los columpios, un poco alejada. El parque era un espacio pequeño y desangelado con el suelo de losas blancas de hormigón, situado en el techo de una especie de mercado. Silvia tenía diez años. Yo, cuatro. Al ver lo que pasaba, ella se bajó del columpio, se acercó despacio al tobogán, subió sin decir nada la escalera y al llegar arriba empujó al pequeño demonio que se había atrincherado en la plataforma metálica y que me escupía desde las alturas. La mala suerte quiso que el niño cayera directamente al vacío por el lateral y se estampara contra el suelo de piedra, rompiéndose un brazo. Cuando su madre se acercó a recogerlo, Silvia la ayudó —tan solícita y tan dispuesta que la mujer tuvo un momento de confusión— y dijo:

—Dice mi abuela Ester, que es la madre de mi madre porque la otra se llama Mercedes y nunca la vemos, aunque mejor, porque huele raro y siempre cocina caracoles, que hay que tener mucho cuidado en los parques, porque están muy sucios y llenos de microbios, y si nos caemos y nos hacemos una herida a lo mejor nos infectamos y nos morimos.

La mujer la miró boquiabierta y Silvia, ni corta ni perezosa, remató el mensaje con un explicativo:

—A lo mejor en el hospital le lavan las rodillas y lo cambian —dijo, mirando al niño, que berreaba en brazos de su madre con el brazo colgando—. Es que huele un poco mal —añadió con unos ojos que años más tarde yo reconocería en los de *Los niños del Brasil*—. Creo que se ha hecho pis. Aunque también dice la abuela que en los hospitales se muere mucha gente por los virus y eso.

Cuando la mujer se marchó, Silvia se volvió hacia mí:

—Ya puedes —dijo—. Pero sube con cuidado, porque como te caigas y te manches, te la cargas.

Luego se sacó el pañuelo del bolsillo, lo mojó con la lengua y, mirando a derecha e izquierda para asegurarse de que nadie la veía, se arrodilló en el suelo y se puso a frotar las gotas de sangre que habían quedado en la baldosa de piedra que tenía a sus pies.

Acerada. Silvia era y es acerada. Ya de pequeña apuntaba maneras, y a medida que fue creciendo fue angulándose en un entramado de aristas cada vez más definidas: los ojos casi transparentes, pómulos prominentes, flaca y de huesos marcados: clavícula, codos, caderas, tobillos. El pelo rojo. Muy rojo. Como el mío.

Como el de la abuela.

Silvia estudió Medicina. Al poco de terminar la carrera empezó a trabajar en un hospital de la Cruz Roja, pero lo de ver sufrir a la gente tan de cerca, tan sin filtro, no terminó de convencerla, o al menos eso fue lo que nos dijo —aunque años más tarde nos enteramos por una amiga enfermera de mamá que desde un principio Silvia fue el terror de los quirófanos, porque según ella nada estaba nunca limpio del todo y llevaba de cabeza al personal de limpieza—. Sea como fuere, desde hace años trabaja en una multinacional farmacéutica, donde vende piernas ortopédicas y horrores varios a hospitales del mundo entero. Viaja semana sí, semana también, tiene un equipo de más de cien personas a su cargo y maneja un puñado de tarjetas oro de varias compañías aéreas que la surten de vuelos y hoteles de cinco estrellas gratis de los que suele beneficiarse mamá, normalmente en compañía de Ingrid. Cuando no trabaja, Silvia investiga. Es una de esas mujeres que no paran de «hacer cosas»: cursos de esto y de lo otro, congresos, simposios, artículos, ponencias, másteres... lleva unas gafas de montura de carey y a veces perlas, saca tiempo para hacer su propio pan y, aunque defiende a ultranza los derechos sociales, el estado del bienestar y todo lo que huela a izquierda en general, fue ella la que, hace unos años, se emperró en averiguar si era cierto que la familia de mamá era noble y que a lo mejor podíamos recuperar la baronía, que al final resultó que efectivamente existía y que había heredado un primo lejano que vive en Buenos Aires y con el que jamás hemos tenido contacto. Desde entonces, se ha hecho grabar un pequeño escudo con las supuestas armas de la familia que lleva instalado a modo de broche en la chaqueta y que acompaña con el lazo rojo de la lucha contra el sida.

—Hay que hacer bien las cosas —dice a menudo, terminando sus intervenciones con una pequeña inclinación de cabeza y una de sus sonrisas metálicas—. Método. Hay que poner método al desorden.

El método. Silvia es «el método», del mismo modo que Emma y mamá son «el desorden». De ahí que la frase «hay que llamar a Silvia» sea, desde que papá ya no está, una de las más repetidas en el ideario cotidiano de lo que somos. Muchas veces, mamá y Emma harían mejor en no intentar aplicar método a sus desórdenes y dejar que la vida actúe por sí misma, sobre todo porque sus llamadas son, en la mayoría de los casos, simples bengalas de desesperación que llegan demasiado tarde y que ponen en marcha una maquinaria llamada «Silvia» que, en ningún caso, ellas están dispuestas a alimentar.

El día que llamamos a Silvia desde mi apartamento para contarle que mamá acababa de recibir el burofax de papá con aquel contrato de divorcio que parecía escrito por un vendedor ambulante de crecepelos, la oí soltar un jadeo al otro lado de la línea y, después de un silencio tenso, ladró solo dos cosas.

La primera fue:

—Estoy en Atlanta.

La segunda:

—Pásame a mamá.

Le pasé el teléfono a mamá, que me miró con cara de horror.

—No, no, no... por favor, con ella no —me gritaba sin voz, agitando las manos como si estuviera a punto de encontrarse cara a cara con el mismísimo Belcebú. Luego carraspeó, respiró hondo un par de veces, sonrió con cuidado como si Silvia pudiera verla por la pantalla del móvil y se acercó muy despacio el teléfono a la oreja.

—Sí, hija —la oí decir con una voz de madre sumisa y atenta que debería de haberme puesto sobre aviso—. Sí. Sí. Sí. Claro. Sí. Vale. Como quieras. Cómo no. Descuida. Mañana mismo. Pero claro que lo he entendido. No, no hace falta que me lo repitas. Sí. Sí. Sí. Sí.

Después de unos veinte minutos más de «sí, claro, desde luego, como quieras» que iba recitando con esa cara de vaca perdida que se le pone cuando lo que alguien le dice le entra por un oído y le sale por el otro, por fin colgó. Luego me pasó el móvil.

—¿Qué te ha dicho? —le pregunté.

Me miró con cara de sueño y dijo:

—No me acuerdo.

Insistí.

—Pues no sé qué de una amiga abogada a la que va a llamar para que me defienda. Y que no firme nada. Y que me esté quietecita hasta que me avise —dijo, cubriendo de besos a Max, que aprovechaba para morderle las manos—. Y todas esas mandangas de método por aquí y método por allá que a mí me tienen loca. —Me miró y negó con la cabeza, a la vez que soltaba un pequeño suspiro—. Hay que ver lo pesada que es tu hermana, hijo.

—Hazle caso, mamá —le dije—. Para estas cosas, no hay nadie como ella.

—Claro, Fer. Claro. Descuida.

Me levanté a preparar una cafetera. Mientras esperaba en la cocina a que subiera el café, la oí salir casi sin hacer ruido. Diez minutos más tarde, cuando volví al salón con el café, apareció por la puerta de la calle con una sospechosa cara de placidez y una sonrisa de «todo está bien» en la que enseguida adiviné malas noticias.

—¿Dónde estabas?

—He bajado a comprar —dijo.

—Ajá.

—Sí —dijo—. Leche.

—Ah, qué bien.

—Sí.

—Pues debe de ser una leche riquísima. —Sonreí—. Qué digo, riquísima, debe de ser *la* leche para habértela bebido toda y haberte comido luego el *brick* en los veinte metros que hay desde la puerta del súper hasta aquí, ¿no?

No dijo nada.

—Sobre todo cuando eres alérgica a la leche.

Bajó la cabeza.

—¿Qué has hecho, mamá?

Me miró, abrió los ojos como platos y se llevó la mano al pecho.

—¿Yo? Nada.

Inspiré hondo antes de seguir.

—¿Cómo que nada? Haz el favor, mamá.

Soltó un suspiro de fastidio.

—Bueno, un poco —dijo, lanzando una mirada robada a la mesa del salón. Enseguida la desvió.

Seguí la dirección de su mirada y entendí: el burofax seguía allí. El contrato basura de divorcio había desaparecido.

—¿No se te habrá ocurrido...? —No terminé la frase, porque no hizo falta. Mamá me miraba con cara de pena.

—Es que a lo mejor, si tu padre ve que tengo buena voluntad, lo piensa mejor y se arrepiente y... ya sabes cómo es —dijo, encogiéndose de hombros—. En el fondo, es un niño. Y no es malo. Es... así.

A punto estuve de gritarle que sí, que sabía muy bien cómo era, casi tanto como los inspectores de la Seguridad Social y de Hacienda que seguían intentando echarle el guante. Igual que Telefónica, Ono y Vodafone, el Cobrador del Frac, Mazda, BMW y el BBVA, por no hablar de todos los amigos que habían sido avalistas suyos en algún momento de sus peripecias y fraudes de bucanero y a los que, por supuesto, había perdido por el camino. A punto estuve de agarrarla por los hombros y sacudirla, decirle que todos lo sabíamos excepto ella, porque todos habíamos sido víctimas en un grado u otro de esa personalidad enferma a la que no le importaba nada salvo él mismo, pero de pronto la vi plantada en la puerta del salón, tan desprotegida y tan vulnerable, que me levanté, me acerqué, la abracé y, mientras intentaba imaginar algún conjuro para sedar al demonio en el que sabía que iba a convertirse Silvia en cuanto se enterara de que mamá acababa de enviarle a papá su divorcio firmado, que la condenaba a una libertad que habría de salirle muy cara, le dije al oído:

—Claro, mamá. Claro.

Ella me miró, aliviada como una niña y, dándome un beso, me dijo:

—Es que hay que dar una oportunidad a la gente, ¿no?

Siete

En contra de lo que todos imaginamos, cuando Olga llegó a nuestras vidas, lo hizo para quedarse. Para su presentación oficial en familia, mamá decidió que lo mejor sería salir a cenar a un restaurante, porque, aconsejada por Ingrid, le parecía que organizar algo en su casa —y cito— «no ayudará a esa pobre criatura si tiene que vérselas con tu hermana y con tu tío Eduardo en un ambiente que no le es profano», me dijo al teléfono. Entendí —y deseé— que lo de «profano» era uno de sus lapsus cada vez más frecuentes y no una acertada previsión de lo que estaba por llegar. La verdad es que la elección del restaurante no pudo ser menos apropiada. A Silvia se le ocurrió que la mejor opción para la ocasión era el Asador de las dos Castillas, «un sitio estupendo donde se come de maravilla. Además, tiene un par de reservados donde se está muy tranquilo. Yo me encargo de llamar. A los chicos de la oficina les encanta», dijo, no dando mucha opción a que nadie propusiera alguna alternativa. «Luego, si terminamos temprano, podríamos ir a alguna terraza a tomar el café», concedió.

El sitio tenía poco de estupendo, aunque sí resultó ser tranquilo, básicamente porque no había ni un alma. El comedor olía a desinfectante de lavabos de multisala y era tan grande y estaba tan desangelado que nuestras voces resonaban contra las paredes de falsas bóvedas castellanas como si estuviéramos en un funeral medieval. Los manteles de cuadros ribeteados de blondas de tergal, el camarero con peluquín apolillado y las bombillas de bajo consumo eran como poco un paisaje digno de un restaurante de carretera secundaria, y en el hilo musical sonaba una versión edulcorada y metálica del *Europe is living a celebration* de Rosa de España que mamá, fan incondicional de *Operación Triunfo* —y de cualquier programa de concursos en el que aparezcan chicas de barrio maltratadas por la vida que después de semanas de lucha y llanto salen convertidas en estrellas de la canción ligera—, saludó con una sonrisa encantada.

—Qué sitio más... mmm... mono —mintió mientras el camarero nos servía unos entrantes que presentó como «tostadas castellanas con puré de caviar de berenjena» y que tío Eduardo recibió con un parpadeo de horror. Cuando abrió la boca para quejarse, vimos aparecer por fin a Emma y a Olga bajo el falso arco de medio punto que daba acceso al reservado y los entrantes pasaron *ipso facto* a un segundo término.

Olga había desembarcado en nuestras vidas.

Media melena recogida en un pequeño moño de mechas entre marrones y rubias. Nariz respingona. Flaca. Baja. Perlas, tacones, bolso de Louis Vuitton y reloj de Gucci. Sonrisa de vendedora de seguros. Y esa voz...

Presentaciones. Besos. Emma nerviosa. Mamá intentando que todo saliera bien, tan intensa de pronto que empezó a mover las manos como las aspas de un ventilador de techo y en cuanto se sentó, la botella de vino salió volando por los aires, lo que empapó de rioja el mantel como una herida que costaría cerrar. Miradas cruzadas entre tío Eduardo y Silvia. Emma sonriendo como un buey, tan prendada de Olga, de la voz de Olga, de los gestos de Olga, de los comentarios sin gracia de Olga, que todo lo demás, todos los demás, quedamos al instante sumidos en un difuso fundido a negro.

En realidad la cena fue lo de menos, salvo por el pequeño detalle de que estábamos en un asador y Emma no nos había avisado de que Olga era vegetariana. El menú, un catálogo pormenorizado e ilustrado de todas las partes sangrantes de la vaca, el buey y el cochinillo que pueden caber en una carta, no ofrecía muchas alternativas. Emma, azorada, se excusó.

—Es que como me dijisteis «asador», creía que habría verduras asadas y eso —dijo, encogiéndose de hombros.

A partir de ahí empezaron a caer, una tras otra, las perlas de Olga, unas perlas que Silvia rápidamente se dispuso a recoger a medida que rebotaban sobre el mantel, engarzándolas en una ristra de despropósitos que ha ido aumentando sin prisa pero sin pausa hasta la fecha y que atesora como oro en paño, preparada ella por si llega el momento de echar mano de la artillería pesada.

Olga se anunció desde un buen principio como una mujer «con valores», o lo que es lo mismo, una de esas mujeres en cuyo vocabulario no hay cabida para el «sí», ni para el «claro», ni mucho menos para el «puede ser». Olga dice «correcto», y lo dice como un pequinés que responde a los estímulos que recibe de su adiestrador con un único ladrido, o como debe de responder a las consultas de los clientes a los que atiende en ventanilla de ocho a dos con una sonrisa mecánica de señorita perfecta.

Durante la cena, a la pregunta de «¿Te apetece un poco más de vino, Olga?», su respuesta fue un seco: «Correcto». Cuando mamá intentó darle un poco de conversación con un «Me ha dicho Emma que eres de Zaragoza. Ah, qué ciudad tan... mmm... maña», ella nos regaló los oídos con un nuevo «correcto». Y cuando tío Eduardo, que desde que la había visto aparecer en el restaurante la estudiaba sin apartar su mirada de rapaz de esos pechos enormes que no había modo alguno de disimular, le preguntó: «¿No te parece que hace demasiado calor aquí dentro? Quizá deberías quitarte la rebeca», ella lo miró, arrugó un poco los labios y, abrochándose el último botón en un gesto casi monjil, dijo: «Correcto a la pregunta. No a la sugerencia».

Según pudimos saber poco después de que empezaran a llegar los entrantes, Olga trabajaba —y todavía trabaja— en una caja de ahorros. Cuando Silvia le preguntó por su trabajo con un interés que poco tenía que ver con la curiosidad y mucho con las ganas de seguir recogiendo las impagables perlas que Olga repartía con una ingenuidad cuando menos sorprendente, ella contestó muy seria:

—Trabajo en el sector de la banca.

Silvia arqueó una ceja.

—Ah, ¿en... banca?

Olga cometió entonces un error imperdonable.

Quiso ser graciosa.

—Sí, en banca —dijo, inclinando un poco la cabeza, casi coqueta—. Eso que hace la vida más fácil a los ciudadanos, que vela por sus ahorros y les facilita el acceso a un bienestar que de otro modo sería imposible —declamó como un lorito de feria.

Nadie se rio. Solo tío Eduardo asintió, complacido, al ver reírse a Olga, y con ella lo que le comprimía la rebeca entre hombro y hombro.

Silvia apoyó los codos en la mesa y le dedicó una sonrisa en la que todos leímos lo evidente: Olga acababa de ganarse una enemiga.

—Vaya. Qué interesante —dijo—. Y qué creativo.

Olga se hinchó como un pavo, ajena por completo al tono afilado de Silvia.

—[Pequeña carraspera] Pues deja que te diga que la banca es un campo mucho más creativo de lo que parece —dijo, dedicando una sonrisa profesional a Silvia y recorriendo después la mesa con la mirada. Emma la miró, totalmente entregada—. El trato con el cliente es una lección diaria de humanidad y de generosidad. Deja que te diga que manejar el futuro inmediato de nuestros semejantes la vuelve a una más... [pequeña carraspera] humana.

Mamá la miró como si acabara de salir de una de las sesiones de reiki para chiflados de Ingrid y se hubiera encontrado en la parada del autobús al mismísimo Yoda en persona. Encantada. Estaba encantada. Aquel «humanidad» y «generosidad» en labios de Olga habían sido música para sus oídos.

—Cuánta razón, hija —dijo, mientras se metía una croqueta en la boca—. Qué haríamos nosotros sin los bancos. —Delante de ella, Silvia puso tal cara de asco que mamá se quedó con media croqueta en alto, dudando, aunque fue solo un segundo—. José, que es el chico que me atiende en la oficina de la plaza —prosiguió—, es un santo varón. Fíjate tú que, aunque va en silla de ruedas porque el pobre tiene algún problemilla con las piernas, el otro día me contaba que va dos tardes por semana a la perrera a sacar a pasear a los perros, y hoy me ha dicho Ingrid que...

La hice callar con un «Mamá, ¿me pasas las croquetas?».

En fin, que la cena no empezó con muy buen pie. El primer plato fue un paréntesis de tensión a la carta, con una Emma torpe y enamorada y una mamá solícita hasta la saciedad, convertida de pronto en una de esas madres de película americana de domingo por la tarde que dedica los días a preparar *cupcakes* con porquerías de azúcar verdes y rosas y a cuidar de los suyos, mientras «los suyos» esconden vidas ni tan azucaradas ni tan rosas como ella quisiera.

Luego, mientras esperábamos a que nos sirvieran el segundo plato, envueltos de pronto en uno de esos silencios hostiles que nadie parecía saber romper, mamá volvió a la carga en su cruzada por la conciliación. Iba por la tercera copa de vino y algo se torció, porque de repente, volviéndose hacia Olga, le dijo así, como si llevaran cinco minutos hablando:

—Ay, hija, ¿pues qué bien, no?

Olga la miró con cara de no entender. Frunció el ceño y miró a Emma, que le sonrió.

—¿Qué... bien?

Mamá dejó escapar una risilla un poco achispada y Silvia me soltó una patada por debajo de la mesa.

—Sí, hija —siguió mamá—. Qué bien que seas lesbiana y eso, ¿no?

Olga se quedó muda. Los demás también.

—Digo, porque si no, ¿cómo ibas a ser novia de Emma, no? Ji, ji, ji. —Olga carraspeó y puso cara de palo. Cuando quiso decir algo, mamá volvió a la carga—. Haces bien, hija. A mí, si volviera a nacer, me gustaría ser como vosotras. De verdad te lo digo. Me buscaría una amiguita con la que poder ir al cine, a merendar y compartir nuestras cosas. Claro que sí. Ah, pero cada una con sus braguitas, ¿eh? Porque mira, lo único bueno que tiene tener marido es que no te coge las braguitas ni los sujetadores. Bueno, eso si no te sale con cosas raras, claro, que haberlos claro que los hay —dijo, volviéndose a mirarme. En ese momento, a tío Eduardo le sonó el móvil y se levantó para salir a hablar a la calle; Silvia lo siguió para ir al baño. En cuanto desaparecieron, mamá le puso la mano en el brazo a Olga y le dijo a modo de confesión madre-nuera—: Ay, hija, yo estoy tan feliz de que nuestra Emma por fin haya encontrado a una chica como tú, así, tan mona y tan con su pelito largo, sus perlas, sus pechitos en su sitio y su bolso... —Se apartó un poco para mirarla mejor y asintió un par de veces—. No está bien que yo lo diga, ya lo sé, pero visto lo que corre por ahí, tú eres gloria bendita. —Se interrumpió para tomar un traguito de vino y de repente se volvió a mirar a Olga y acercándose para verla bien, dijo—: Pero si es que, ahora que me fijo..., mmm... tú... casi no pareces lesbiana.

Olga cerró la mano sobre la servilleta de hilo como una garra de hierro, aunque no dejó de sonreír.

—He estado casada con un hombre hasta hace dos años —empezó con su voz de señorita perfecta—. Así que lo de lesbiana todavía no sé si...

—Yo también, hija —la interrumpió mamá, dándole unos golpecitos cómplices en el brazo. Y luego—: Tranquila, con nosotros no tienes de qué preocuparte. Estás en familia. Y nuestra familia es muy abierta. O sea, que si te gustan las braguitas, te gustan las braguitas y punto.

En ese momento, Olga se levantó como si le hubiera picado algo y dijo con voz crispada:

—Voy un momento al servicio.

Mamá se sirvió un poco más de vino. Cuando dejó la botella encima de la mesa, cogió la copa y en ese momento se dio cuenta de que sus dos hijos que todavía seguíamos sentados a la mesa nos habíamos quedado mudos, mirándola. Ella, que pareció notar la tensión que de pronto circulaba por el reservado, tuvo una de esas salidas de las que ha aprendido a echar mano desde que se ha liberado de la mirada siempre vigilante de papá. Se acercó la copa a los labios y, antes de beber, dijo, a nadie en particular:

—Pues no os lo vais a creer, pero ayer estaba tan aburrida que me tomé un Gelocatil.

El resto de la cena no fue mucho mejor. Después de una interminable velada plagada de gazapos, dos botellas rotas en manos de mamá y unas cuantas granadas lanzadas desde las trincheras de Silvia sobre el inexpugnable búnker bancario de sor Deja Que Te Diga, Olga y Emma por fin se marcharon y los demás esperamos un par de minutos en silencio hasta que llegaron los cafés y una copa para tío Eduardo.

Silvia se tomó un par de sorbos de su «cortado-descafeinado-de-máquina-con-leche-de-soja-templada-y-sin-azúcar-gracias-aunque-si-es-de-caña-puede-ser».

—Mmm... —empezó, carraspeando y arrugando los labios hasta dibujar con ellos una boquita de piñón igual a la de Olga—. Pues deja que te diga, cielo, que a esta nos va a tocar sufrirla. Pero mucho.

Mamá soltó un suspiro y puso los ojos en blanco antes de añadir con voz conciliadora:

—Ay, cómo eres, hija. A mí me ha parecido una chica muy... muy... no sé... así como... ¿humanista?

Silvia la miró y torció la boca.

—¿Hu... manista? —Saltó con cara de incredulidad—. No digas burradas, mamá, haz el favor.

Mamá hizo una mueca de fastidio.

—Bueno, ¿cómo se dice cuando alguien habla bien, y es educado, y... vamos, que sabe estar?

Silvia encendió un cigarrillo, aspiró el humo despacio, lo expulsó, apretó un poco los dientes y sentenció con cara de aburrida:

—Horrenda. —Y luego—: Menuda tiparraca.

Tío Eduardo se echó a reír e intervino con un pausado:

—A lo mejor, si no fuera tan tapada...

A lo que Silvia replicó:

—Totalmente de acuerdo, tío. —Y luego, inclinando un poco la cabeza y entrecerrando los ojos, como si se concentrara, añadió—: A lo mejor, si no fuera tan tapada, o si no hablara tanto, o si no tuviera esa voz de profesora de francés de las Damas Negras, o si no se riera como si tuviera un lápiz de punta fina clavado en la... cosa... —Tío Eduardo se volvió a mirarla y arqueó una ceja—. En resumen —remató Silvia—, si no fuera ella, quizá habría alguna esperanza, pero esa mujer es demasiado ella, y la experiencia particular y la historia universal nos demuestran que las mujeres que son demasiado ellas no tienen arreglo. No, señor.

—Pues yo creo que debemos darle una oportunidad —dijo mamá, jugando con las migas de pan que había ido recogiendo de su parte de la mesa—. Dice Antón Reynaldo, el chamán de Ingrid, que cada vez que negamos una oportunidad a un ser que llama a nuestra puerta es como si... mmm... bueno, un poco como si la cigüeña se topara con la aguja de un campanario y se le soltara el saquito con el bebé y la madre, que espera en casa ilusionada, con todas las cositas compradas y la cuna nueva y los patucos y los pañales de Mercadona, pues se quedará así, mal, claro, y entonces...

La miramos. Ella siguió a lo suyo, intentando apelmazar las migas en una especie de figurilla de barro que quería ser un muñeco de nieve en miniatura, hasta que se dio cuenta de que nadie decía nada y levantó la cabeza.

—Lo que quiero decir es que todo el mundo se merece que le den una oportunidad.

Silvia se tensó como una cobra.

—No —la cortó con un siseo—. Todo el mundo, no. —Y lanzándole una mirada asesina, añadió—: Y tú mejor que nadie deberías saberlo, mamá.

Volvimos a quedarnos todos callados. Aunque ya hacía más de un año que mamá y papá se habían divorciado, Silvia seguía dolida porque le había tocado bailar con la más fea y había salido mal parada de la historia. De ahí que la llaga siguiera todavía abierta. Y es que, una semana después de la conversación telefónica que había tenido desde Atlanta con mamá, había quedado con papá en una cafetería para cantarle las cuarenta y convencerle de que lo que estaba haciendo con mamá era una sinvergonzonería de la que no se iba a ir de rositas si ella podía evitarlo. Papá la había dejado hablar con una actitud sospechosamente humilde y conciliadora. Cuando Silvia terminó de soltarle su discurso, que aderezó con algunas perlas pendientes que llevaba guardadas en la mochila desde tiempos inmemoriales, él la miró con una sonrisa de hombre acostumbrado a hacer trampas en la cama, en la mesa y en el juego, se llevó la mano al bolsillo de la chaqueta y deslizó hacia ella un sobre americano con el membrete de su abogado. Silvia cogió el sobre, lo abrió, sacó el contenido y en cuanto vio el contrato de divorcio firmado por mamá, se puso lívida.

En uno de esos arranques de maldad que todos conocemos bien, papá esperó a que ella lo mirara, se terminó el café con JB que le quedaba en la taza y le dijo con una semisonrisa en los labios:

—Ya veo que no aprendes, hija. —Negó despacio con la cabeza y chasqueó la lengua. Luego sonrió. Fue una de esas sonrisas suyas de dandi de serie B que a todos nos son familiares—. Sigues apostando a caballo perdedor —dijo—. Qué lástima.

Silvia le soltó una bofetada y le escupió entre dientes:

—Vete a la mierda.

Luego se marchó.

Dos días más tarde, la acompañé al registro civil a presentar la solicitud para el cambio de orden de apellidos.

Cuando la funcionaria en cuestión preguntó si tenía algún motivo especial para solicitar el cambio y si quería adjuntarlo al apartado b-25/263AC3 de la solicitud, Silvia la miró muy fijamente y dijo:

—Si usted conociera a mi padre, no le haría falta preguntar.

La mujer inclinó un poco la cabeza, soltó el aire por la nariz y estampó un sello en la solicitud con cara de aburrimiento.

—Ya —dijo—. Suele ser lo habitual.

Salimos del registro y nos fuimos a desayunar. Mientras nos comíamos un bocadillo con un café con leche, a Silvia le llegó un SMS de papá. Decía así, literalmente:

«Tengo una nueva amiga. Se llama Svetlana. Esta es la última información que recibiréis, tú y tus hermanos, sobre mi vida privada. Adiós».

Acompañé a Silvia al trabajo. Fuimos andando despacio, dando un rodeo que quería ser paseo pero que poco a poco fue dibujándose como un paréntesis de calma chicha que terminó envolviéndonos como un nubarrón de lluvia sucia. Silvia no volvió a decir nada.

No dejaron de caerle las lágrimas hasta que llegamos al portal del edificio del centro donde está su oficina. Cuando nos despedimos y ella empezó a cruzar el portal, me dijo, casi sin volverse:

—No nos ha dejado. —Luego, tras un segundo reteniendo el aire, añadió—: Papá no nos ha dejado. —Entonces se volvió del todo y con la mandíbula apretada y una voz llena de cosas que no me atreví a reconocer, aclaró—: Lo hemos dejado nosotros.

No supe reaccionar. Ella me miró a los ojos, cerró los puños y sonrió. Fue una sonrisa triste y metálica. De hermana mayor.

—Cuando nos pregunten, diremos eso, Fer. Que lo hemos dejado nosotros. Que ya basta. Que no pudimos más.

Siguió mirándome hasta que asentí despacio.

—Vale.

Volvió a sonreír. Luego se dio la vuelta y se alejó por el vestíbulo hacia los ascensores.

Ocho

No es una noche especialmente fría. De hecho, hay una trenza de brisas de temperaturas dispares circulando por la plaza desierta, a la que casi se puede saltar desde la terraza de mamá. Bajo la luz de las farolas, los bancos de madera parecen baúles abiertos y vacíos y un hombre pasea a su perro en el extremo más alejado. Dentro, mamá habla por teléfono con Ingrid, que, como buena nórdica, la llama todos los días a esta hora, independientemente de la fecha. La hemos dejado tumbada en su cama, con la radio encendida y las zapatillas en alto. A mi lado, Silvia fuma despacio. Cuando exhala el humo, la brisa me envuelve en él. No me molesta.

—¿Cómo estás? —le pregunto después de unos minutos de silencio interrumpidos por un par de coches que pasan tocando sus bocinas por la calle contigua. Celebran el fin de año. Empiezan ya. Temprano.

Silvia no me mira. No responde enseguida. Cuando creo ya que no va a decir nada, levanta la cabeza y la oigo decir:

—No le habrás dicho nada a mamá, ¿verdad?

Niego con la cabeza.

—No.

—Mejor que no lo sepa todavía —dice.

Seguimos unos segundos en silencio, mirando al cielo los dos, ella fumando, yo esperando. Qué difícil es hablar así, sabiendo que todo lo que no sea hablar de lo que realmente importa es simplemente ruido. Huecos que rellenar.

Es que no somos así. Nunca lo hemos sido. Ni ella ni yo.

—¿Se lo has dicho a Peter? —pregunto por fin, sin dejar de mirar al cielo.

Ella se encoge de hombros y tira el cigarrillo al parque. Parece que esperaba la pregunta.

—He estado pensando —dice.

A punto estoy de responderle que me alegro, pero opto por callar, porque conociendo a Silvia, sé que con ella el error siempre es suponer. En cualquier otro de nosotros, una frase así seguramente sería sinónimo de algo todavía por concretar, como «se me ha ocurrido una cosa», «he tenido una idea» o incluso «le estoy dando vueltas a algo que a lo mejor cambia algo», pero en Silvia las frases suelen ser solo lo que dicen, ni más ni menos. Hay que ir con cuidado.

—¿Y?

Me mira. Ahora sí.

—Bueno... eso —dice con la cara oculta por la oscuridad—. Que he estado pensando.

—Ah.

La figura que pasea al perro por la plaza se acerca, bordeando una zona reservada para niños construida sobre una de esas superficies de material rojo diseñadas para que las rodillas caigan en territorio blando y sobre la que descansa una suerte de monstruo metálico que es columpios, tobogán y red de escalada, todo en uno. El perro es pequeño y blanco, y cojea. El hombre camina despacio, acomodando su paso al del animal. Cada pocos segundos se vuelve a mirarlo y le dice algo en voz baja.

—Necesito un cambio —dice Silvia por fin. Luego, sacando otro cigarrillo del paquete que tiene en la mano, añade—: quiero... necesito otra vida. Otro... —sigue con la vista fija en el hombre y en su perro cojo y dice—: otro paisaje, otra gente, otra cosa.

No sé qué decir. Ella enciende otro cigarrillo y arroja

la cerilla al parque. La vemos arder un par de segundos en el suelo antes de extinguirse.

—A lo mejor deberías esperar —le digo—. Solo han pasado dos días. Date un tiempo.

Saca el humo por la nariz.

—Tengo cuarenta y un años, Fer —me corta—. Lo que menos tengo es tiempo, no fastidies.

—Cuarenta y un años no son nada.

—Así es exactamente como me siento desde hace unos días. Con cuarenta y un años llenos de nada.

—No digas eso.

Desde el extremo más alejado del parque, dos figuras cogidas de la mano avanzan ahora hacia nosotros. Todavía están lejos, pero caminan deprisa y al mismo paso, cruzando los haces de luz difusa que proyectan las farolas en el suelo como si pisaran charcos de agua blanca.

—Yo creo que cuando lo hables con Peter verás las cosas más... no sé... de otra manera. Hazme caso —digo, sin apartar los ojos de las dos figuras—. Tienes que sacarlo, Silvia. Y Peter es tu chico.

Ella sigue también el avance de las dos figuras y calla durante un par de segundos. Luego, me mira y dice:

—Peter no está. —Asiento.

—Ya lo sé —digo—. Pero volverá dentro de un par de días. Y cuando hables con él, verás como empiezas a verlo todo diferente.

Las dos figuras se acercan. Cruzan ahora la zona infantil y sortean un grupito de bancos de madera en los que durante el día se sientan los jubilados a charlar y a tomar el sol. Ahora quedan por fin a la vista. Son dos mujeres.

Son Emma y Olga.

—No —dice Silvia, negando con la cabeza y clavando sus ojos en mí. Le brillan, llenos del reflejo del enjambre de farolas que pueblan el parque—. No lo entiendes.

—Claro que lo entiendo —le replico. Me oigo molesto. Y cansado. Cansado de ser el que siempre está para que le cuenten las cosas, el muro de las confesiones donde las mujeres de esta familia acuden a vaciarse cuando lo necesitan, buscando un oído afinado que las sepa escuchar; y cansado de que me traten, cuando quieren, como al pequeño, el que no entiende las cosas porque no conviene—. Ni que fuera tan difícil.

En ese momento, mientras las dos figuras enfilan el corto tramo que las ha de conducir hasta aquí, veo que a Silvia le tiembla la mano con la que sostiene el cigarrillo y también que entrecierra un poco los ojos, como si los sintiera irritados, antes de parpadear unas cuantas veces y decir, bajando la voz:

—Es que hay algo más. —Por su forma de decirlo, por cómo queda prendida la luz blanca de las farolas del parque en sus rizos pelirrojos y por el silencio suspirado que se intercala entre sus cinco palabras, sé que realmente hay algo más: más grande, más oscuro y más difícil de compartir. «¿Por qué nos costará tanto decir las cosas en esta familia?», quiero decirle. «¿Por qué se nos da tan mal compartir lo que sale mal? ¿Es vergüenza? ¿Es miedo? ¿Qué es?» Quiero decirle eso y muchas otras cosas: que estoy aquí, que yo también callo muchas verdades y que aunque seamos hermanos hay cosas que siguen sin sonar bien porque reflejan demasiadas cosas, demasiado territorio común, comúnmente mal reparado—. Peter no va a volver —dice, cerrando los ojos. Luego espera un momento y, como si temiera que no lo hubiera oído bien, repite—: No va a volver, Fer. Nunca.

Debajo de la terraza, prácticamente a nuestros pies, las dos figuras se detienen y levantan la cabeza. Olga sonríe y nos saluda con la mano que tiene libre al tiempo que grita:

—¡Yujuuu! ¡Ya estamos aquí, chicos!

Silvia me mira con cara de pocos amigos, aprieta la mandíbula y tira el cigarrillo al parque, chasqueando la lengua en un gesto de fastidio y dibujando sobre Emma y Olga un pequeño arco rojo. Después abre la puerta corredera del salón de mamá, donde ya ladran Max y Shirley, y me dice, apartando la cortina con la mano:

—Dile algo a la fiera mientras voy a abrir, hazme el favor. A ver si así la amansas y deja de chillar. —Se para al cruzar la puerta y se vuelve con una sonrisa tensa, mientras al fondo oigo las carcajadas de mamá y una voz menos definida, como un runrún, en la que al cabo de un instante reconozco la de la locutora de la radio. Silvia me guiña un ojo—: O mejor, échale agua. A poder ser hirviendo.

Cuando vuelvo a mirar abajo, la cara de Olga, blanqueada por la luz de la luna y de las farolas del parque, es un mapa extraño por inesperado. Hay felicidad en esa expresión, o al menos esa es la impresión que da vista desde aquí, encajada en su abrigo de piel de conejo y con los ojos brillantes como los de un animal nocturno. Me acuerdo en ese momento del comentario de mamá y pienso que, como tantas otras veces, sus sospechas no son solo infundadas, sino erróneas.

Y entonces, a medida que mis ojos se adaptan a la oscuridad de la terraza, veo algo que hasta ahora jamás había visto y que no creía —ni yo ni nadie, la verdad sea dicha— que habría de ver ya.

Emma y Olga van cogidas de la mano.

«Dios mío», es lo único que se me ocurre pensar en cuanto entiendo que la Olga y la Emma que llegan esta noche a cenar a casa de mamá vienen con ganas de celebrar algo que quizá no imaginamos, envueltas en un semihalo que no esperábamos y que está a años luz del espeso nubarrón que tiñe desde hace un par de días la ya de por sí pesada respiración de Silvia. Y, como un pequeño destello que ilumina apenas la oscuridad de esta zona del parque, se me ocurre de pronto que es posible que esta noche confluyan a la mesa de mamá momentos, energías y requiebros tan dispares, tan largamente reprimidos, que quizá —y solo quizá— lo que mamá lleva tanto tiempo esperando —esa noche de charlas fluidas y tiempo en calma— sea una pequeña playa a la que de pronto han de llegar los restos de varios naufragios, con sus baúles llenos de intimidades, ropa mojada y botellas con mensajes.

Y con todos sus supervivientes.

—¿Nos abres, Fer? —dice Emma, levantando ella también la cabeza y cruzando su mirada con la mía durante un par de segundos.

Ahí está. Eso es exactamente: el extraño brillo en sus ojos, esa sonrisa a medias disimulada que conozco bien porque la he visto desde que aprendí a ver, mitad timidez y mitad «tengo-un-secreto-que-me-hace-feliz-y-no-sé-cuánto-tiempo-más-podré-callármelo». Eso y también su mano en la de Olga y la botella de cava que ahora veo que lleva en la otra.

«Va a ser una noche movida», alcanzo a pensar mientras mamá suelta una nueva ráfaga de carcajadas desde su cuarto y yo respondo a Emma con un:

—Os abre Silvia.

Justo entonces oigo sonar el timbre del portal. Luego la voz de Silvia que pregunta:

—¿Está abierto?

Olga y Emma desaparecen al instante debajo de la terraza en dirección a la portería.

Lo último que oigo antes de que el clic de la puerta de cristal al cerrarse chasquee como un pestañeo metálico contra la quietud de la plaza es la voz estridente y exageradamente entusiasta de Olga.

—Correcto —dice.

Luego silencio.

Nueve

Emma.

Hace poco menos de un año, Olga y ella decidieron que estaban cansadas de vivir en la ciudad.

—Nos vamos a vivir al campo —anunció Emma el día del cumpleaños de Silvia con esa pasmosa tranquilidad con la que siempre suelta las bombas que han ido marcando su vida y también las nuestras. En eso es como papá: son tan deficitarios a la hora de comunicarse, viven tan mal las verdades, que suelen hablar cuando menos toca, lo que crea a su alrededor pequeños paréntesis de desconcierto y de tensión que caen como piedras en el agua de una laguna. Provocan ondas a su alrededor. Algunas no llegan a la orilla. Otras laceran.

—¿Nos? —preguntó Silvia con una ceja arqueada, entrando desde la cocina con la tarta de chocolate que ella misma había preparado y que, a juzgar por su aspecto, no auguraba una digestión fácil.

Mamá estiró el cuello como un avestruz y se quedó con la mitad del canapé de salmón en alto.

—¿Sí? —Saltó con voz de niña y la cara iluminada—. ¿Nos vamos al campo?

Peter apartó la vista de la pantalla de su iPad y nos miró con expresión ausente, como suele hacerlo en las escasas ocasiones en que estamos todos reunidos. La suya es una mirada vacua, «ojos de bacalao muerto, los de ese chico», dice tío Eduardo, siempre que alguno de los que no somos Silvia nos referimos a él. Luego Peter frunció el ceño y con su voz de eses arrastradas dijo:

—¿Ya osss vaissss?

«Dios mío», pensé, sentado en la butaca que ocupaba junto a tío Eduardo, «cómo es posible que seamos tantos mundos funcionando tan en paralelo y que aun así sigamos entendiéndonos». No pude pensar más. A mamá se le cayó el canapé en la alfombra y Silvia se puso blanca como la cera al ver el biscote y la mancha de queso que salpicaba los dibujos persas. A punto estuvo de soltar la tarta que llevaba en la mano. En vez de eso, apretó los dientes y tragó saliva.

—No te preocupes, mamá —dijo, tensa como una vara—. Ahora lo limpio.

Mamá ni siquiera la miró. Quiso recoger ella misma el canapé, con tan mala suerte, y peor vista, que al agacharse golpeó con el codo la botella de Coca-Cola que tenía junto al plato y un chorro negro voló desde la boca de la botella con un siseo y empapó la bandeja de canapés. Silvia abrió unos ojos como dos cañones y se balanceó sobre sus talones. Delante de mí, Peter volvió a la pantalla del iPad y yo cerré los ojos.

—Mamá, quieta —ladró Silvia—. Como sigas moviéndote, te ato al sofá con un cinturón.

—Ji, ji, ji. —Se rio tío Eduardo entre dientes—. Con un cintu... ji, ji, ji.

Emma, que no había vuelto a hablar, y a la que nadie había vuelto a hacer caso, dijo entonces:

—Olga y yo. —Nos volvimos a mirarla y ella esbozó una media sonrisa tímida—. Hemos decidido abrir una casa rural.

Mamá soltó un gritito de alegría y se puso a aplaudir como una niña.

—¡Qué bien! Ay, cariño, no sabes la alegría que me das. ¡Una casa en el campo!

—Sí —dijo Emma, asintiendo.

—Qué buena idea —siguió mamá—. Y supongo

que tendréis animales, ¿no? Claro, qué tonta. Yo os podría ayudar con los animales —continuó, cogiendo carrerilla—. Tendríamos que comprar un par de vacas, y patos, los patos son tan... mmm... tan simpáticos, ¿no?, con sus plumas y sus hijitos en fila, tan ordenados... Ah, y un estanque, pero de los de verdad, ¿eh? No esas cosas de plástico que son como bañeras de azotea, porque los animales es lo que tienen, si saben que no están en un entorno *naturopático*, se deprimen, claro. Es que son criaturas como nosotros —remató, mirándonos uno a uno y asintiendo. De repente pareció caer en la cuenta de algo y se llevó la mano al pecho—. ¡Oh! Pero... pero ¿ya tenéis a alguien que os cuide los campos? Porque eso es muy importante, hija, de verdad te lo digo. Imagínate, Ingrid me contaba el otro día que...

Silvia, que seguía con la tarta de chocolate en la mano, puso los ojos en blanco y dejó escapar un bufido de desesperación.

—Mamá —dijo con voz neutra—. Es una casa rural, no la Casa de la Pradera.

Tío Eduardo soltó otra risilla, que se desvaneció en cuanto Silvia lo fulminó con la mirada. A mi lado mamá suspiró y se cruzó de brazos.

—Hija, cómo te pones —dijo, bajando la cabeza—. Solo quería ayudar.

—Y te lo agradecemos no sabes cuánto, mamá —contestó Silvia con un amago de sonrisa torcida—. De verdad.

Cuando Emma pudo por fin hablar, nos contó que Olga y ella habían encontrado «un auténtico chollo» en «una zona privilegiada del Prepirineo» y que, «después de darle muchas vueltas», habían decidido apostar por un cambio de rumbo en sus vidas e irse a vivir allí las dos. De hecho, no tardaríamos en enterarnos de que habían tardado exactamente tres días con sus noches en «darle muchas vueltas» y que «el auténtico chollo en una zona privilegiada» era un caserón semiderruido situado a las afueras de un pueblo abandonado al que la especulación no había querido llegar y al que se accedía por una carretera de tierra que nadie se había molestado en reparar desde hacía cuarenta años.

—Alquilaremos habitaciones y yo me encargaré del mantenimiento de la casa —dijo.

Mamá parpadeó y frunció el ceño.

—¿Y qué pasa con el instituto, hija? —preguntó—. ¿Vas a pedir traslado o...?

Emma sonreía, encantada, dispuesta ya a dejar caer su segunda bomba de la noche.

—No —la interrumpió, sin dejar de sonreír. Y luego—: He pedido una excedencia. De momento será solo por un año, pero si las cosas nos van bien, por poco que pueda no vuelvo a dar clase.

Nos miramos. Nadie dijo nada durante unos segundos. Tío Eduardo arqueó una ceja y carraspeó. Mamá se sirvió un vaso de Coca-Cola, derramando un poco más sobre el mantel, y Silvia se acercó despacio a la mesa y dejó la tarta en el extremo más alejado de mamá.

—¿Y... Olga? —preguntó, sin apartar los ojos de la tarta.

—A ella sí le han concedido el traslado —contestó Emma.

Silvia asintió y torció la boca.

—El mundo de la banca es lo que tiene —soltó, casi entre dientes—. Que es tan y tan generoso...

Emma sonrió.

—Estamos encantadas.

Cierto. Para sorpresa de todos, y a pesar de que, aunque ninguno de nosotros dijo nada —ni entonces ni tampoco en las semanas que siguieron, porque esperábamos que la idea, tan descabellada como tantísimas otras a las que nos tiene acostumbrados Emma, quedara en nada—, el tiempo terminó por darles la razón: encantada Emma al verse, después de tantos años, libre de los monstruos adolescentes de barrio marginal a los que intentaba meter en la sesera que Delhi no era el nombre de una nueva aplicación para el iPhone; y encantada también en su nuevo papel de albañil, granjera, jardinera, cuidagatos, recepcionista, animadora sociocultural, lavasábanas, monitora de *rafting* y arreglalotodo; y encantada Olga, convertida de pronto en la reina de la sucursal que el banco tenía en un pueblucho vecino que olía a estiércol y a purines, con su abrigo de piel de algo muerto, sus botines Geox, sus perlas y su pelo rebozado, repartiendo sus «deja que te diga» y sus «correcto» a diestro y siniestro entre los paisanos y los jubilados de la zona desde detrás del cristal de la única ventanilla operativa del banco.

Y así fue como empezó la aventura de Tarita —sí, ese fue el nombre con el que Olga decidió bautizar la casa. «Como Tara, pero en pequeño», nos dijo con una sonrisa de maestra de ceremonias el día que la inauguramos mientras descorría una cortinilla de terciopelo y dejaba a la vista el nombre de la casa pintado sobre un pequeño cuadrado de baldosas verdes—; y así fue como Olga y Emma se convirtieron en dueñas de la única casa rural —y habitada— de la comarca.

—Una casa rural, no —se apresuró a corregirme Olga con una de sus sonrisas de ventanilla cuando la tarde de la inauguración me oyó comentarle a Emma que quizá deberían intentar suscribirse a alguna red virtual de casas rurales de la zona. Me miró con cara de maestrilla de pueblo y luego soltó una risa que sonó a tos—. Casa con encanto —me corrigió. Y enseguida, como si yo no la hubiera entendido, repitió despacio y levantando un poco la voz—: con en-can-to.

Silvia la miró como si estuviera viendo trepar un escarabajo por una cortina y Emma, en uno de esos impulsos tan suyos de limar asperezas y conciliar situaciones tensas, se marcó uno de sus comentarios poco afortunados:

—Una casa rural... mmm... encantadora —dijo con una sonrisa de oreja a oreja que mamá saludó asintiendo con la cabeza y que Silvia encajó con la boca torcida y cara de aburrimiento.

Desde entonces, desde que Tarita inició su andadura y empezaron a llegar los primeros clientes, las cosas han cambiado mucho en la vida de Emma y Olga, sobre todo en la de Emma. Rara es la vez que baja a Barcelona, y cuando lo hace es, según ella misma lo expresa, para «hacer gestiones», unas gestiones que incluyen, entre otras cosas, ir a ver algún partido de fútbol, al dentista o a la peluquería —aunque más que a una gestión, lo de la peluquería se acerca a un destrozo en toda regla, porque como es como es, ella va a que le corten el pelo a la peluquería de Carrefour.

—Por siete euros te lavan y cortan —nos confesó una vez, en una de esas ocasiones en que, aprovechando que estaba de visita en la ciudad, había quedado para comer con Silvia y conmigo en un restaurante vegetariano del Raval—. Bueno —aclaró, encantada—. En realidad no te lavan. Solo te mojan el pelo.

Silvia casi se atragantó con la empanadilla de tofu y Emma asintió, orgullosa de saberse tan ahorradora.

—¿Y te lo muerde alguien en particular para que te quede así, o tienen un acuario con pirañas donde te meten la cabeza? —preguntó Silvia con una sorna que yo saludé con una carcajada y que Emma no llegó a captar.

—No —respondió, ceñuda—. Con... tijeras.

A veces Emma también aprovecha sus visitas a la ciudad para comprarse ropa, y de paso le lleva algún regalo a Olga, básicamente bragas, calcetines térmicos y sujetadores de talla única que consigue a precio de saldo en el puesto de un gitano rumano que, en cuanto la ve aparecer, toca el cielo con los dedos y le regala cosas bajo mano, como un llavero con linterna y el escudo del Real Madrid, una radio-mechero que solo toca la melodía del himno de Rumanía y una cajetilla de tabaco falsa en la que, al abrirla, aparece una baraja de cartas con fotos de mulatas con sus cosas depiladas y a la vista.

En fin, esa mujer de pelo mal cortado, que se horroriza cuando paga más de seis euros por un menú de mediodía, conduce un Rover de hace quince años con una suspensión tan dura que ha tenido que pegar una almohada de avión al techo del conductor para no desnucarse cada vez que recorre los seis kilómetros de la carretera que baja desde Tarita a la civilización; la mujer de los mocasines planos que se compra los jerséis en Humana y tiene la cara salpicada de arrugas precoces porque no ha habido forma de hacerle entender que a su edad las cremas no son un lujo, sino un bien necesario...; esa es nuestra Emma, o al menos la Emma de la cara A, como dice mamá.

Luego está también la otra, la de la cara B, la que solo conocemos unos pocos.

La de la cara B es una mujer que quiere querer a toda costa y que lo hace mal porque elige desde el empeño, siempre con el «sí, claro», el «como tú quieras» y el «faltaría más» en los labios, dispuesta a casi todo para que alguien la mire —y la vea— desde que una tarde, hace años, la vida la partió por la mitad y ella se quedó esperando una llamada que no llegó y que la atornilló a la acera de una calle como un semáforo en ámbar. La cara B de Emma es eso que ella no cuenta porque, si lo hace, se oye haciéndolo en presente y entonces la vida le dice que sigue sentada en esa misma acera, viviendo en un pasado continuo que quizá no ha de cambiar.

—Todos somos como somos porque hemos sido algo antes —decía la abuela Ester cuando nos oía hablar mal de alguien y a su pregunta de «pero ¿tú sabes cómo era antes? ¿Sabes cómo ha sido su vida? ¿Tú lo sabes?». no teníamos otra respuesta que la callada. La sentencia de la abuela es fácilmente aplicable a Emma, y por eso no cuesta nada perdonarle todo. Emma actúa contra el resorte de sus carencias, flagrante en su huida y en lo que le duele, y ante eso todo queda pequeño. Todo se nos queda pequeño.

La herida de Emma se llama Sara. Y digo «se llama» porque sé —todos lo sabemos— que Sara sigue sin estar ausente del todo, a pesar del tiempo que ha pasado desde que dejó de estar. Sara está y de Sara no se habla, porque hacerlo sería hablar de demasiadas cosas concatenadas y a Emma el dolor le deslavazó la memoria, achicándola entera. Si alguien le preguntara qué pasó aquella tarde, qué sintió, qué falló..., ella se comprimiría como lo hace cuando la realidad cruza el espejo y la obliga a mirarse en él. Si alguien preguntara, ella diría lo que ha dicho siempre:

—Sara no llamó.

Sara no llamó. Durante mucho tiempo, hasta que apareció Olga, Emma lo contaba así. A veces, cuando menos lo esperábamos, lo soltaba como si de repente cayera en la cuenta de que eso había pasado y de que le había pasado a ella, asombrada todavía, todavía incrédula. «Sara no llamó», decía, y los que estábamos con ella callábamos y esperábamos. El resto había que imaginarlo. Desde entonces, siempre que suena un móvil hay un parpadeo automático acompañado de un pequeño gesto de la cabeza, como si una puerta se cerrara de golpe en su mente, sobresaltándola. Y una mirada perdida que busca algo.

La cara B de Emma está rayada, como si la cubriera una capa de pizarra y una uña la hubiera recorrido a diario durante años. Yo viví con ella esa época de uña sobre pizarra negra. Viví el rasguño y ese ruido estridente y feo que eriza el vello y que graba muchas infancias. Emma no quiso compartirlo con nadie más que conmigo. Me eligió a mí. Me buscó y yo estuve. Fue casi un año intentando vadear juntos aguas poco claras, ella queriendo hundirse, yo tirando de ella para sacarla a flote.

Y funcionó. O eso creímos.

Hasta que un día el nombre de Olga apareció escrito en esa pizarra y Emma enseguida empezó a copiarlo una y otra vez como una niña obediente y castigada que copia deprisa y bien. «Olga, Olga, Olga...» Copió y copió, escribiendo con la uña sobre la pizarra mal borrada una y otra vez, y a base de copiar, de bombear mecánica al corazón, el nombre de Sara, la ausencia de Sara, fue llenándose de Olga, de su presencia y de todo el ruido que la acompaña.

Ruido. Eso son las dos, juntas y por separado. Olga es ruido porque está rellena de él, como una casa abandonada llena de cacofonías dispersas que, encadenadas, asustan. Su risa es ruido. Su voz también. Habla como suena, no como piensa. Y siente en estéreo, empeñada en hacer público lo poco que es, porque a ella lo que es le suena bien. Emma, al contrario, necesita ruido para no ser. El ruido de Olga calla muchos otros que ella prefiere obviar, cómodas las dos en ese binomio perfecto contra el que hace tiempo decidimos dejar de bregar. Nos cansamos. Nos cansamos de esperar que Emma viera lo que nosotros veíamos, de creer que Emma quiere ver. Desde entonces jugamos a que la una y la otra son parte de lo que somos todos. Parte de lo que quedamos. De los que quedamos.

Desde aquí, desde este lado de la cristalera las veo llegar, abrazada Emma a Max, que le ha apoyado las patas en los hombros y la cubre de lametones mientras Olga espera un poco retrasada a que los perros se calmen y la dejen pasar sin mancharle nada, plantada en el umbral con una sonrisa forzadamente feliz, los ojos ligeramente más abiertos de lo normal y una mano en el pecho. A sus pies, Shirley ladra sin dejar de mirarla, con la cola peluda tiesa como un cascabel y enseñando los dientes, mientras Silvia contempla la escena de pie junto a la mesa, la mandíbula tensa, el gesto difícil, y mamá aparece justo a tiempo por el pasillo con sus zapatillas de cuadros, las ágatas de la abuela y el cuello cisne de mohair, repartiendo la felicidad que lleva alimentando desde que sabe que esta noche estaremos todos y que ahora que por fin ve que Olga y Emma están aquí, y que están juntas, la desborda, disparando en ella lo bueno y lo no tan bueno, descontrolando a la Amalia más niña.

Eufórica. Mamá está eufórica y nerviosa, y esa —bien que lo sabemos— es una combinación que no suele dar buenos resultados, porque a menudo ella la adereza con la torpeza y el despiste. Habrá que ir con cuidado.

«Hay demasiada luz en el salón», pienso de pronto desde la terraza, viendo la escena como si estuviera plantado delante de la pantalla de un pequeño cine y todo lo que es, lo que ocurre, estuviera allí dentro, al otro lado, y me dejara a mí fuera. De repente me viene a la cabeza la pequeña frase que mamá ha dejado caer hace un rato, cuando preparábamos la mesa —«A ti ya podría empezar a pasarte alguna cosita, ¿no, cariño?»—, y que desde este lado de la pecera me resuena entre los ojos como una de las bombas de Emma, tocando llaga. «Esto soy yo», me oigo pensar, perfilando mi imagen en el cristal con la mano. «Estos son mis treinta y cinco años. Este pelo rojo. Los rizos. La línea de la mandíbula. La piel blanca. La mirada verde. Las manos de dedos largos, la nariz aguileña... Esto es lo que ven desde el otro lado. Lo que ven ellos. Lo que se ve.»

Durante una décima de segundo veo a mamá acercarse a la puerta para recibir a Emma y a Olga, y veo también a Silvia volverse despacio hacia la cristalera, buscándome con la mirada. Y es entonces cuando se me ocurre que este baile tan bien acompasado, este laberinto de gestos naturalmente hilados, todo este lenguaje fácil, reconocible, automático..., todo esto es lo que nos hace familia, historia común, comunidad.

Todo esto: esta mesa, esta hermana mayor, esta madre, esta hermana mediana con su novia, el retrato de la abuela encima del sofá, los platos con sus servilletas rojas como boyas en un mar de cristal, los vasos y las copas..., todo esto es el hilo de plata que me mantiene unido a una realidad que corre paralela a la que hace unos años decidí aparcar a un lado para que no doliera, para que me dejara en paz con sus ausencias, sus desplantes y sus jeroglíficos con trampa.

Todo esto es lo que me mantiene aquí, mi toma a tierra desde que las cosas —las mías— se torcieron y la música empezó a sonar mal, fuera de tono, fuera de todo. Desde que, en mi deseo de enderezarme, me adentré por un camino que tomé por un atajo y que al poco se reveló callejón sin salida.

Perdí. No supe perder. Me perdí.

Pero esa es otra historia.

O quizá no.

Tres años ya. Ha pasado demasiado tiempo en muy poco tiempo.

Esa también era una frase de la abuela Ester. La de los últimos años. Memoria cada vez más frágil, con sus libretas llenas de listas y de recuerdos.

Al otro lado del cristal, Silvia me mira y yo dibujo su silueta con el dedo. Ángulos, vértices, contracción. Sus rizos rojos se funden en el cristal con los míos y nuestros perfiles se superponen, completándose. Al verla así —su cara en la mía—, entiendo a mamá y sus ganas de tenernos a todos con ella, y sé que, pase lo que pase esta noche, está todo perdonado de antemano, porque eso es lo que hemos aprendido a hacer desde que por fin pudimos empezar a dejar de perdonar a papá.

Sé que Silvia no callará esta noche, que Emma llegará con sus bombas de relojería y que tío Eduardo torpedeará la mesa con alguno de sus desmanes. Y que habrá que recomponer, que zurcir y recoger cristales, porcelana y piel del suelo.

Pero es que eso, en esta familia que somos ahora, es lo que nos une.

Ser. Estar. Reconquistar espacios. Convencernos de que los hilos que nos vinculan no son frágiles, como lo eran los que tendía papá. Que no es o todo o nada, conmigo o contra mí. Y que somos mucho más que eso, más complejos. Que estamos más vivos desde que la nube negra de papá no amenaza.

Desde el salón, Silvia me mira. Y espera.

Sus ojos, verdes como los míos, dicen cosas. Dicen que esta es una noche especial porque algo vibra en el aire, en el de dentro del salón y en el que circula entre los bancos de la plaza, con sus brisas cálidas y frías trenzadas contra el fin de año.

Es cierto. Esta noche vibra el aire y, en el cielo, jirones de nube se deslizan en silencio sobre una luna entre gris y rojiza como una moneda vieja.

La abuela Ester decía que noches así, las que entretejen vientos de frío y calor, anuncian amaneceres violetas. Nunca nadie preguntó más. No se nos ocurrió saber si los violetas eran amaneceres con mensaje o simplemente con color, porque a la abuela las explicaciones, sobre todo al final, le sobraban. Se conformaba con enunciar. Lo demás había que imaginarlo. Ella estaba cansada de explicarse.

«Noches de luna gris y brisas encontradas, amaneceres violetas», decía.

Y la abuela casi siempre tenía razón.

Ahora, en algún rincón invisible de la plaza una campana da las diez.

Es casi Año Nuevo.

Hora de entrar.

Me esperan.

Libro segundo

El faro

—Cuéntame un cuento, Pew.
—¿Qué clase de cuento, pequeña?
—Uno con final feliz.
—En el mundo eso no existe.
—¿Uno con final feliz?
—No, un final.

La niña del faro,
JEANETTE WINTERSON

Uno

Caracolean las conversaciones sobre la mesa entre los refrescos, el agua y el vino blanco mientras en algún lugar de la ciudad tío Eduardo, que ha llamado hace media hora anunciando que estaba en el aeropuerto esperando a que saliera su maleta, rueda en su taxi hacia aquí.

A un lado de la mesa, Olga y Emma. Al otro, Silvia y yo. A la derecha de Emma, entre ella y la cabecera, un cubierto de más, con sus platos, sus copas, su servilleta y también su silla. Mamá preside, feliz, y Max está tumbado entre ella y yo, con su enorme cabeza sobre mis pies. Hasta ahora todo ha sido fácil. Olga y Emma sonríen como dos niñas y se roban miradas, a veces rozándose las manos, como si no fueran ellas. Emma tiene los ojos brillantes y Olga está exultante, con su ajustado suéter verde, el pelo recogido en un moño alto y la doble vuelta de perlas sobre el pecho que hace rodar sobre sus dedos como un rosario en un gesto que a ella debe de inspirarle cosas que los demás no sabemos ver. A su lado Emma es lo que es: el pelo castaño y mal cortado, la piel reseca, las uñas mordidas, una camisa blanca que ha conocido tiempos mejores y una especie de pañuelo al cuello que Silvia le regaló por un cumpleaños y del que ella echa siempre mano para las ocasiones especiales.

Desde que nos hemos sentado a la mesa, Olga y mamá no han dejado de hablar, mientras a mi lado Silvia mordisquea distraídamente biscotes con *cheddar*, extrañamente ajena, casi laxa en sus gestos. Y es que si en algo son maestras Olga y mamá es en convertir las pequeñas cosas sin importancia en grandes titulares que estiran como una lona sobre la espera, desgranando enunciados y saltando de una minucia a la siguiente. Las dos manejan bien el ruido y lo cotidiano: noticias, la crisis, chismes de programas de sobremesa, revistas del corazón, la última película que han visto... A ambos lados de la lona, los tres hermanos callamos, cada uno sumido en sus propias cavilaciones y ajenos al ruido con el que compartimos noche. Emma mira embelesada a Olga y a mamá con una sonrisa distraída que nada tiene que ver con lo que ve. Conozco bien esa sonrisa. Es la de la Emma ausente, la de la cara B. Delante de mí, mira sin ver, varada en algo que no está aquí y que, a juzgar por el brillo de sus ojos, debe de ser motivo de alegría. Sigue la conversación de Olga y mamá como si participara en ella, inclinada hacia delante en la mesa, con los codos apoyados en el mantel y expresión de interés, pero no está.

A mi lado, Silvia ni siquiera sonríe. Su perfil es un entramado de ángulos cortados a cuchillo y las bolsas que tiene bajo los ojos no contienen solo inflamación. Son bolsas duras, casi musculares.

—Pues la semana pasada fui con Ingrid a ver *Los miserables* —dice mamá con voz de te-voy-a-contar-algo-pero-que-muy-interesante, poniendo una mano en el brazo de Olga—. Pero el musical, ¿eh? No la película.

Olga hace una mueca que seguramente quiere ser una sonrisa de interés, pero que se le queda clavada en la cara como el gancho de una percha.

—Correcto —dice.

—Ay, es tan... real —sigue mamá moviendo una mano en el aire. Va por su segunda copa de vino blanco y empieza a estar un poco achispada—. Está llena de miserables que sufren mucho todo el rato. Y a veces hasta lloras muy a gusto. O sea, un poco como el telediario, pero en París y sin los deportes. Y luego termina y te vas a cenar. Y ya está.

No puedo no reírme. Mamá se vuelve hacia mí con cara de sorpresa.

—Es verdad —dice con voz de niña pillada en falta. Asiento.

—Te creo, mamá.

—Aunque a Ingrid no le gustó —aclara, arrugando un poco los labios, todavía hablándome a mí.

—¿Ah, no? —pregunta Silvia con una ceja arqueada—. ¿Y se puede saber por qué?

—Pues porque dijo que hay muchos mensajes negativos y porque el aura de los protagonistas era un poco alopécica, o halógena, o... bueno, ahora no me acuerdo —responde mamá, volviendo a agitar la mano en el aire, a punto de tumbar la botella de vino de un manotazo.

—Ingrid no está bien, mamá —le digo, cogiendo a tiempo la botella mientras Silvia deja su biscote encima del mantel y barre con la mano las dos migas que ha dejado—. Y como sigas escuchando las tonterías que dice vas a terminar como ella. O peor.

—Pobrecita —dice mamá, negando con la cabeza—. ¿Sabes que anteayer tuvo la última sesión con su chamán y él le pidió prestados doscientos euros para comprarse unas maracas de esas nuevas porque el giro que le habían mandado de Quito todavía no le había llegado?

No puedo contenerme.

—Pero, vamos a ver, ¿no habías dicho que el chamán era mexicano?

—Ay, hijo, mexicano, boliviano... qué más da —responde con una mueca de fastidio—. La cosa es que el hombre le pidió una propina.

—¿Y ella se la dio?

Mamá asiente con la cabeza.

—Claro.

—Lo dicho. Está chiflada y encima es tonta —suelta Silvia a mi lado con voz de mal humor.

—No digas eso, cariño.

Silvia aprieta los dientes.

—¿Y qué quieres, mamá? —le preguntó yo, que me adelanto a Silvia para intentar suavizar un poco los tonos—. Es que no da tregua.

—Cualquier día de estos encuentran a Ingrid emparedada en el sótano de algún locutorio de esos a los que te lleva a merendar y nos toca a nosotros ir a recoger los restos de las dos —suelta Silvia.

Mamá parpadea, visiblemente dolida.

—Qué cosas dices —murmura.

Silvia deja escapar un pequeño bufido de fastidio.

—Demasiado poco digo —suelta entre dientes.

Se hace un pequeño silencio incómodo que apenas dura, interrumpido por el tintineo de un móvil. Un mensaje. Emma parpadea y automáticamente se vuelve a mirarme. Mamá baja la vista y dice:

—Es que... es mi amiga.

Silvia aprieta la mandíbula y cierra la mano sobre el mantel.

—Y yo soy tu hija, mamá —dice, aparentemente más calmada—. Y la que al final te saca siempre las castañas del fuego.

—Ya lo sé.

—Pues no lo parece.

Mamá sabe la que se le viene encima, porque esta es una escena que hemos vivido a menudo desde que papá desapareció y ella inició su andadura como mujer independiente y peligrosa. Peligrosa en sus ganas de aventura, sí, aunque más aún en su afán por recuperar libertades que nunca tuvo con papá y que desde entonces la visitan a diario y a destiempo. Ahora busca con los ojos algo con lo que desviar la atención de Silvia y disipar tensiones y su mirada tropieza con la jarra de agua que tiene delante.

—¿Más agua, hija? —dice con una sonrisa conciliadora.

Silvia parece por un momento totalmente ajena a ella y a lo que sucede en la mesa, como si una sombra se hubiera interpuesto de pronto entre esta realidad y la que trae consigo desde el exterior. Pero el paréntesis de ausencia dura poco. Mamá, que, como Olga, lleva mal los silencios, se apresura a buscar algo que decir.

—Ay —dice mirando por la ventana y soltando un pequeño suspiro que quiere ser de añoranza pero que suena a algo indefinido. Al oírla suspirar, Shirley levanta las orejas desde el sofá—. A saber cómo estará pasando la pobre Micaela estas fiestas.

Ahora soy yo el que se eriza, aunque logro contenerme a tiempo.

—Esperemos que lejos —digo.

Silvia tuerce la boca.

—Con suerte, en Alcatraz.

Micaela es una chica rumana a la que mamá conoció una vez en un semáforo mientras esperaba para cruzar la calle durante uno de sus paseos con Shirley. Micaela hurgaba con un palo en un contenedor de ropa. A los diez minutos, las dos tomaban café en casa de mamá, y unos días más tarde, Micaela empezó a limpiarle la casa dos veces por semana.

Cuando le pregunté por qué tantas horas para un apartamento de cuarenta y ocho metros cuadrados, mamá me miró con ojos de pena y dijo:

—Es que Shirley suelta mucho pelo.

No insistí.

Micaela Niculescu tenía tres dientes de oro y seis hermanos apostados en las esquinas y en los semáforos de la ciudad con cubo, navaja y esponja, dedicados todos ellos a limpiar parabrisas que volvían a ensuciar a golpe de escupitajo cuando la víctima en cuestión no soltaba una moneda. El patriarca de los Niculescu era, según palabras de la propia Micaela, «*recogedur*», que, traducido al castellano actual, viene a ser «ladrón de cobre por esos campos de Dios», y la madre removía una olla en un piso ocupado en el que —de eso nos enteraríamos más tarde— dos de las habitaciones estaban destinadas a «*guardari* cosas, *siñora*, sí», es decir, a oficina de objetos no perdidos y sí echados en falta.

Aunque yo me enteré de la existencia de Micaela por un WhatsApp de Silvia —«Hay una rumana con tres dientes de oro y una Blackberry con cristales de Swarosvsky limpiando en casa de mamá. No sé si llamar a la policía o a un psiquiatra de urgencias para que vaya y la electrocute de una vez»—, lo cierto es que, a pesar de las sospechas y del recelo inicial, la relación de mamá con Micaela nos dio mucho que pensar, más que temer, y pocas pruebas de que las intenciones de la nueva amiga-ahijadaprotegida de mamá no fueran las que decían ser.

Cierto: Micaela siempre fue un encanto con todos. Desde el principio.

Hasta el final.

El final de Micaela llegó cuando menos lo esperábamos, exactamente el día del cumpleaños de mamá. Recuerdo que era lunes y que habíamos salido a media mañana con destino a la playa. Habíamos planeado pasar el día con los perros visitando un par de pueblos de la costa y quedarnos a comer y a cenar por allí. Desgraciadamente el viaje duró poco. Media hora después de haber pasado el primer peaje de la autopista sonó el móvil de mamá. Era Eugenia, su vecina de enfrente.

—Amalia, preciosa, ¿te mudas? —preguntó Eugenia al otro lado de la línea.

—¿Mudarme? ¿Yo? —respondió mamá con voz de no entender, mientras se volvía a mirarme—. No, ¿por qué?

—Ah, pues qué raro —dijo Eugenia—. Es que como hay un camión delante del portal y están sacando todos tus muebles por la ventana, me he dicho: «Igual esta mujer se nos va». Aunque, claro, me ha extrañado, porque como todos los vecinos que se han ido de aquí lo han hecho porque se han muerto, pues eso.

Mamá se puso lívida.

Cuando una hora más tarde llegamos a casa, Silvia tenía la situación bajo control. Los ciento un Niculescu terminaban de devolver todo el material robado —«perdón, *siñoras*, perdón, confundiendo por mudanza. *Irror*», lloriqueaba Micaela desde uno de los coches patrulla mientras encima del capó se amontonaban unas cuantas navajas, una pistola y un montón de tarjetas de crédito que afortunadamente no eran nuestras— y mamá, rota de dolor, se acercó a su ya examiga y le dijo:

—Ay, Micaela, lo siento muchísimo, hija. Pero quédate tranquila, porque yo sé que esto no es cosa tuya. Son las compañías. ¡Cuántas veces te he dicho que tuvieras cuidado con la gente y que no te fiaras de nadie, que este país es como es y somos como somos! Si es que te pasa lo que a mí: de tan confiada y de tan buena eres tonta.

Micaela sonrió, mostrando sus dientes de oro y brillantes, y soltó una retahíla en rumano que no sonó bien y que coronó con un escupitajo que fue resbalando por la ventanilla del coche como un deseo no cumplido.

Ese día Micaela y el clan Niculescu desaparecieron definitivamente de la vida de mamá. Horas más tarde, Silvia mandó instalar una alarma en el apartamento, conectada con la policía. Cuando terminó de explicarle a mamá el funcionamiento del aparato, esta la acompañó a la puerta, se despidió de ella en el ascensor y en cuanto volvió a entrar en casa, metió el mando a distancia de la alarma en el fondo de un macetero vacío y se olvidó para siempre de él.

Ahora mamá parpadea y calla, sabedora de que el tema Micaela todavía levanta ampollas y no es del todo bienvenido y de que mejor no seguir por ahí. Coge la jarra del agua y se vuelve hacia Emma.

—¿Un poco de agua, hija?

Emma la mira sin borrar esa sonrisa mitad presente y mitad ausente que lleva impresa en la cara desde que se ha sentado a la mesa y niega con la cabeza. Luego, nos recorre a todos con los ojos y dice, como si acabara de llegar:

—Qué extraño que papá ya no esté, ¿no? —Mamá se queda con la jarra en alto y Olga se coge las perlas y suelta una de sus carrasperas secas. Emma me mira. Sigue sonriendo—. Qué... descanso —murmura casi como si acabara de arrepentirse de haber hablado, encendiendo el iPhone que tiene junto al plato con un gesto mecánico.

A mi lado, mamá se encoge un poco, deja la jarra en su sitio y se sirve una tercera copa de vino. Antes de beber, vuelve a hablar con una voz que también es la suya pero de otra Amalia distinta, esa que, como Emma, suelta verdades rumiadas durante meses cuando nadie cree que está, y que nos pilla siempre a contrapié.

—Desde que me divorcié no lo he echado de menos —dice—. Y a veces me siento mala.

Silvia levanta la vista. Emma parpadea. Papá. Mamá habla de papá.

—Y es que, cuando lo pienso, me duele tanto haberos dado un padre así que no sé cómo pediros perdón. —Entrecierra un poco los ojos, para defenderse del exceso de luz y añade—: No sé cómo hacerlo.

Trago saliva. Mamá habla angustiada y su angustia es una brisa densa y contagiosa que de repente cubre la mesa como una nueva lona. Es una lona fea y gris, una sábana de culpa que dura demasiado, aunque hasta ahora, en estos cinco años, es algo que solo había compartido conmigo.

No me gusta verla así. No nos gusta. A ninguno.

Toma un sorbo de vino y, sin soltar la copa, clava los ojos en el mantel. Pasan un par de segundos.

—Pero lo que más me duele es haberme perdido tantos años de mi propia vida —dice con una sonrisa tan triste que automáticamente tiendo la mano y la cierro sobre su brazo. A mis pies, Max levanta la cabeza y suelta un suspiro; y en la plaza alguien grita y se ríe. Son niños—. Es que no sabía que la vida podía ser de otra manera —añade—. Que podíamos estar así, tan... bien. —Pone despacio su mano sobre la mía y, dejando reposar la mirada sobre la cristalera, niega con la cabeza—. Yo... no sabía.

En la plaza los niños gritan de nuevo, jugando en ese inmenso mamotreto de cables y cuerdas por el que a menudo se pelean. También se ríen, cruzando la noche de alivio. Aquí, en la mesa, nadie dice nada.

La mano de mamá calienta la mía y, cuando por fin voy a decir algo, ella vuelve a bajar la cabeza y sigue:

—Aunque más me duele no tener conmigo a mamá. —Sonríe, triste—. Que no haya podido verme así.

Dos

La primera vez que mamá se sinceró conmigo sobre lo que sentía acerca de su divorcio de papá —y me hizo partícipe de la misma angustia que hace apenas unos segundos ha dejado caer a plomo sobre la mesa— fue el día que inauguré mi estudio en lo alto de la azotea con vistas al mar y ella se ofreció a venir a ayudarme a preparar las cosas para la cena.

—Así veo la casa sin nadie —dijo.

Cuando llegó, se sentó en el suelo del descansillo, con los pies en el último peldaño de la escalera sin dejar de resoplar y me miró con cara de espanto.

—Hijo. Esto no es un ático —dijo—. Esto es... un sexto sin ascensor.

Asentí con la cabeza desde la puerta.

—Ya te lo dije.

Ella siguió mirándome durante un par de segundos, rumiando ceñuda.

—Pero ¿quién va a venir a verte aquí? —preguntó con cara de preocupación—. Vas a estar muy solo.

Sonreí.

—No te preocupes, será algo temporal.

Se cubrió los ojos con la mano para protegerse del exceso de luz y recorrió con la mirada las paredes desconchadas de la escalera. Vi a la vez que ella lo que nos rodeaba: una escalera de peldaños poco seguros de piedra blanca, paredes sin molduras y con humedades secas como lamparones, la barandilla tan desgastada que había tramos en los que el hierro asomaba bajo la madera como un enorme fósil incrustado en ámbar y, coronando la escena, sobre nuestras cabezas, un techo de uralita supuestamente traslúcida de planchas mal fijadas que cuando soplaba el viento traqueteaban desde las alturas como si encima tuviéramos una estación de metro.

Mamá recorrió el descansillo con los ojos hasta tropezar conmigo. Luego suspiró.

—Qué... mono. —Mintió. Y luego—: Podrías poner unas palmeras aquí fuera. Seguro que se te hacían enormes—. Y sin dejar de jadear, miró el extintor que colgaba de la pared y añadió—: Y ya puestos, a lo mejor podrías pedir que pusieran una bombona de oxígeno en vez de... eso. —Pareció pensarlo mejor y se le iluminó la mirada, al tiempo que remataba con un—: O podríamos decirle a Ingrid que te enviara reiki desde su casa. Ahora también lo da a distancia.

Me reí. Ella también, aunque lo hizo por puro contagio y yo se lo agradecí.

—Ven, pasa —la invité, tendiéndole la mano para ayudarla a levantarse.

Cuando entrábamos en casa, dejó el bolso en la encimera y me dijo:

—Por cierto. Tienes una portera que es un encanto.

La miré sin entender.

—¿Una... portera? —Asintió.

—Pero mamá, ¿tú crees que una finca como esta puede tener portera?

Arrugó los labios y se retocó el pelo.

—Pues claro.

Me llevó unos segundos comprender.

—¿Cuando dices «portera» te refieres a una mujer de unos sesenta y tantos que está sentada en una silla de camping en el portal con una radio, una especie de camisón de flores y las uñas de los pies pintadas con la bandera de Estados Unidos?

Mamá asintió.

—La misma —dijo. Y luego—: Qué encanto de señora. Y lo que te quiere ya. Hemos estado charlando un rato. Cuando le he dicho que venía al ático me ha dicho que eras un chico estupendo y que no me preocupe, que aquí vas a estar feliz. —La miré de hito en hito y cuando quise decir algo, ella esbozó esa sonrisa de niña feliz que solo existe en el Planeta Mamá y añadió—: Y mira, de paso he aprovechado para preguntarle si conoce a alguna chica que pueda subir a hacerte la limpieza un par de días a la semana. —Nueva sonrisa, esta de felicidad—. Me ha dicho que te enviará a una de sus hijas.

No pude reprimir un bufido.

—Mamá, esa mujer no es la portera.

—¿Ah, no?

—No. Es... dominicana. Y puta —le dije—. Tiene a seis chicas trabajando en la pensión del primero. Se llama Reimeldis.

Mamá tragó saliva y puso cara de palo. Luego:

—Reimeldis —murmuró—. Vaya. Qué nombre más bonito, ¿no?

No me llevó mucho tiempo enseñarle el estudio. La verdad es que no había mucho que enseñar. Cuando terminó de inspeccionarlo todo —paños de cocina, sartenes, toallas, ropa de cama—, se volvió hacia mí con una mirada interrogante y dijo:

—Ah. Pues bien, ¿no?

—Mamá.

Sonrió.

—¿Tan terrible te parece? —le pregunté.

Abrió los ojos como platos.

—¡No! ¡Qué va! —dijo, recorriendo el salón-cocina-comedor-estudio con la mirada—. Es solo que... mmm... ¿dónde me habías dicho que estaban las... habitaciones?

—No te lo he dicho.

—Ah.

—Es que no hay.

—Ah.

Se sentó en el sofá y cogió una revista de la mesita. Empezó a abanicarse despacio.

—Y... ¿dónde dormirás?

Me senté a su lado.

—Estamos sentados en mi cama.

Siguió abanicándose durante un par de segundos más, pensativa. Luego dijo con voz triste:

—Entonces, cuando venga a verte... ¿no podré quedarme a dormir?

Lo dijo con una tristeza y con una desazón tales que enseguida me arrepentí de haberme decidido por aquel estudio. Pero al instante ella se iluminó:

—Mejor. Así vendréis a verme Max y tú y os quedaréis a dormir en casa —dijo—. Y... podéis quedaros todo el tiempo que queráis. Total, yo tengo ascensor. Y el sofá es de tres plazas, como este. Además, como dices que a Max no le va bien abusar del ejercicio, por los huesos y eso...

Vi una vez más el estudio con sus ojos y lo vi pequeño, lleno de luz y vacío de todo.

«Como la linterna de un faro», me diría Emma horas más tarde, después de la cena. Estábamos los dos en la terraza —«yo diría más bien una azotea de uso privativo», apostillaría Olga tras la consabida carraspera cuando un año más tarde le di el breve *tour* por el palomar y ella miraba la terraza desde el salón—. Emma estaba apoyada en la barandilla y miraba hacia el estudio iluminado. «Es verdad», pensé, viendo los ventanales que ocupaban prácticamente toda la pared delantera. «Como la linterna de un faro.» Detrás de Emma, un poco a su izquierda, parpadeaba un cartel luminoso montado sobre una azotea, iluminándola por detrás como una diadema con mensaje. El lema original decía: «CALMA CON ALMAX», pero había una letra que no se encendía, con lo cual el anuncio había quedado reducido a «CALMA CON ALMA».

Calma con alma. En ese momento me pareció un mensaje precioso. Y un buen augurio.

En el sofá, mamá bajó la mirada y empezó a jugar con el abanico. La vi preocupada.

—¿Qué pasa, mamá?

—Nada, Fer —respondió, dejando escapar un poco de aire por la nariz en un gesto típico de ella.

—Mamá.

No respondió de inmediato. Volvió a recorrer despacio el estudio con la mirada. Luego dijo:

—Es que... bueno... —empezó—. Es tan raro esto... —dijo, levantando un poco las manos y volviendo a dejarlas sobre su regazo.

—¿Esto?

Me miró.

—Sí —dijo—. Los dos tan... solteros. Así, de pronto.

Ah, así que era eso.

—Y tan... solos —añadió con una sonrisa tímida. Sentí una pequeña punzada en el pecho, no supe si por sus palabras o si por el poco músculo que había en su sonrisa. Me contraje, dolido.

—Tan solos, no —dije, con un tono que fue quizá más duro del que me habría gustado utilizar. Luego respiré hondo—. Solos estábamos antes, mamá. Sola tú con papá. Y yo con Andrés.

Ella se levantó y se acercó al ventanal. Su figura se enmarcó contra el cielo abierto. A la izquierda asomaba la esquina de un edificio, con sus galerías y sus balcones, como un mascarón. No se volvió al hablar.

—¿Sabes?, desde que me divorcié de tu padre no lo he echado de menos —dijo—. Ni una vez. —No dije nada. Ella no se movió—. Y a veces me siento mala —añadió. Esperó unos segundos antes de seguir. Sobre su cabeza, en el azul, la estela blanca de un avión recorría el cristal como un lápiz imaginado—. Cuando lo pienso, me duele tanto haberos dado un padre así que no sé cómo pediros perdón. —Se volvió, entrecerró un poco los ojos, defendiéndose del exceso de luz, y dijo—: No sé cómo hacerlo.

No supe qué decir. Ella volvió despacio al sofá, se sentó y pareció pensar durante unos segundos. Luego me puso la mano en la pierna y dijo:

—Tú que escribes tan bien, cariño. ¿No podrías pensar en una frase que me sirva para pedir perdón a tus hermanas y que suene bonito? Es que me da tanto miedo que suene feo... Y que no me perdonen.

Volví a sentir un pequeño golpe seco en el pecho, aunque esta vez no fue de rabia. De repente vi lo que mamá me decía. Lo vi así, en grande, y entendí que estaba dolida consigo misma, y que, libre de la sombra de papá, habían empezado a llegar los reproches. De ella contra ella misma. La entendí demasiado bien, aunque no lo dije. Quise decirle que no hacía falta que nos pidiera perdón, que no había nada que perdonar.

—No podemos seguir pidiendo perdón por estar vivos, mamá. Eso ya se acabó —fue lo que me oí decir.

Ella no habló. Empezó a alisarse los pantalones en un gesto lento y automático, muy suave. Luego se levantó, me tendió la mano y dijo, cambiando por completo de tono:

—¿Me enseñas la terraza?

Lo pasamos bien esa tarde, sentados los dos en el escalón que unía el ventanal a la terraza con dos tazas de té helado como dos niños, imaginando las plantas que podría poner y dejando que me contara cosas de su nueva vida de soltera, que ella describía emocionada como si tuviera dieciocho años y acabara de salir de la casa de sus padres. Todo era nuevo para mamá: los vecinos, el tiempo, la falta de horarios, cosas tan cotidianas como contratar la línea telefónica, decidir si instalar o no aire acondicionado o acostumbrarse a comprar para ella sola. De repente lo cotidiano se había vuelto novedad y ella lo vivía como si estuviera embarcada en la gran aventura de la vida. Yo la escuchaba embobado, casi con envidia.

Mamá estaba luminosa, más alegre y menos encogida cada día que pasaba. A medida que descubría que podía, que los años de infortunio con papá eran en efecto un error que no había que corregir sino dejar atrás, parecía crecer sobre su propia sombra y empequeñecer lo feo.

«Mamá crece y yo me aparto», recuerdo que pensé viéndola tararear encantada *I Left My Heart in San Francisco* mientras ponía la mesa con aire distraído y me ayudaba a preparar la ensalada de frutas. Fue una idea fugaz. Un simple chispazo.

En ese momento no imaginaba que esas seis palabras iban a ser el titular que resumiría los siguientes años de mi vida.

Hasta ahora.

Hasta esta cena. Esta noche de fin de año.

Han pasado muchas cosas desde entonces. Nos han pasado muchas cosas. A todos. Y tiempo. Tanto tiempo...

Cuando desperté, al día siguiente de la cena de inauguración de mi estudio, tenía un SMS en el móvil. Era de mamá. Decía así:

«No, cariño. No podemos seguir pidiendo perdón
por vivir.
Gracias».

Recuerdo que dejé el móvil en el suelo y me volví hacia el ventanal. En el cielo dos aviones cruzaban sus estelas y rayaban el azul en direcciones contrarias, dibujando una equis extraña. Sonreí y recordé la leyenda del cartel que había visto parpadear sobre la cabeza de Emma desde la terraza la noche anterior:

CALMA CON ALMA

Cogí el móvil, lo metí debajo de la almohada e intenté volver a dormirme. Cuando conciliaba ya el sueño, llegó un segundo aviso. Un nuevo SMS. Aunque estuve a punto de no mirarlo, me pudo la curiosidad. También era de mamá.

> «Hijo, ¿y no será que Charileidis te ha dicho que es p. porque le da vergüenza que la gente crea que es portera? Ingrid dice que a veces pasa.»

Tres

—Tú no tienes la culpa de haberte encontrado en la vida con un cretino como papá, no fastidies —dice Silvia, dejando su vaso encima de la mesa y mirando a mamá con rabia. Viéndola así, mirar así, cualquiera diría que lo que dice y lo que siente circulan por carriles paralelos. El carril de la derecha lleva a la mujer que es, encapsulada en la oscuridad de lo que teme dejar a la vista. El de la izquierda es el de la Silvia que intenta ser desde que le ocurrió lo que le ocurrió y se convirtió en una especie de mecano lleno de voces contenidas y de frases que empiezan siempre igual: «Lo que procede es», «lo más justo es», «lo que no se puede admitir es», «lo que tendrías que hacer es». Son frases que maneja con la habilidad rutinaria. Aprendidas. Memorizadas. Las dos Silvias no confluyen nunca porque están domesticadas para no coexistir. Por un lado, la voz de Silvia. Por el otro, sus ojos, esa mirada que de cerca la delata, aunque ella no lo sepa—. Ni nosotros tenemos la culpa de haber tenido un padre así. —Vuelve a la carga mientras mamá parpadea, sorprendida, y Emma me mira desde el otro lado de la mesa con cara de no estar cómoda.

—Claro, hija, claro —dice mamá con esa voz de «ya estamos otra vez con lo mismo, a ver si tenemos la fiesta en paz» que intuyo, porque la conozco como la conozco, que Silvia va a recibir mal.

No me equivoco.

—Claro, no, mamá —suelta entre dientes al tiempo

que intenta relajar los hombros, aunque sin éxito—. Los hijos no escogen a sus padres. Ni tienen la culpa de lo que les toca en suerte. Y menos si lo que te toca es papá —remata, mientras busca un cigarrillo en su bolso.

Mamá me mira disimuladamente y pone los ojos en blanco, aprovechando que Silvia ha bajado la cabeza para buscar el tabaco. Busca despacio, metódicamente.

—Qué cierto es eso de que hay gente a la que no deberían dejar tener hijos —dice, levantando la cabeza—. Todavía no entiendo por qué a las parejas que adoptan les hacen pasar por todos esos calvarios y al resto no los controlan un poco más. Otro gallo cantaría.

Mamá se vuelve hacia Olga y, con una sonrisa de abuela feliz, le dice:

—¿Te apetece un poco de vino, cielo?

Olga niega con la cabeza y se vuelve hacia Silvia, que ha vuelto a concentrarse en los tesoros de su bolso y que ahora empieza ya a remover su contenido con un gesto impaciente.

—Pues mira, ahora que dices eso —empieza, abriendo un poco los ojos y apoyando el mentón sobre las manos—, deja que te diga que el otro día en la peluquería vi un reportaje sobre los reyes de Holanda.

Se hace el silencio. Mamá parpadea como una coneja sorprendida en mitad de la carretera y Silvia levanta despacio la cabeza con cara de «espero que lo que viene a continuación tenga algo de sentido, porque si no...» y me da un pequeño golpe con la rodilla por debajo de la mesa. Yo me acerco el vaso de zumo a la boca.

—¿Ah, sí? —interviene mamá, encantada con el giro que adivina en la conversación—. Ay, la chiquita argentina gordita. Mira que ha ganado desde que es reina.

Olga chasquea la lengua.

—Correcto —dice. Y luego—: Pues después de ver el reportaje, que por cierto, también te digo que él será todo lo rey que quieras, pero es un poco como el queso ese holandés...

—El bola, sí —dice mamá, asintiendo. Silvia me mira. Yo a ella no, porque sé que si lo hago me reiré y será peor.

—Correcto —dice Olga—. El bola.

—No —interviene Emma con una voz suave acostumbrada a corregir en positivo—. Es queso *de* bola. No *el* bola. Creo que *El bola* era una película de un niño de barrio al que le daban unas palizas tremendas de un director que luego se hizo payaso.

Olga la mira y deja escapar un suspiro de paciencia.

—Bah, de bola, el bola... ¿qué más da? La cuestión es que el chico es un babas. Pero a lo que iba: ella, la argentinita esa... Máxima o como se llame la criatura... fíjate tú con el padre que tiene, que al parecer fue un poco —carraspea— difícil, lo mona y risueña que nos ha salido. Y esos niños tan ideales...

Un nuevo silencio. Olga nos mira, visiblemente encantada con su intervención, y mamá, que no se acostumbra a ese surrealismo de ventanilla, tan alejado del suyo en formas aunque no en intensidad y que sufre con los silencios tensos que Olga deja a su paso, sale en su ayuda con un:

—Y mira que podría haber sido dentista. Siendo tan... argentina...

Silvia se vuelve a mirarla y yo me llevo la servilleta a la boca. Cuando intento respirar y decir algo, mamá coge su copa de vino casi vacía y añade con una risilla sospechosamente achispada, dirigiéndose a Silvia:

—Ji, ji, ji... Huy, pues... si ella, con ese padre, ha llegado a reina de Holanda, igual tú, con papá, llegas a emperatriz de Noruega.

Silvia se tensa y vuelve a meter la mano en el bolso.

—Mamá —le digo, poniéndole una mano en el brazo. Ella me mira.

—Lo que quiero decir —insiste—, es que a lo mejor resulta que en realidad Peter no es informático de iPads o iPuks o *hattricks* de los de Twitter, sino que en realidad es el príncipe heredero de Noruega, y un día de estos le das un beso y pasa como en *La Bella y la Bestia*, o sea que el sapo se convierte en príncipe y mira, yo Noruega no la conozco, pero seguro que se vive muy bien, aunque siempre que anuncian una novela noruega sea de asesinos oscuros. Y es que, claro, como decía la abuela Ester, todo tiene su explicación y nada su redención: en un país con tanto frío y con tantos... noruegos, pues la rabia es la rabia y los caminos del señor no tienen pérdida. Ya lo dice Ingrid, que el frío genera una sustancia en la bilirrubina que vuelve locos a los hombres y los obliga a hacer cosas de las que a lo mejor los noruegos no se arrepienten porque como no son católicos, no tienen culpa. Ah, qué suerte, no tener culpa, ni tener que ir a misa. ¡Oh! —dice, dejando la copa en alto y abriendo mucho los ojos, como si de pronto hubiera encontrado una gran verdad—, ¡claro! ¡Es por eso! ¡Matan tanto porque no son católicos! ¡Ya decía yo! Y claro, como hace frío y les da pereza salir, en vez de matar así, como las personas normales, lo hacen en las novelas desde casa. ¡Ay! ¡Cómo no se me había ocurrido! Tengo que contárselo a Ingrid —sigue, dejando la copa encima de la mesa y haciendo el gesto de levantarse, aunque es un gesto que no dura. Lo piensa mejor—. Bueno, mejor se lo cuento luego, cuando pase a tomar una copita de cava, así no la molesto. —Se calla, suspira y a modo de explicación ampliada, mira su reloj y añade—: Es que esta noche está haciendo inventario en el *outlet* de Intermón.

Silencio.

Emma está preparándole un canapé de *brie* a Olga, que a su vez mira a mamá sin saber qué decir. Yo trago saliva un par de veces mientras pienso: «Hay que parar esto», aunque sin demasiada convicción, porque la experiencia me dice que cuando mamá se lanza, y esta es a todas luces una de esas veces, es difícil pararla. Mamá se desliza hacia la tragedia como en una de esas escenas de dibujos animados en la que el protagonista del capítulo cae de pronto por una pendiente de nieve y rueda cuesta abajo, acumulando nieve a su paso hasta formar una bola cada vez más grande, abocada al precipicio. A mi izquierda, la voz de Silvia llega sólida y brusca como una piedra sobre el agua de una charca.

—Mamá, estás chiflada —sentencia. Mamá me mira y sonríe. Luego suelta una risilla—. Y creo que deberías empezar a tomar agua en vez de vino.

Cuando mamá está a punto de responder, Olga se le adelanta, después de aceptar el canapé de Emma y atraparlo entre sus uñas francesas, y luego dejarlo en el plato como si tuviera entre manos un anillo de Tiffany.

—[Carraspera seca] Deja que te diga —empieza con voz de maestrilla mesetaria, dirigiéndose a Silvia— que tanto la maternidad como la paternidad son cosas muy serias, y no me parece de recibo que hables así —agita las manos y las uñas de porcelana en el aire—, con esa ligereza, de un tema tan... sensible. Hay mucha gente que se deja el alma por sacar a sus hijos adelante como Dios manda, te lo digo porque yo lo veo a diario en el banco. Tú ni te imaginas la cantidad de padres y de madres que se sacrifican por sus hijos como auténticos héroes anónimos.

Silvia, que por fin ha encontrado el paquete de tabaco y el encendedor en los abismos de su bolso, la mira como si estuviera viendo una rata colgada de un gancho en una carnicería y luego pregunta:

—¿Esto es una cámara oculta o... algo?

A mi lado mamá rompe a reír. Es una risa nerviosa, de alarma, que suena desafinada y que solo consigue manchar el silencio. No hay más que verle el brillo de los ojos para saber que definitivamente se le ha ido un poco la mano con el vino. Junto a ella, Olga aprieta los dientes, coge con cuidado el canapé que tiene en el plato y se lo mete en la boca, sacando la lengua y enseñando los dientes para que el *brie* no le manche los labios, como esas señoras mayores que a mamá y a mí tanta gracia nos hacen, que comen bollos en grupitos de a cuatro en las chocolaterías a la salida del cine y a las que tío Eduardo, con esa agudeza que lo caracteriza, bautizó en su día como «las cuatro bollos y un funeral». Olga mastica despacio. Cuando por fin vuelve a hablar, lo hace con ese tono de mujer ofendida que ha estado esperando largo tiempo para poder sacar el látigo de su inquina.

—Quizá hablarías de otro modo si fueras madre —dice con una voz plana y fea de ventanilla—. Es muy fácil teorizar sobre las cosas así, a la ligera. Pero deja que te diga que los hijos no son ninguna tontería. Hay que ser madre para opinar sobre la maternidad, como hay que ser profesora para opinar sobre la enseñanza —añade, mirando a Emma y asintiendo levemente con la cabeza.

Silvia deja la mano en alto, con el cigarrillo colgando sobre su plato, y entrecierra los ojos en una mueca de contención. Luego inclina a un lado la cabeza y deja escapar el aire por la nariz antes de hablar:

—¿Y tú que sabrás? —escupe entre dientes con voz aburrida—. ¿Tú que sabrás de enseñanza, de niños y de nada, si lo único que haces es pasarte las horas detrás de una ventanilla engañando a esos pobres abuelos, vendiéndoles porquerías a plazo fijo para que los ladrones de tus jefes sigan robándonos a todos y desahuciando de sus casas a esos que tú llamas «padres sacrificados y auténticos héroes anónimos»?

Olga parpadea, se lleva la mano al pecho y carraspea un par de veces. El ataque frontal de Silvia la ha sonrojado y ahora unas perlas de sudor le brillan en la frente. Sus labios forman una O pequeña y deforme mientras, a su lado, Emma le pone la mano en el brazo y la acaricia despacio, casi como pidiendo permiso. A mi lado mamá aprovecha que nadie la mira para servirse un poco más de vino.

Viendo a Olga así, así de ofendida y de indignada, entiendo que no sabe que acaba de meter la mano en una chistera equivocada y que el conejo que esperaba sacar de ella ha resultado ser una víbora venenosa. No, Olga no sabe que se ha adentrado en una ciénaga de barro sucio. La tierra que ahora pisa es territorio comanche, una de tantas páginas del álbum familiar que, como muchas otras, esta familia solo comparte con los suyos. Olga no sospecha, porque Emma no la ha avisado, que acaba de agitar un avispero lleno de llagas todavía no cerradas. A mi lado, Silvia apaga el cigarrillo en el plato y se levanta de golpe, casi tumbando la silla de un empujón.

—Voy al baño —dice, masticando las palabras. Olga la sigue con la mirada, todavía sin entender y con el asombro y la ofensa grabadas en la cara. A su lado, Emma sigue acariciándole el brazo con una sonrisa forzada.

Lo que Olga no sabe y quizá nadie le cuente nunca es que, como decía la abuela, todos hemos sido algo que muchas veces explica lo que somos ahora. Y eso también incluye a Silvia. La Silvia que es —la que es ahora— no siempre fue así. Hubo una Silvia distinta porque no había vivido todavía lo que la hizo cambiar hasta convertirse en quien es, hubo una Silvia mucho más relajada y más vital y, sobre todo, más alegre. Esa, la otra Silvia, era una mujer que se enfrentaba a la vida como lo hace ahora, pero sin apretar los dientes como si quisiera arrancarle con ellos algo que no ve ni velar como vela ella para que todo esté controlado. Hubo una Silvia maniática, muchas veces insoportable, sí, y con un carácter endemoniado..., pero también era una mujer que sabía reírse de sí misma y que exprimía la vida como nadie. Recuerdo que durante sus años en la facultad, siempre que podía cogía la mochila y se iba sola a la montaña. «Me voy a explorar», decía. Y volvía radiante, descansada, desprendida. En aquel entonces le encantaban los animales y la naturaleza. Y sentía interés por todo. Tenía tanta curiosidad por la vida, por la gente..., tanta vitalidad que costaba no contagiarse de esa energía que desprendía y con la que parecía capaz de llenarlo todo. Si había que organizar una fiesta de cumpleaños sorpresa, allí estaba ella, dirigiendo. Si una amiga se mudaba, la primera en aparecer para ayudar era Silvia. Todos la querían, y la querían cerca porque era generosa.

Supongo que esa seguiría siendo Silvia de no haber vivido lo que vivió hacia el final de su relación con Sergio. Supongo que sigue estando, aunque no aparezca, porque algo me dice que acumulamos en algún rincón todos los yoes que creemos haber perdido por el camino. En realidad, lo que le ocurrió a Silvia se explica muy fácilmente, porque es algo que ocurre con frecuencia: Silvia y Sergio decidieron que había llegado el momento de tener un hijo. A Silvia no le costó quedarse embarazada y todo fue bien hasta que a las diez semanas lo perdió. Por ser ella como es, no vivió el aborto como algo tremendo. De hecho, sabía ya que un alto porcentaje de primeros embarazos no siguen adelante y estaba preparada para una eventualidad así, de modo que enseguida se pusieron a buscarlo de nuevo. Y volvió a quedarse embarazada. Esta vez, el embarazo siguió adelante. Todo parecía en orden hasta que cuando estaba de seis meses y medio, la ecografía de rutina desveló lo que nadie esperaba: incomprensiblemente, la pequeña —era una niña que ya tenía nombre— había dejado de respirar y flotaba muerta en el vientre de Silvia.

Esa tarde Silvia ya no salió de la clínica. La operaron a la mañana siguiente y al hacerlo tuvieron que extirparle también la matriz, porque la tenía sembrada de quistes con muy mal pronóstico. Cuando, horas más tarde, el ginecólogo pasó a verla a la habitación, ella quiso saber. El médico, que la conocía bien, no solo porque era su ginecólogo desde siempre, sino porque además había sido profesor suyo durante la carrera, no esperó para decirle la verdad.

Silvia lo escuchó en silencio. Cuando él terminó de hablar, ella se volvió de espaldas y dijo:

—Ahora estoy vacía.

Ese fue el principio de todo. A partir de ese momento, Silvia, que se había preparado para ser madre con la misma intensidad y con las mismas ganas que le ponía a todo, empezó a amasar una cara B que no le conocíamos simplemente porque hasta entonces no estaba. La Silvia que salió de la clínica era otra. Donde antes había ganas de comerse el mundo, había ahora un vacío que ella enseguida se empeñó en llenar. Donde antes curiosidad, ahora necesidad de control. La Silvia mandona se tornó intolerante. La amiga de sus amigos se volvió una especie de loba que defendía y controlaba a los suyos hasta ahogarlos. Silvia salió herida de la clínica y bregó con el dolor como supo o pudo: decidió llenar su vacío de hijos con otras cosas y moldeó así a una nueva Silvia. Nació entonces la mujer hiperactiva, volcada en su trabajo y en sus logros profesionales; llegó una mujer práctica, metódica hasta el detalle más ínfimo y obsesionada con la pulcritud y la limpieza. Cambió de empresa, empezó a viajar, a ascender, a dirigir y a mandar, apartando a un lado todo lo que le recordaba a ese vacío de niños que no conseguía aceptar por injusto y por no merecido. Y, poco a poco, esa ola que fue eliminando a la madre que no había podido ser terminó por llevarse también a Sergio, a muchos de los amigos de juventud y también muchas ilusiones, muchos planes. Silvia se convirtió con el tiempo en una máquina de trabajar y de conseguir objetivos que encontró en Peter la otra cara de su espejo: un hombre que se limitaba a estar y que, como ella, vivía más con la cabeza que con el corazón, aunque en su caso, él parecía no haber vivido nunca de otro modo y estar cómodo así, cómodo desde siempre con sus emociones apelmazadas. Silvia, en cambio, vive desde entonces de espaldas a lo que fue, enfadada con la vida porque le estafó los hijos y la obligó a convertirse en alguien a quien ninguno de nosotros reconocemos del todo. Ella funciona así desde entonces, reconociéndose en lo profesional, porque es lo que domina, y convertida en la madre de todos nosotros, la madre que ella cree que necesitamos, sufriendo cuando ve que no somos ni actuamos como nos conviene, controlando el rebaño, siempre alerta, para que la vida no vuelva a jugársela y le dé otro golpe que, en su fragilidad, la tumbe y no pueda volver a levantarse.

Eso, esa Silvia que se quedó clavada en esa habitación de la clínica, es la que no conoce Olga. Y esa es también la Silvia que todos recordamos y a la que queremos, porque sabemos que si estuvo tiene que seguir estando, y porque en el fondo llevamos tiempo, mucho tiempo, esperando que pase algo que nos la devuelva.

—Nunca imaginé que pediría para que a uno de mis hijos la vida le dé una bofetada como me la dio a mí con tu padre —he oído decir a mamá más de una vez cuando hablamos de Silvia y de lo mucho que nos preocupa a todos—. Solo espero que no tarde tanto como ha tardado conmigo.

Es así. Desde hace años, conspiramos todos en secreto, deseando que el andamiaje con el que Silvia sostiene esa vida de dientes apretados se tuerza y la arrastre con él al suelo. Queremos que vuelva la otra. La nuestra. Y no dejamos de esperar.

Ahora, con la expresión más relajada y con la cara lavada, vuelve a sentarse a mi lado y se pone la servilleta en el regazo antes de volverse hacia Olga y decirle con una sonrisa forzada:

—Discúlpame, Olga. No debería haberte hablado así.

Olga, que durante los minutos que Silvia ha estado en el baño no ha abierto la boca, le devuelve la sonrisa, igualmente forzada.

—No te preocupes —dice con voz de mujer sufrida y perdonadora—. Además, ya estoy acostumbrada. Trabajando en un banco, imagínate.

Se hace el silencio. Silvia y Olga siguen mirándose hasta que Emma, que no ha dejado en ningún momento de acariciar el brazo de Olga, dice:

—Es que... —empieza, volviéndose hacia Silvia primero y recorriéndonos después a los demás con la mirada. Barre la mesa con los ojos, casi a cámara lenta, dejándonos de puntillas sobre sus puntos suspensivos, convertidos de pronto en un círculo de funámbulos que se tambalean sobre el mismo cable, a la espera de que el cable se alargue y nos muestre la orilla contraria—. Es que... —vuelve a decir, esta vez con una sonrisa tan genuina que por un momento se me cierra la garganta y alcanzo a ver en ella un destello de la Emma de la cara A, la que todavía no se había quedado sentada en la esquina de una calle con el móvil en la mano y la mirada rota, esperando y colgada sobre un vacío que no habría de saber salvar. Por un momento ha vuelto la mujer de ojos grandes, ávida de todo lo bueno que adivinaba en la vida que la rodeaba, el gran apoyo de mamá, la barandilla segura en la que todos podíamos apoyarnos. A mi lado mamá tensa los hombros y ablanda la expresión.

—¿Es que qué? —suelta Silvia a mi lado con la voz nuevamente tensa, encendiendo un cigarrillo y sacando el humo de golpe—. ¿Quieres soltarlo de una vez?

Emma se vuelve a mirar a Olga, que asiente despacio, también ella con una sonrisa y con una luz cómplice a la que ninguna de las dos nos tienen acostumbrados, y luego dice:

—Es que estamos embarazadas.

Silencio.

Durante unos segundos, lo único que se oye en el salón-comedor es el murmullo de la radio, que mamá ha vuelto a dejarse encendida en el cuarto de baño sobre el que de pronto se solapa un largo bostezo que, por venir de donde viene, adivino que es de Max. Luego, mamá inclina la cabeza y suelta una risilla.

—Ji, ji, ji —empieza, echando una rápida mirada a Silvia que enseguida disimula—. Embara... ji, ji, ji. —Sigue riéndose durante un par de segundos más, con los ojos entrecerrados, hasta que de repente se corta en seco y frunce el ceño, cubriéndose la frente con la mano contra el exceso de luz—. Huy, pues ahora que lo pienso, eso mismo me dijo el otro día Ingrid que le había dicho su chamán mientras le pasaba por la barriga las espadas esas que sueltan chispas. Que se iba a quedar embarazada. Y yo digo: ¿de quién? ¿Y a su edad? Porque Ingrid es un cielo de mujer, pero ya no es una niña, aunque quién sabe, a lo mejor lo del reiki también sirve, y claro, como es sueca, no sé yo. Y, bueno... qué cosas, ¿no? —dice llevándose la copa a los labios sin dejar de reírse por lo bajo.

—De tres meses —declara Emma, cogiéndole la mano a Olga y apretándosela sobre la mesa. A mi lado Silvia fuma, sacando el humo por la nariz como un dragón—. No queríamos decirlo hasta estar seguras de que todo iba bien y de haber pasado de las doce semanas, pero esta mañana hemos tenido visita en el ginecólogo y nos ha dicho que está todo perfecto.

Mamá me mira y parpadea, cayendo de pronto en la cuenta de que Emma habla en serio, de que lo que está oyendo es real.

—Oh —dice, llevándose la mano al pecho como si de repente se hubiera atragantado y le costara respirar—. Pero... pero... entonces... —Al verla jadear así, roja como un tomate, me levanto de un salto para ayudarla y cuando voy a cogerla de los hombros, ella me mira y con cara de estupor dice—: ¡Eso quiere decir que Shirley, mi Shirley, va a ser... tía?

Y en ese momento, cuando mamá a punto está de levantarse no sé aún para qué y yo sigo de pie a su lado, incapaz de contener la risa que ella ni siquiera oye porque está totalmente obnubilada con la información que todavía no ha empezado a procesar..., mientras Silvia sigue fumando a mi izquierda con cara de no estar y Olga y Emma sonríen felices desde su trinchera como dos muñecas de feria..., mientras en la calle dos niños gritan y una campana da un cuarto que suena lejos como un gong dormido..., en ese momento preciso de entre todos los momentos posibles de la noche, llaman al timbre y al instante los dos perros salen disparados hacia la puerta desde debajo de la mesa como una exhalación, ladrando uno y gimiendo la otra; y entre ladridos y gemidos, el estupor, la novedad y el desconcierto que impregnan todos los canales que circulan sobre la mesa; entre la bomba que Emma y Olga acaban de lanzar desde su trinchera sobre nosotros como lo sueltan todo, cuando las cosas están hechas y cerradas y no hay posibilidad de opinar, ni discutir, ni dar hueco a la duda o al consejo, es justo en ese momento cuando al otro lado de la puerta la voz de tío Eduardo canturrea con su timbre de barítono en una mezcla de portugués y castellano que, como suele ser habitual en él, no augura nada bueno:

—¡*Boas noites*, amadush miush! ¡Tío Eduardo eshtá en casha!

¡Lishboa *calling*!

Cuatro

Tío Eduardo fue siempre la niña de los ojos de mamá. También de la abuela. El único hombre y el menor de los dos, según palabras de la abuela Ester:

—Lo de tío Eduardo, lo de su llegada al mundo, fue un descuido en toda regla —contaba—. Apareció cuando ya nadie lo esperaba. Y la verdad —añadía, mirando de reojo al abuelo—, si me preguntaran, ni yo misma sabría decir cómo sucedió, porque creo que ni me enteré.

Guapo o, más que guapo, apuesto, con una de esas apposturas de hombre clásico, siempre impecablemente vestido, pulcramente afeitado, con un pelo espeso y moreno como el del abuelo, sonrisa socarrona y un porte de dandi argentino que él reconoce y potencia desde siempre y donde quiera que va. Aunque mamá y él se llevan ocho años, tío Eduardo parece que ni siquiera haya cumplido los cincuenta. Allí donde mamá es surrealista, él raya la sinvergonzonería. Donde mamá es inocente, él, listo como el hambre. Donde mamá es risueña, él, simpático, con una de esas simpatías moldeadas para embaucar.

—Un encantador de serpientes es lo que es vuestro tío —era lo primero que decía la abuela Ester cuando por una u otra razón mencionábamos a tío Eduardo—. Aunque desde luego, de los dos, él es el que menos me preocupa —añadía, mirando a mamá con esos ojos de madre que sabe cosas (que lo sabe todo), pero que prefiere no hablar porque entiende que la voz de una madre es, en muchos casos, la voz que menos cuenta.

La abuela tenía razón. Desde muy pequeño, tío Eduardo supo que tenía buena mano con la gente, sobre todo con las mujeres, y entendió muy pronto que el mundo y la vida tenían reservado un palco de honor a perfiles como el suyo. Estudió poco y mal, pero consiguió terminar la carrera de Derecho y salir de la universidad con un ramillete de amigos que conserva todavía y que nunca le fallan. Siempre anda metido en negocios y en proyectos poco claros, aunque nunca, que yo sepa, y a diferencia de papá, ha involucrado a nadie de la familia en sus desmanes. Al contrario. Cuando hemos necesitado a tío Eduardo, ahí ha estado él, dispuesto a echar una mano, y siempre con la mejor sonrisa.

Capítulo aparte en su vida merecen las mujeres. *Sus* mujeres. Ha habido tantas novias, amantes, queridas y amigas, las ha habido de tantas edades, nacionalidades, razas y religiones, que llamar «mujeriego» a tío Eduardo sería decir poco.

«Hay un pequeño tesoro en todas las hembras» es una de esas sentencias manidas que él suele repartir como si repartiera tarjetas de visita. «Sencillamente piden un buen explorador», remata, arqueando una ceja y esbozando una media sonrisa que le da una expresión de niño travieso a la que sabe sacar petróleo. «¿Por qué si no creéis que Indiana Jones las vuelve tan locas? No es por él, no. Es por ese disfraz de hombre duro al que todavía le queda algo por descubrir. A las mujeres hay que hacerles sentir que tienen lo que tú buscas, aunque no sea verdad.»

Esa no es la única argumentación célebre de tío Eduardo. Tiene otras, claro, pero son peores.

Papá nunca soportó a tío Eduardo. Para él, no era más que un niño consentido que ha hecho siempre lo que ha querido, cuando y como le ha parecido, y —eso es precisamente lo que papá no le perdona— a menudo con éxito. Y es que, aunque ambos tienen perfiles aparentemente similares, tío Eduardo es, dentro de su línea, un hombre de principios. Sus principios son, básicamente, hacer lo que le da la gana y hacerlo siempre divirtiéndose, y si es en buena compañía, y femenina, mejor que mejor. Tiene la risa contagiosa de mamá —la misma que han heredado de la abuela Ester y que ninguno de nosotros tenemos— y disfruta con todo. Le da igual una partida de cartas a media tarde que un fin de semana de juerga por ahí con sus amigotes. Esa es básicamente la diferencia que media entre papá y él: tío Eduardo disfruta de la vida como lo hace el triunfador, inconsciente de los peligros que a menudo bordea; como el equilibrista que atraviesa sobre su cable el precipicio, convencido de que tiene una cuerda de seguridad que le ata al cable y que en realidad no existe. No es valiente, simplemente desconoce el peligro. Papá es todo lo contrario: vive aterrado de perder lo que todavía no ha conseguido, y es tanto el miedo, tanta la inseguridad, que cuando por fin decide cruzar el precipicio se encuentra con que el cable ya no está. Pero es a la vez tan orgulloso que nunca vuelve atrás. De ahí el fracaso constante. De ahí la rabia.

En el caso de tío Eduardo, le hemos conocido tantas empresas, ha estado metido en tantos negocios, proyectos o «temas» que jamás ha sabido explicarnos que desde hace unos años ya no preguntamos. Sabemos que anda metido en cosas que nunca llegan a prosperar del todo, pero que le permiten llevar un tren de vida muy por encima del nuestro y codearse con gente a la que nosotros jamás tendremos acceso. Hace un par de años se fue a vivir a Lisboa porque, según nos contó, le habían ofrecido la representación de unas bodegas australianas con sede en Portugal, aunque a veces, cuando se despista y coge carrerilla, nos habla de «partidas de latas de *foie* caducado que enviamos a Hong Kong»; y en un par de ocasiones se le ha escapado algo sobre un tal Anguineli o Manguineli, con el que viaja a veces a Brasil y con quien sin duda se lleva entre manos algo menos que claro.

En fin, que tío Eduardo es un hombre importante en nuestra pequeña estructura familiar, sobre todo desde que papá decidió desaparecer —mientras papá ejerció de cabeza de familia, tío Eduardo nunca estuvo presente en nuestras cenas de Navidad—, aunque aparezca muy de vez en cuando y siempre aterrice sobre nosotros como un obús cargado de ruido y de color. Como mamá, tampoco él es amigo de los silencios, aunque a diferencia de ella, él apenas deja que se produzcan a su alrededor. Si mamá busca el ruido —en eso Emma y ella son idénticas—, tío Eduardo es la quintaesencia del ruido. Cuando estalla en carcajadas tiembla el aire y cuando habla, los diálogos no tardan en convertirse en monólogos cada vez más sonoros, porque en raras ocasiones deja intervenir a nadie y, sobre todo, porque no escucha. No, tío Eduardo es uno de esos hombres que escucha poco y mal porque está demasiado lleno de sí mismo. De ahí que las conversaciones con él, cuando conseguimos que las haya, sean un batiburrillo de sinsentidos y despropósitos —a menudo hilarantes, es cierto— ante los que el surrealismo casero de mamá es casi un soplo de lógica aristotélica.

Ahora tío Eduardo está plantado entre la mesa y la pared, con la espalda recta como un general; el traje perfecto; la corbata de Hermès; el pelo engominado, negro salvo en las sienes, salpicadas de la cantidad perfecta de canas que según mamá él mismo se tiñe; los lustrosos zapatos negros de cordones y en la muñeca un reloj caro de esfera blanca y números sustituidos por banderas con motivos marinos. A su alrededor, los demás seguimos de pie y los perros por fin se han tranquilizado. Tío Eduardo nos mira, recorre la mesa con los ojos y se frota las manos en un gesto enérgico que le conocemos bien.

—Me muero de hambre, familia —dice. Luego suelta una carcajada de pirata y acaricia con la mano la mejilla de mamá, que está emocionada y saliva sin dejar de mirarle—. Mmm —sigue, volviéndose a mirar hacia la cocina y entrecerrando los ojos para distinguir lo que contienen las dos bandejas que todavía siguen en el horno—. Ah, Amalia, crema de langosta. Mi plato preferido —dice, con una sonrisa satisfecha—. Eres un sol, hermanita.

Mamá, que sigue achispada y le cuesta pensar, se vuelve a mirar hacia el horno. Un instante después suelta una risilla:

—No, Eduardo, cariño... —dice. Y luego, con cara de no saber muy bien qué decir, remata—: es crema Alvalle. Buenísima, ya verás.

Tío Eduardo frunce el ceño durante un segundo y luego saca de la chistera al encantador de serpientes que le acompaña en todo momento y, como si no la hubiera oído, se vuelve a mirarnos a todos, uno por uno, y nos dedica una sonrisa luminosa que mantiene clavada contra la luz amarilla de la lámpara durante un par de segundos.

—Pero sentaos, sentaos —dice, agitando las manos en el aire—. ¡Es Nochevieja, hermanita! —grita, volviéndose hacia mamá, que se pone la mano sobre los ojos para evitar el exceso de luz—. Ah, qué ganas tenía de llegar. —Rodea la mesa y ocupa la cabecera opuesta a la de mamá—. Si es que no se puede volar en estas fechas. Todos esos parroquianos yendo de un lado para otro como si les sobrara el dinero —sigue—. Y uno se pregunta, ¿dónde está la crisis? Porque, desde luego, no hay más que pisar un aeropuerto para darse cuenta de que la gente sigue yéndose de vacaciones. Claro que en qué condiciones. Porque *business* venía vacía, todo sea dicho. Y la verdad: menos mal, porque me han tratado de fábula. Como a un auténtico marqués. Y las chiquitas de la TAP son... mmm... hay que ver cómo son. Tan dulces y tan... tan...

Silvia, que está sentada a su derecha, le pone de pronto la mano en el brazo. Él la mira.

—Tío —lo interrumpe ella con cara de poca broma.
Él sonríe.

—¿Sí?

—Quizá te interese saber que justo antes de que llegaras, Emma y Olga acababan de darnos una noticia muy... especial.

Tío Eduardo alarga el cuello y se retoca la corbata.

—Ah, me encantan las noticias. Y si son especiales, más aún —dice, volviéndose a mirar a Olga y a Emma, que sonríen a su vez, radiantes.

—Es que estamos... embarazadas —dice Emma con su voz suave y alargando la mano por debajo de la mesa, sin duda buscando la de Olga.

Tío Eduardo las mira, deja pasar un par de segundos de rigor y asiente despacio un par de veces.

—Pues la chiquita de la TAP que me atendía no —suelta con cara de confundido—. Quiero decir que no estaba embarazada, pero tenía unas curvas y unas redondeces que... aunque claro, con las portuguesas uno nunca sabe, porque donde dicen a luego resulta que es ce, y la be... bueno, la be...

—Tío —vuelve a interrumpirlo Silvia, dando un pequeño golpe en la mesa con la palma abierta.

Él parpadea. Silvia no espera a que diga nada.

—¿Serías tan amable de callarte un poco mientras terminamos de saber qué demonios quieren decir exactamente Olga y Emma cuando dicen que están embarazadas?

Tío Eduardo vuelve a parpadear con cara de no entender. Luego suelta un suspiro contrariado por la nariz, despliega la servilleta y se la pone al cuello.

—¿Emba... razadas? —dice con la frente arrugada, cayendo de pronto en la cuenta de lo que acaba de oír y volviéndose a mirar a Olga y a Emma con unos ojos como platos—. ¿Vosotras?

Emma asiente y sonríe. Olga la mira, encantada, antes de volverse hacia él.

—Correcto —dice.

—Ah —responde tío Eduardo con cara de póquer. Luego suelta una de sus risotadas que hacen saltar a

Shirley del sofá y buscar refugio en la oscuridad de la habitación de mamá—. Pues ya es casualidad, ¿no? —suelta en cuanto la risa deja paso a un silencio tenso. Y al ver la expresión extrañada de Olga, aclara—: Quiero decir que qué estupendo que dos amigas se queden embarazadas a la vez. Si es que la vida tiene estas cosas. Y las mujeres también —remata, asintiendo despacio con la cabeza—. Misteriosas por naturaleza. Y siempre haciéndolo todo juntas. Que si al baño juntas, que si el periodo juntas, que si vamos juntas a las rebajas... —Silvia le da un golpecito en el brazo para hacerle callar, pero él no se da por aludido—. Mmm, la amistad, bendita sea. Y los amigos, sobre todo los amigos. ¿Qué sería de nosotros sin ellos? Si yo os contara lo importantes que han sido los amigos durante estos dos años de triste exilio que llevo en Lishbooa —lo pronuncia así, «Lishbooa», alargando la sh y la o—. No sé qué habría hecho sin ellos. Y sin ellas, claro —añade, guiñándonos un ojo y soltando una nueva carcajada que Silvia recibe con cara de palo. Luego se vuelve una vez más hacia Emma y Olga y dice—: Aunque ya sabéis eso de que las casualidades no existen. Seguro que vuestros hijos se hacen tan amigos como lo sois vosotras.

Silvia me mira, pone los ojos en blanco e inspira hondo antes de replicar:

—Tío, Olga y Emma son lesbianas, por si no te acuerdas.

Olga aprieta los dientes y cierra la mano sobre la servilleta. A su lado, Emma me mira. No alcanzo a descifrar su mirada.

—Y eso qué tiene que ver —salta tío Eduardo con una mueca de hombre ofendido—. Digo yo que además de lesbianas, serán amigas, ¿no?

En la otra punta de la mesa, mamá asiente con una sonrisa un poco beoda.

—Ay —dice de pronto, cayendo en la cuenta de lo que acaba de oír—. Pero entonces... —empieza, mirando a Olga y a Emma y llevándose una mano al pecho—, ¿vais a tener... gemelos?

«Dios mío», pienso, acariciando la cabeza de Max y queriendo esconderme con él debajo de la mesa. «Así no llegamos a la medianoche.»

—No, mamá —le digo con la misma voz que utilizo a veces para convencer a Max de que abra la boca y suelte por enésima vez uno de mis calcetines con los que insiste en salir a pasear, intentando poner un poco de cordura a este intercambio fraternal que ya conocemos de otras veces y que no siempre tiene un buen final.

—¿Ah, no? —pregunta ella, claramente decepcionada—. Entonces... —empieza de nuevo, callándose de pronto e intentando poner orden en su mente disparatada—. Entonces... ¿solo una de las dos está embarazada?

Emma asiente y sonríe. Es una sonrisa que solo tiene ella. Paciente de una paciencia inmensa. De alguien acostumbrada a educar.

—Yo —dice Olga.

—Ah. —El «ah» de mamá no disimula su decepción. Es un «Ah, qué pena», y es también un «Ah», más serio, más primario. Es, entre otras cosas, y aunque quizá ella no lo sepa, un «Ah, entonces no es nuestra sangre». Olga intenta esbozar una sonrisa mecánica—. Pero entonces... —vuelve a la carga mamá, que sigue empecinada en comprender—. ¿Tú no has hecho nada? —le dice a Emma—. Quiero decir que... mmm... el semen no puede ser tuyo, claro.

Me río. Emma también. Silvia no.

—No, mamá, claro que no —dice Emma, negando con la cabeza.

—Ah —dice mamá, aprovechando para llenarse la copa de vino y tomando un pequeño sorbo—. ¡Claro! ¡Cómo no se me ha ocurrido! —exclama, dando una palmada en el aire—. Es lo de la cosa esa del vientre de alquiler, ¿verdad, cielo? Ay, ¡si seré boba! —dice, poniendo su mano en el brazo de Olga, que la mira sin dar crédito—. Lo leí el otro día en una de las revistas que me pasa Eugenia. ¡Ah, qué ilusión! —exclama de pronto, feliz— ¡Voy a ser abuela, Eduardo! ¡Abuela! ¡A mi edad! —dice, mirándonos, emocionada—. ¿Te imaginas?

—Pero mamá, ¿qué vientre de alquiler ni que mandangas? —salta Silvia, encendiendo un cigarrillo y agitando la mano para que el humo no venga hacia mí—. ¿Es que no ves que lo que aquí sobran precisamente son vientres?

—Ajá —interviene tío Eduardo con voz de falso Yoda—. Si es que en el fondo, mucho feminismo, mucho sujetador volando, mucho voto y mucho «nosotras con nosotras y nadie más», pero cuando llegamos a lo que importa, el hombre es el hombre y lo demás, mitología. ¿Cómo os las arreglaríais sin nosotros? —Toma aire, sonríe y añade—: ¿Qué seríais, además de unos seres maravillosos y adorables?: tierra fértil esperando una semilla sana y fuerte, un mapa incompleto de anhelos por satisfacer, un dechado de...

—No seas carca, tío, haz el favor —ladra Silvia entre dientes, con los ojos en blanco y echando bruscamente la ceniza en el platito que mamá le ha puesto junto a la copa—. Desde luego, a veces parece que...

—¡Esto hay que celebrarlo! —Salta de pronto mamá, levantando una mano en el aire y barriendo a su paso la botella de Coca-Cola y uno de los dos candelabros, que se apaga de golpe al impactar contra el mantel. Enseguida se levanta de la mesa y, después de enderezar la botella y el candelabro, corre a la cocina y saca una botella de cava de la nevera—. Esperad a que se lo diga a Ingrid —dice con un suspiro de satisfacción— ¡Se le va a caer el Buda al suelo! —Me da la botella para que la descorche y rodea la mesa hasta llegar a Emma y a Olga y las abraza por detrás, estrechándolas contra su vientre—. Mis niñas —dice, agachándose para besarlas en la cabeza—. No sabéis lo feliz que me hacéis.

Es un momento de relax. De pronto todo el ruido ha

quedado apagado por la imagen de mamá con Olga y Emma contra su vientre y su mirada de mujer feliz. Está emocionada de verdad, ahora que tiene a tío Eduardo aquí, sumado al resto de nosotros, y por fin ha podido aparcar el personaje de la anfitriona nerviosa e insegura. Sí, mamá se ha relajado porque sabe que el ruido está por fin asegurado con el yoísmo incombustible de tío Eduardo y que ahora puede ser la otra, la que no se aturulla queriendo que todo salga bien, ejerciendo de madre a su manera.

«Cuánto ha cambiado en tan poco tiempo», me oigo pensar desde mi lado de la mesa, feliz, feliz por ella y feliz también por nosotros. «Cuánto hemos cambiado todos.» En la cápsula de silencio que de pronto nos envuelve, Silvia se vuelve hacia mí y durante un segundo nuestras miradas se encuentran. Tiene los ojos brillantes, de un azul casi marino, y algo en ellos quiere sonreír, aunque es apenas una sombra, no una luz entera. La que me mira es la misma Silvia cansada y herida de la terraza que ahora descansa de sí misma en este breve paréntesis de quietud. Es la Silvia sin mochila al hombro, la que solo aparece cuando nadie mira o cuando nadie ve.

El azul de esa sonrisa baila en sus ojos durante un instante y luego se vuelve a mirar al frente y ve lo que yo veo: que mamá está distinta, mayor, y que desde que papá se fue ha recuperado versiones suyas que tenía aparcadas y que nosotros ni siquiera habíamos intuido. A veces aparece esa Amalia despistada e inocente que se maneja por la vida como una niña en una montaña rusa, encantada con la aventura que el destino le ha ofrecido justo ahora, cuando menos se lo esperaba y todos creíamos que se había sentado en el quicio de su propio tiempo a esperar la vejez. Otras veces encontramos en ella una cara B más apagada. Son retazos de mujer adulta que suelta verdades como Emma suelta sus bombas, horadando lo que la rodea. De momento, en lo que llevamos de noche, mamá ha estado manejándose en su cara

A, eufórica y feliz al verse rodeada de sus niños, aunque las personalidades de cada uno hayan llegado hasta aquí cargadas con nuestros secretos y nuestras mochilas. Mamá ha sido ruido esta noche, un ruido exacerbado que no tardará en menguar, porque cuando tío Eduardo y ella coinciden, algo la avisa de que su relevo en la estridencia y en la intensidad por fin ha llegado y puede relajarse. Algo la calma, ahora que papá no preside nuestras cenas con su bastón de mando, sus repentinos cambios de tono y esa mirada de ojos grises con la que nos barría como la luz de un faro enfermo.

Ha sido mucho tiempo viviendo bajo esa mirada, mucho para mamá y mucho también para los demás; y a pesar de que han pasado tres años desde que él ya no comparte su presente con nosotros, el pasado prolonga su sombra sobre lo que todavía estamos aprendiendo a ser.

«La sombra de papá sigue aquí», me oigo pensar de pronto.

«Somos lo que él ya no ve, pero somos también lo que ha dejado de su sombra en nosotros.»

A punto estoy decirlo. A punto estoy de levantarme yo también y abrazar a Emma para celebrar con ella su maternidad compartida, pero cuando empiezo a retirar la silla, mamá se lleva las manos a la cara y se tambalea un poco, como si de pronto algo le hubiera saltado a los ojos y le quemaran, o como si el dolor hubiera llegado de pronto desde dentro, asaltándola como una pedrada.

Nos asustamos. Emma es la primera en reaccionar.

—¿Estás bien? —pregunta con voz de alarma.

Mamá sigue tambaleándose un poco, todavía con las manos cubriéndole la cara. Tío Eduardo deja la servilleta sobre la mesa y echa, él también, la silla hacia atrás.

—Amalia...

Mamá se queda quieta. Entre los dedos que le ocultan la cara, la oímos decir con la voz quebrada:

—Soy tan... feliz... que... —Se interrumpe y se contrae, encogiéndose un poco.

Trago saliva. A mi lado, Silvia apaga el cigarrillo con un gesto brusco en el platito y carraspea, incómoda. No le gusta ver llorar; a nadie en general y a mamá en particular. La desarma. La desarma la debilidad y también el dolor expresado así, orgánicamente. No sabe lidiar con la emoción pura. No la quiere. Especialmente si llega sin avisar.

Pero no hay tiempo para más, porque en este momento mamá se descubre la cara, retirando los dedos poco a poco y separándoselos de la piel como una tira adhesiva.

Luego inspira hondo, todavía con los ojos cerrados, y expulsa el aire muy despacio por la boca, soplando y juntado las manos delante del pecho, concentrada en su respiración.

Y dice:

—Estoy tan feliz... —Entreabre los ojos, se los cubre con una mano a modo de visera para protegerse de la luz de la lámpara que cuelga sobre la mesa y se lleva la otra al vientre mientras se muerde el labio inferior con cara de sufrimiento—, y tan emocionada, que creo que... mmm... —Inspira hondo una vez más y de pronto grita—: ¡Me estoy haciendo pis! —suelta, dándose la vuelta y echando a correr hacia el baño con las piernas muy juntas y a pasitos cortos, apretando los dientes.

A mi lado, Silvia traga saliva, busca otro cigarrillo en la cajetilla, lo enciende y aspira el humo despacio, llenándose hasta el fondo los pulmones.

—Todavía lleva puestas las zapatillas de cuadros —me oigo decir en voz alta.

Silvia me mira, suelta el humo y murmura con voz de agotamiento:

—Yo la mato.

Cinco

A mamá la incontinencia le llegó con el divorcio. O, para ser más precisos, cuando por fin estuvo instalada en su apartamento con Shirley y pareció que tenía la vida más o menos organizada de nuevo. Primero fue la vejiga, después llegó el colon irritable y, a partir de ahí, llegaron incontinencias de otra índole que, aunque en un principio nos sorprendieron —y no tardaron también en alarmarnos, sobre todo a Silvia—, no nos llevó mucho tiempo comprender.

—Vuestra madre se suelta —nos explicó con voz paciente el doctor Martín, que era y es todavía el médico de cabecera de mamá y que, aunque jubilado, sigue atendiendo en casa a sus pacientes más antiguos—. Es normal. Después de haber vivido tan contenida, ahora se siente libre y poco a poco va manifestándolo así. El cuerpo es una maquinaria extraña, perfecta pero extraña —añadió, quitándose las gafas y sonriendo—. No debería sorprenderos que en los próximos meses, e incluso años, pequeños síntomas que hasta ahora no eran más que eso, achaques sin importancia, se descontrolen y se magnifiquen. No os preocupéis. La experiencia me dice que los cuerpos como el de vuestra madre vuelven en algún momento a su sitio, a reclamar lo que les pertenece.

Silvia y yo nos miramos. No la vi muy convencida. El doctor Martín tampoco.

—No va a ser solo en lo físico —dijo.

—¿Qué quiere decir? —pregunté, adelantándome a la expresión de alarma que Silvia no supo disimular.

—Lo manifestará también en el comportamiento —declaró—. Por lo que me contáis, y por lo que yo sé —bajó los ojos, recorrió la mesa con la mirada con un aire que durante una décima de segundo me pareció casi ausente y continuó—, entiendo que vuestra madre ha vivido durante muchos años con miedo. Miedo a equivocarse, miedo a hacer mal las cosas, a tomar decisiones...

Silvia y yo asentimos.

—Ahora se encontrará con que no tiene que rendir cuentas a nadie y la libertad, cuando llega así, de golpe, no siempre se asimila bien —prosiguió—. Quizá empiece a gastar mucho más de lo que debería, o decida cosas que os parezcan fuera de toda lógica, nunca se sabe. Las mujeres que han pasado tantos años en la sombra, cuando se encuentran de repente al raso, están perdidas. Y eso, en edades como la de vuestra madre, no es fácil de sobrellevar. El único consejo que puedo daros es que estéis alerta, pero que no la controléis. Seguramente, y de forma totalmente inconsciente, ella reclamará que ocupéis el papel que hasta ahora venía ocupando vuestro padre. No caigáis en eso. Dadle cuerda, pero no la perdáis de vista. Necesita tiempo para asumir que ya no tiene a nadie que pueda hacerle daño simplemente por ser como es.

Silvia bajó la cabeza. Yo asentí.

—Y armaos de paciencia —añadió el doctor—. A veces tendréis la impresión de estar bregando con una niña pequeña, os aviso. Muchas de esas veces, os estará poniendo a prueba para que asumáis un papel que no os corresponde. Ahora que estáis todavía a tiempo, hacedlo bien. La vida se encargará del resto. Creedme.

Le creímos.

Y funcionó.

Más o menos.

Lo que ocurrió después de las semanas que mamá y yo pasamos juntos en mi casa, cada uno viviendo los albores de su propia independencia, fue justo lo contrario de lo que habíamos imaginado. Tuvimos separaciones paralelas, procesos paralelos e incluso resoluciones paralelas, cierto. A partir de ahí, los caminos que tomamos fueron, si no opuestos, sí divergentes. La vida volvía a asombrarnos y a pillarnos por sorpresa.

Creímos que mamá viviría un duelo largo y penoso, que sus sesenta años pesarían demasiado para una mujer sola que había vivido siempre a la sombra de un hombre que la quería poco y mal. Creímos lo peor, imaginamos lo peor y nos preparamos para lo peor.

Nos equivocamos.

Mamá arrancó en su nueva vida con una alegría y una ilusión que jamás hubiéramos previsto en ella, sumergiéndose en su nueva aventura y aprendiendo, encantada, a equivocarse en mucho sin confesarnos nada. Durante el primer mes tras mudarse al apartamento de Los Guindos, contrató tres líneas telefónicas con tres compañías distintas, aceptó dos ofertas de ADSL (a pesar de que no tiene ordenador ni tampoco la menor intención de comprarse uno), mandó instalar un aparato de aire acondicionado con el que podría enfriar una morgue entera, compró una estufa de leña y ciento treinta ovillos de lana noruega para tejer una manta que todavía no ha terminado; casi invierte sus ahorros en lo que ella nos presentó como «unas acciones de un banco ecológico que ayuda a las mujeres de la India, dándoles créditos de esos sin intereses para que sus maridos las dejen un poco en paz», cuando en realidad a punto estuvo de empantanarse en una especie de donativo-estafa a una ONG que al final resultó que traficaba con las mujeres de esos mismos maridos y con muchas otras que todavía no los tenían ni los tendrían nunca; se compró por catálogo un coche eléctrico que Emma consiguió devolver porque mamá no llega a ver si los semáforos están en verde o en rojo hasta que los tiene encima y en su vida solo ha tenido un coche, el que le compró el abuelo cuando cumplió veintiún años y que ella estrelló contra una frutería a las dos horas y media de haber salido con él a la calle; compró una tonelada de *tuppers* de todos los tamaños, formas y sinrazones, porque una amiga de Ingrid los vendía y «es que a la pobre chica la ha dejado el marido, y tiene tres hijos. Y si la puedo ayudar un poco, qué me cuesta» y mil otros desmanes más. Sin embargo, lo que provocó un disgusto al que costó más encontrarle solución y que por poco termina con nosotros, especialmente con Silvia, fue la aparición en escena de Ami. Ami, Ahmed para todo aquel que no era mamá, era un chico que todas las tardes se instalaba en el banco de la plaza que está justo debajo de la terraza de mamá. Al poco de haber aparecido en escena, lo que empezó siendo un simple comentario del calibre «aquí debajo hay un chico tan mono y tan educado que desde luego así da gusto salir a pasear», había continuado con un ligeramente sospechoso: «Ahmed es tan encantador que esta tarde me ha ayudado a entrar el carrito de la compra en casa y ha tomado el té conmigo y hemos estado charlando un ratito», para derivar, semanas más tarde, en un alarmante: «Hay que ver lo mucho que quieren estos niños de los colegios a Ami. Si es que tiene una mano con ellos... Yo creo que es psicólogo o algo de menores, porque todas las tardes, cuando los niños vienen de los colegios, tiene el banco lleno, pero lleno, lleno. Y no sabes lo que le quieren. Ah, y lo cariñoso que es con los vecinos. Un encanto, como te lo digo. Hoy el pobre iba tan cargado que me ha dado unas bolsas para que se las guarde en casa, un par de esas de El Corte Inglés marrones, como de congelados o de Navidad. Y ahora ya sé a lo que se dedica. Debe de ser escultor, porque he echado un vistazo dentro y ¿sabes lo que llevaba? ¡Barro! Bueno, un barro raro, que debe de ser el que usan en la escuela donde trabaja, porque lo lleva envuelto en plástico y en papel de plata y huele... puaj... como a raro pero mal, y cuando ha venido Ingrid a tomar el té, me ha dicho que a lo mejor es la pasta que utilizan los moritos para hacer pan de tierra, porque hay sitios donde no tienen trigo, los pobres. Hay que ver, ¿no?».

Tardé una hora en aparecer en casa de mamá. Por supuesto, no me hizo falta echar un vistazo a las bolsas que el angelito le había dejado en consigna. El olor a hachís que llenaba el apartamento era tal que se percibía desde el ascensor. Al día siguiente, cuando el policía que vino a por Ahmed y a por su alijo intentó convencer a mamá de que intentara no ser tan confiada y tuviera un poco más de cuidado con lo que metía en casa, ella se sentó en el sofá, bajó la mirada y con cara de pena dijo: «No puede ser que Ami sea todo eso que usted dice, señor agente. Shirley lo adora, y los animales, sobre todo los adoptados, no se equivocan». El agente la miró, negó con la cabeza y al salir se quedó mirando a mamá desde la puerta con el ceño fruncido y me dijo: «¿Esta señora no es la de los rumanos esos de los muebles?». Asentí. Él chasqueó la lengua. Luego, bajando la voz, añadió: «Me parece a mí que su madre no tiene buen final».

Eso fue solo el principio. Desde entonces la independencia de mamá ha sido una montaña rusa de desmanes, reparaciones, urgencias, tapar agujeros, sanear cuentas, devolver compras de aparatos inútiles, cancelar billetes de avión a destinos imposibles y miles de gestiones más. Pero también ha sido aventura. Y sobre todo, mucha, mucha vida.

Doblemente equivocados, sí. Todos. Con mamá y también conmigo.

El día que me mudé al estudio y ella partió rumbo a su nuevo apartamento de la parte alta de la ciudad, la vida —la nuestra— se volvió del revés: todo lo esperable, lo que parecía escrito en el destino por lógica natural, hizo un extraño requiebro y en nuestros procesos —en el mío y en el de mamá— los papeles se cambiaron. La veleta giró de pronto y sopló el gélido aire del norte sobre uno y el tibio aire del sur peinó la sombra del otro.

Así fue: mamá se llevó la brisa cálida a su nueva casa, a su vida con Shirley, con sus vecinos jubilados, con los niños de la plaza y con la gente del barrio, que no tardaron en rendirse a ese aire fresco de niña mayor e ingenua que desde que no está con papá ella reparte por donde pasa. En pocas semanas, había encontrado su sitio y se expandía desde su epicentro como un terremoto de escasa magnitud, meciendo lo que tocaba, casi acunando. Tenía su espacio, sus horarios, su gimnasio y el chino de la esquina —al que empezó comprándole las servilletas con motivos de perros y al que ahora le compra hasta los pijamas de felpa, y que en cuanto la ve entrar por la puerta pone cara de muralla y dice, sin apartar los ojos del monitor que tiene encima de la puerta: «Pasillo 3 fondos derechas *siñora*»—. Y tenía también sus verdades, que ya no eran secretos porque papá no estaba a su lado para reñirla y empequeñecerla, usándola de contenedor de todas sus inseguridades. Sí, mamá tenía por fin sus verdades, sus medias mentiras y también su libertad.

Y sobre todo nos tenía a nosotros. A los tres. Para ella sola.

—Solo me falta mamá —terminaba diciendo a veces, cuando hablábamos de lo bien que se sentía y de repente un velo de sombra le cruzaba la mirada—. Con ella aquí todo sería perfecto.

La abuela Ester. El recuerdo de la abuela. Mamá la echaba de menos a destellos, sobre todo al principio. Eran descargas de añoranza que llegaban como cortocircuitos breves y lúcidos. Y dolor. Cuando mamá se acordaba de la abuela algo dolía y ella se quedaba colgada en el vacío de lo que añoraba. Oyéndola así, echar de menos así, cualquiera que no la conociera habría creído que la abuela era lo único que conservaba de lo que había sido su vida hasta llegar donde estaba. Su único tesoro. Esa parcela intacta de calor que solo ella conocía y que daba sentido y peso a muchas cosas que quizá no lo habían tenido, o no habían podido tenerlo.

Sí, la brisa cálida se fue con mamá. La necesitaba tanto como yo.

Al este, en la parte baja de la ciudad, junto a la playa, a mí me tocó el viento. El del norte.

Curiosamente.

Yo acababa de cumplir treinta años. Mamá sesenta. Creímos que ella se llevaría el duelo y yo la fiesta. Que ella conservaría el sosiego y yo la vida por delante. Que yo el futuro y ella los restos y el descanso.

Creímos cosas que se creen porque alguien, en algún rincón de nuestras historias, nos dibuja mapas del tesoro con pistas falsas. Luego, cuando esos mapas nos llevan al cofre prometido, saltan los candados y con ellos la sorpresa. Con el tiempo aprendemos que los mapas son de quien los dibuja, no de quien los persigue, y que en la vida sonríe más quien mejor dibuja, no quien más empeño pone en la búsqueda.

En mi mapa del tesoro confundí las coordenadas y me perdí. Con la prisa por cerrar heridas en las que no me veía con ánimo de hurgar todavía, creí que cerrar una casa era cerrar todo lo que se ha vivido en ella, que se puede empezar de cero simplemente huyendo hacia delante y cambiando de escena y de secuencia, como al parecer lo estaba haciendo mamá. Creí que los años con Andrés se quedarían en el archivo de casos cerrados, con sus documentos, sus fotos, sus recuerdos, sus errores, sus faltas, sus logros y su contraseña. Creí que el dolor de una relación rota se desarma al sacarlo del escenario donde se ha representado una noche tras otra, que lo que se vive dentro queda dentro y que, fuera, la vida es otra cosa; que el cambio de luz traería paisajes nuevos, nuevos amores, nuevos cables por los que transitar sobre nuevos vacíos.

La noche siguiente a la cena de inauguración del estudio me levanté, me preparé un café y salí con Max a desayunar a la terraza. El calor era pegajoso y desde el mar soplaba una brisa salada.

—Aquí estaremos bien —le dije a Max, más en un intento de oírmelo decir en alto que de convencerlo a él, que en ese momento correteaba detrás de una paloma por la terraza, feliz como el cachorro que era—. Aquí nadie nos molestará.

Y fue entonces, al oír el eco de mis palabras y sentir el peso y el sabor de ese «aquí nadie nos molestará» en la lengua, cuando entendí que la vida había jugado, en efecto, con las cartas marcadas y que, en contra de lo que yo había intentado creer, mi mapa del tesoro me había llevado hasta allí en busca de un refugio *contra* y no de un trampolín *hacia*. Y entendí también que mamá se había llevado el calor y la aventura consigo porque de algún modo sabía que yo no la quería. Yo solo quería estar lejos, que no hubiera aventura, que no llegara nadie y que el tiempo se detuviera para que no pasara nada más. «Que la vida pase de largo. Que no me encuentre», pensé, mientras me aflojaba por dentro por primera vez desde hacía semanas. En la intimidad de mi terraza, con las antenas de las azoteas como únicos testigos, me permití pensar en Andrés, en todo lo que se había llevado de mí al marcharse así, y me permití también echarle de menos. Y enseguida pensé también en papá y en cómo los dos únicos hombres que habían poblado mi vida desde dentro habían desaparecido a la vez, sin más, sin luchar por mí ni por lo que habíamos compartido, sin concederme un triste segundo para pedir una revisión de nuestra historia en común, fuera la que fuera. Los dos se habían marchado como si hubieran estado de visita. Habían encontrado otra vida. Así de simple. Otra vida mejor. Habían abierto un archivo nuevo y habían vaciado el común. *¿Delete?* Sí. ¿Vaciar papelera? Sí. Nueva contraseña, nuevo mapa del tesoro. Adiós.

Después de cuatro años con Andrés, viviendo a dúo, proyectándonos a dúo, habiendo sido parte de, parte con, parte en, de haber creído y confiado..., convencido de que había llegado a un puerto del que solo saldría para visitar puertos que nos harían mayores juntos, más grandes, más adultos, y de que el tiempo, el que nos unía, era hacia delante y en línea recta... Después de encontrar, moldear, aprender, zurcir, renombrar y reinventar el amor, lo que quedaba, la pobre herencia que me había llevado a mi pequeño estudio sobre la playa, era un archivador cuyos compartimentos tenían nombre propio y que sonaban así: rechazo, dolor por la ausencia, engaño, rabia, saberme menos por no querido, por dejado y por prescindible, pequeño, poco... Había confiado que con la mudanza, con los nuevos aires, despegaría como mamá, y me repetía frases manidas de autoconsuelo, hasta que el abuso las convirtió en muletillas que aún ahora suenan a eso, a baratijas de todo a un euro que consuelan poco y significan nada. Había decidido huir hacia arriba, convencido a medias de que la cabeza debía buscar el alivio que la emoción parecía no saber encontrar.

«Tiempo. Es solo cuestión de tiempo», me decía yo y me decían todos. «Hay que saber esperar.»

Mamá había volado. Yo había querido tener un nido y me había afanado por construirlo a mi medida y a la de Max, sin saber que lo que en realidad estaba construyendo era un búnker contra lo que había fuera, contra lo que dolía. Allí donde mamá se expandía, yo me encogía. Donde ella dejaba que la vida la sorprendiera, yo había empezado a temer las sorpresas. Donde ella quería saber, yo quería tiempo para entender por qué. ¿Por qué fallan las cosas? ¿Por qué no son lo que son? ¿Por qué, por qué, por qué?

Me senté en el peldaño que comunica el salón y la terraza, con la taza de café en la mano mientras Max correteaba y le ladraba feliz a la paloma, y nos vi entonces desde arriba, yo sentado y él corriendo: un hombre y un cachorro. El cachorro feliz; el hombre encogido. Y tan solo...

Lloré entonces por mí y también por mamá, porque intuía que había entrado en un desierto del que iba a costar salir. Sentí dolor y me di pena, tanta que mientras me acariciaba los brazos, untándolos de la sal que impregnaba el aire, me noté la piel fina y me dije que no habría en mi travesía sitio para ningún hombre más. Para ningún otro abandono.

—Ninguno más —le dije a Max cuando por fin se acercó y me dejó que lo abrazara—. A partir de ahora estamos tú y yo. Todo lo demás queda fuera.

Desde hace unos minutos, mamá canta encerrada en el cuarto de baño. En la cabecera de la mesa tío Eduardo carraspea. De pronto, con mamá temporalmente ausente, cada uno se sumerge en la vida que tiene fuera, la que traemos desde el exterior. Es una tensión tímida, familiar, alimentada por el nubarrón metálico del tabaco de Silvia y los gritos de los niños que inexplicablemente siguen jugando en los columpios de la plaza.

El que encapsula la mesa en ausencia de mamá es un paréntesis de cosas no dichas en el que me dejo mecer para poder así seguir pensando en mí, repasando en titulares lo que han sido estos años sin Andrés, sin papá y con Max; años que empezaron como una pequeña mudanza temporal, un «necesito pensar y decidir», y que se han alargado en el tiempo hasta ahora, sordos y lentos. «Tus años en el faro», me dijo Emma hace ahora un par de meses con esa voz suya que parece no querer decir porque teme causar efectos en los demás que no controla y que quizá hieran. Yo había ido a pasar con ella unos días a la casa del campo y, cuando llegó la hora de volver y ella me acompañaba al coche, no pude evitar un suspiro de algo que sonó a angustia y al que añadí un conformado: «Hora de volver al exilio». Ella siguió caminando a mi lado como si no me hubiera oído, recogiendo ramas del borde del camino, hasta que dijo sin levantar la cabeza: «¿Cuánto tiempo más piensas seguir en el faro?». Sentí un pequeño golpe en el pecho. Ella se volvió a mirarme y sonrió. La de Emma es una sonrisa ancha, franca, de mujer buena. No respondí. Seguimos caminando en silencio hasta que unos segundos más tarde se detuvo y, sin dejar de sonreír, preguntó:

—¿Te acuerdas de la frase?

Volvió el golpe. Al pecho.

«La frase», dijo. Hacía tiempo, mucho tiempo, que ninguno de los dos mencionaba la frase. La última vez había sido yo el que la había usado con ella, y desde entonces —y de eso habían pasado, ¿cuántos?, ¿cinco?, ¿seis años ya?— jamás habíamos vuelto a utilizarla. Los dos conocíamos bien la frase, el tono y la escena. Habíamos visto juntos la película y la habíamos vuelto a ver en varias ocasiones antes de que la vida nos empujara a tener que echar mano de ella como una invocación. Conocíamos de memoria la mirada de la Kidman convertida en Virginia, el sombrero con la cenefa de flores naranjas, el abrigo con el cuello y puños de lana marrón, la pared de ladrillo rojo de la estación a su espalda... Y él, Leonard, de perfil, escuchándola con su pelo negro y la espalda recta, atento a ella con el cuerpo entero, cerca y cercano pero sin tocarla... Conocíamos de memoria el minuto y el segundo en que la escena marcaba el antes y el después de *Las horas*, y no tardamos en convertirla en la frase que siempre aparecía en las conversaciones cuando uno de los dos flaqueaba, cuando nos contábamos o cuando preferíamos no hacerlo. La frase —y también la escena— empezó a acompañarnos desde entonces como un cable de acero que nos enrollábamos a la cintura, ella en su extremo y yo en el mío, tensándolo con los golpes de buena y mala fortuna que han visitado las vidas de ambos para que por él circulara el tiempo que compartimos. Desde entonces, cuando queremos decirnos que estamos cerca, uno de los dos menciona la frase y el otro sabe que hay luz en el otro extremo. Que un faro se mueve en lo oscuro. Y que de algún modo, estamos salvados.

—¿Te acuerdas de la frase? —preguntó Emma con

los brazos cargados de ramas y la mirada llena de cosas buenas.

Y yo oí al instante la voz de la Kidman, y, antes de poder seguir recordando más, sus palabras y las de Emma se solaparon en el silencio del camino junto al coche, tensando de nuevo el cable que nos une:

—«No se puede encontrar paz evitando la vida, Leonard» —dijo. Sentí un nudo en la garganta. Ella me miró durante un par de segundos más y añadió—: No se puede, Fer. Bien que lo sabemos. —Luego se dio la vuelta y cuando echó a andar la oí decir—: Es hora de volver.

Minutos más tarde nos despedimos con uno de esos abrazos que solo nos damos ella y yo, de hermanos que han vivido mucho juntos aunque no siempre sepan contárselo, y volví a casa. Esa noche me costó conciliar el sueño. Di vueltas en la cama buscando un descanso que no llegaba mientras fuera soplaba un viento del este, húmedo y violento, que zarandeaba las antenas de las azoteas y las hojas de las plantas de la terraza. Seguí dando vueltas en la cama hasta que no pude más. Me levanté, me preparé unas hierbas y busqué un par de valerianas para dormir. Me las tomé de pie delante del ventanal. Fuera, las hojas se agitaban y golpeaban contra la barandilla. Cuando levanté la taza y a punto estaba de beber, mis ojos barrieron automáticamente el letrero luminoso que me acompaña desde mi primera noche en el estudio. Me quedé con la taza en alto.

Contuve la respiración. El viento, los años o quizá la suerte habían fundido una nueva letra del cartel luminoso. Sobre el mar, el resto de las letras parpadeaban débilmente y sin orden y el mensaje había cambiado.

La ce.

La ce de «Casa». De «Cada día». De «Cuánto tiempo más». De «Cosas que hay que Cambiar».

—«ALMA CON ALMA», leí en voz alta.

A un lado del sofá cama, Max suspiró y cambió de postura. Lo miré, me acerqué y me tumbé junto a él.

Luego le abracé el cuello y le rasqué la barbilla antes de apoyar la cabeza sobre su lomo y acurrucarme junto a él, esperando así a que llegara el sueño.

Por la mañana, en cuanto volví del paseo con Max por la playa, bajé a desayunar al bar de la esquina. Después del poco sueño de la noche anterior, llegué a la barra medio dormido, pedí un café bien cargado y un cruasán, me senté en el taburete y cogí un periódico del día. Cuando el camarero apareció, levanté la mirada y tropecé con el gran espejo que recorría la pared de detrás de la barra hasta el techo y en el que se reflejaba la fila de mesas pegadas a la cristalera que daba a la calle. Sentada en la mesa del rincón del fondo del espejo, una figura me llamó la atención. Estaba de espaldas. A pesar de la distancia, de la suciedad que salpicaba el espejo y del sueño que me velaba la mirada, hubo algo en la forma de la cabeza, en el modo en que inclinaba un poco el cuerpo a un lado... algo vi. Pasaron apenas unos segundos. Luego, la figura se volvió despacio hacia la barra y levantó la mano, buscando con la mirada al camarero.

Entonces nuestros ojos se encontraron en el espejo.

Se me secó la saliva en la boca.

Seis

—Vaya, vaya, vaya —dice tío Eduardo de repente, soltando una carcajada seca que a punto está de convertirse en tos. Olga y Emma se vuelven a mirarlo y yo regreso a la mesa de golpe, despidiéndome de lo que no es ahora—. Así que embarazadas, ¿eh? Qué callado os lo teníais, bribonas —dice, meneando la cabeza y sacudiendo el índice como un maestro socarrón.

Olga intenta un amago de sonrisa que es pura tensión.

—Correcto —dice. Los demás no decimos nada. Mamá sigue encerrada en el baño, tarareando, a lo suyo.

—Ah, la maternidad —vuelve a la carga tío Eduardo, poniendo los ojos en blanco y chasqueando la lengua—. Qué maravilla sentir una vida dentro —dice, y se pone la mano en el vientre—. El milagro de la naturaleza. Sin duda una de las cosas más hermosas que pueden ocurrirnos.

«Ay.»

Silvia se tensa un poco y encoge los hombros. Luego inclina la cabeza y esboza una sonrisa pétrea.

—Sí, tío —le suelta—. Todavía nos acordamos de cuando te quedaste embarazado de los trillizos y fuimos a verte al hospital.

Tío Eduardo la mira y suelta una carcajada que retumba contra los cristales a su espalda.

—Desde luego, hay que ver lo quisquillosa que estás

esta noche, criatura —dice—. Cualquiera diría que has desayunado clavos. Ni que te hubiera dejado el novio.

Silvia no sonríe. Pone los ojos en blanco y con cara de poca paciencia suelta:

—Si es que parece que no te oigas, tío. Yo no sé cómo te las ingenias, pero siempre da la casualidad de que te ha pasado todo a ti —añade con un tono más neutro—. Tío Eduardo siempre es más, siempre sabe más. Si tú tienes tres, él tienes seis. Si tú has subido una montaña, él ha escalado el Everest. Si te tuerces el tobillo, a él le ha atropellado un tráiler. Si Emma y Olga se quedan embarazadas, él es experto en maternidad porque, claro, ha parido a siete novias para siete hermanos. Y si ellas han decidido guardarlo en secreto porque... porque les ha dado la gana y querían darnos una sorpresa, seguro que él, el omnipresente tío Eduardo, el que dobla todas las apuestas porque sabe más, tiene más, piensa más y puede más, tiene también una sorpresa que darnos, cómo no. Y mejor, claro. —Tío Eduardo la mira con una sonrisa de suficiencia, pero no dice nada, porque justo en ese momento mamá sale del baño y se acerca a la mesa con cara de alivio y felicidad. En la radio suena una melodía que conozco y que termina con un: «Son las once. Noticias».

—¿Otra sorpresa, Eduardo? —dice, quedándose de pie detrás de Olga, a la que pone las manos sobre los hombros—. Ay, no me asustes.

—No, mamá —dice Silvia soltando un bufido que acompaña con una bocanada de humo gris—. Era solo un decir.

—Ah —dice mamá, con su sonrisa de anfitriona perfecta—. Muy bien. Pues si os parece voy a servir la crema.

Emma se levanta enseguida, dispuesta a ayudarla, mientras tío Eduardo suelta una risilla satisfecha desde su cabecera de la mesa.

—Sí —dice—, esa crema del valle huele deliciosamente.

Mamá se gira a medio camino del horno y lo mira con cara de póquer durante un par de segundos, antes de comprender.

—No, Eduardo. Del valle, no. Es Al-valle —dice con un gesto de la mano—. Es que hoy he tenido tantas cosas en la cabeza que, la verdad, no me ha dado tiempo de hacerla yo. Y las de tetrabrik salen tan buenas...

Silvia me mira como si estuviera a punto de salir corriendo.

—Mamá —dice—. Podrías habérmelo dicho. No me habría costado nada prepararla yo y traerla de casa.

—No, cariño, qué dices. Si no se nota que no es casera. Y no tiene ni una sola E de esas en los ingredientes, que me he fijado bien —añade, mirando a Olga—. Es biológica, pero no lo pone.

Silvia sigue con la atención puesta en el horno, ahora ya no en la crema, sino en la bandeja que está debajo y en la que nadan unas figuras oscuras sobre un mar también oscuro.

—¿Y eso otro? —pregunta Olga.

Mamá inclina la cabeza y mira, ella también, el horno.

—Eso otro no es biológico, no.

Tío Eduardo se pone las gafas para mirar, él también, hacia el horno. Entrecierra los ojos y asiente despacio con la cabeza.

—Mmm, tiene una pinta... —Silvia arruga la frente. —¿Qué es?

Mamá se lleva la mano a la cara en un gesto de cocinera coqueta y, con expresión pícara, dice:

—Cosas.

Nos mira. La miramos. Se hace un silencio expectante. Ella lo interrumpe, diciendo:

—En salsa. Cosas en salsa. —Y aclara—. Al vino blanco.

Silvia se lleva la mano a la frente, me mira, intenta no reírse y dice, guiñándome un ojo:

—Ah, qué bien, mamá. Nos chiflan las cosas en salsa.

Mamá sonríe, encantada.

—Aunque, ya que estamos, y si no es mucho pedir, ¿podrías aclarar un poco, así, a grandes rasgos, qué clase de... cosas son? —insiste Silvia con una ceja arqueada.

—Por cierto —interrumpe tío Eduardo, cogiendo su servilleta y poniéndosela al cuello mientras nos recorre con la mirada—, hablando de vino... —sigue con cara de alguien que tiene algo importante que decir—, aunque aquí, nuestra querida señorita perfecta seguramente creerá que lo que tengo que compartir con vosotros no tiene importancia, me gustaría decir, antes de que llegue la crema del valle, que sí, que tengo una par de noticias que daros. Y creo sinceramente que son comparables en grado y medida a vuestro embarazo de alquiler o de... semen artificial, o como quiera que se llame eso que habéis hecho —anuncia, volviéndose hacia Emma y Olga.

Mamá se queda con la fuente en alto y Silvia me da una patada por debajo de la mesa que apenas me roza la espinilla. Delante de mí, Olga carraspea, incómoda, y a su lado Emma enciende la pantalla del móvil en un gesto que es más un tic que otra cosa.

Tío Eduardo coge su copa, la levanta y esboza una de sus mejores sonrisas, esas que están pensadas y diseñadas para conquistar piezas de caza mayor:

—Sí, familia —dice con voz triunfal, dedicando a Silvia una mirada cargada de significado y recorriéndonos luego con ella a los demás—. Yo también tengo algo que celebrar esta noche.

Silvia da una palmada en la mesa y asiente.

—¡Por supuesto! ¡Cómo no! —salta—. ¡Cómo iba Súper Tío Eduardo a ser menos que nadie!

Mamá da un respingo y la mira con la gran fuente de crema en las manos mientras parpadea sin entender.

—Cariño, ¿te encuentras bien?

Tío Eduardo suelta una pequeña carcajada y dice, mirando a mamá:

—Tu hija, que ha desayunado clavos.

—Menos clavos serían si no fueran tan verdad —suelta Silvia. Y luego—: A ver. Cuál es esa sorpresa tan maravillosa que vas a darnos. —Y antes de dejar que él hable, prosigue—: ¡No, no nos lo digas! Deja que lo adivine. A ver, a ver... ¡ya está! Seguro que te han propuesto para rey del pollo frito de Portugal. O no. ¡No! Has descubierto que tienes un hijo por ahí y resulta que está casado con una Kennedy. O... o... o...

Tío Eduardo mira a Silvia con una sonrisa tranquila, de alguien que está acostumbrado a sonreír, pero es también una sonrisa dibujada con un cariño profundo, bien encajada. A pesar de las impertinencias con las que Silvia lleva bombardeándole desde que ha llegado, él no se inmuta porque sabe, como sabemos los demás, que Silvia no tira a dar. La que salta sobre él es una niña de pataleta que castiga a su mayor por haberla dejado demasiado tiempo sola en un parque poblado de cosas que no le gustan. Silvia está diciéndole a tío Eduardo que le ha echado de menos, lo cubre de reproches desde su búnker, y él, que lo entiende así, la deja hacer, encantado con su atención. Sabe que con ella llega primero el ruido y después la calma, y que la calma bien vale lo primero.

Debilidad. Debilidad y adoración es lo que se profesan desde que Silvia era una niña nacida mayor y decidió que tío Eduardo era la figura masculina en la que quería mirarse, lejos, lejos de papá y de su turbio cariño, de ese retorcido laberinto de mensajes contradictorios que papá entretejía a su alrededor, sesgándonos en horizontal a plazos bien mesurados. Padrino y ahijada. Eduardo y Silvia. Él siempre atento a ella y siempre ausente, ella siempre pendiente de las noticias que nos llegaban de él a través de mamá y de la abuela, de sus llamadas, de sus postales, como la novia en puerto, esperando. Y luego, como ahora, cuando él por fin aparecía, Silvia sacaba el catálogo de reproches de la mochila y los repartía a bocanadas, abofeteándole con él como una esposa rabiosa.

Lo que Silvia dice desde que tío Eduardo se ha sentado a la mesa es «mírame, tío, estoy aquí». Y lo que él le responde con su risa socarrona y cómplice es «mírame, Silvia, sigo estando aquí. Como siempre llego tarde, pero llego. Y si yo llego es que todo está bien. Que tú y yo estamos bien».

Envidia. Por un momento, viéndolos así, siento una punzada de envidia, porque lo que hay entre ellos no lo tenemos los demás. Ese quererse así, esa complicidad tan relajada y tan tensa, tan viva, es propiedad exclusiva de Silvia y tío Eduardo, y a pesar del tiempo, de lo vivido por uno y por la otra, de las distancias, las separaciones..., a pesar de que son mundos paralelos y muchas veces inencontrables, los dos saben que están, que lo que tienen es intocable, aunque en lo superficial sean como el perro y el gato y a los de fuera nos parezca que rozan el conflicto. Durante una décima de segundo, mientras los veo jugar así, al gato y al ratón, tensa ella y feliz él, oigo de pronto una voz de alarma que nace de algún rincón de este Fer que los observa desde mi asiento. Oyéndolos así, inmersos en este goteo de punzadas que Silvia lanza a tío Eduardo y que rebotan en su sonrisa de hombre-muro como rebota la pelota en la pared de un frontón, intuyo que quizá esta noche Silvia está pidiendo algo más porque no está entera. Y sé que él no lo sabe y que quizá a lo largo de la noche tensen demasiado la cuerda —cada uno desde su extremo— y el juego se convierta en riesgo. No sé lo que es, todavía no. Lo que sí sé es que Silvia encierra desde hace un par de días un campo de minas cuyo tictac nadie, salvo yo, sabe oír.

Algo me dice que quizá durante la noche, alguien —todavía no sé exactamente quién— pise una de esas minas y Silvia estalle en pedazos. Espero que, si eso ocurre, tío Eduardo esté a la altura.

De momento él sigue sonriendo y esperando, con su mano alrededor de la copa de agua.

—¿Puedo hablar? —pregunta por fin, al ver que Silvia se ha quedado callada.

Ella asiente con la cabeza. Mamá sigue de pie con la sopera de plata y los ojos muy abiertos. Expectante.

Tío Eduardo levanta su copa despacio, carraspea y nos regala una nueva sonrisa, antes de decir:

—La primera noticia es que... he dejado el alcohol.

Mamá me mira y arruga un poco el morro, como diciendo: «¿No te lo había dicho? Si es que nunca me haces caso». Delante de mí, Olga también carraspea y dice:

—Pues deja que te diga, Eduardo, que me parece una decisión correcta y que mereces toda mi admiración y respeto. [Carraspera seca.] Llega una edad en la que hay que empezar a plantearse las cosas de otro modo y actuar en consecuencia. A mi modo de ver, y disculpa si me meto donde no me llaman, pero creo que la ocasión lo requiere... —sigue, pero tío Eduardo no es amigo de las interrupciones cuando tiene todos los focos puestos en él, y sin más, coge carrerilla.

—La segunda —dice, interrumpiendo a Olga, que se queda con la boca abierta y una mueca de fastidio— es que... —Inspira hondo, cierra los ojos durante apenas un segundo y, volviendo a expulsar el aire despacio, por fin lo suelta—. Me caso.

Silencio.

Al otro lado del ventanal, un grupo de adolescentes gritan y cantan en la plaza. Pasan de largo, llevándose sus voces consigo. Aquí, en el comedor, no decimos nada porque de repente mamá, que sigue agarrada a su sopera, suelta un «¡Oh!» aspirado que, conociéndola, puede ser muchas cosas en una. Luego parpadea, totalmente sorprendida, y con una sonrisa lela, pregunta:

—¿Y lo dices así?

Tío Eduardo arquea una ceja, pillado a contrapié. Mamá termina de concretar la pregunta:

—¿Así? —dice—. ¿Tan... como si nada?

Él se queda con la copa en alto, confundido ante la inesperada reacción de mamá, que ahora se acerca despacio, deja la sopera en la mesa y la rodea hacia la cabecera que ocupa tío Eduardo, que mientras tanto se ha levantado y sonríe, radiante.

Cuando mamá llega hasta él, se funden los dos en un abrazo y luego ella se separa y la oímos decir:

—No sabes lo feliz que me haces, Eduardo. —Habla con la voz quebrada. Emocionada, mamá vuelve a estar emocionada. Se lleva la mano al pecho y sonríe una vez más. La suya es una sonrisa feliz, casi infantil. Delante de mí, Olga y Emma también sonríen, contagiadas por la alegría desbordante de mamá mientras en algún rincón de la noche suena una campanada seca y breve. Un cuarto. Mamá pone entonces las manos en las mejillas de tío Eduardo, tira de él hacia abajo y le besa en la frente una, dos veces. Luego se lo queda mirando fijamente y por fin añade—: Mamá estaría tan orgullosa de ti, Eduardo...

Él baja los ojos, pero mamá está demasiado animada, demasiado eufórica.

—Tú ni te imaginas lo importante que es el paso que acabas de dar. —Tío Eduardo asiente, también él emocionado. Mamá parpadea, al borde del llanto—. Qué valiente. Ay, qué valiente hay que ser para dejar de tomar vino en las comidas, cariño —dice con un sorbido—. Y qué gran noticia para tu colesterol. Ya lo dice Ingrid: el hombre iniciado ama a los animales como a sí mismo, tiene el tercer ojo siempre limpio y mantiene el colesterol en cintura. Ah, si es que te va a cambiar hasta la piel —dice con voz de hermana mayor mientras vuelve a acariciarle la mejilla y suspira—. Tú no sabes el paso que has dado. No, no lo sabes. Es la mejor noticia que podías darme este fin de año. No tengo palabras.

Por primera vez en lo que llevamos de noche, la sonrisa de tío Eduardo parece titubear y antes de que pueda volver a encajarla en su rostro ahora ceñudo, de que Silvia se vuelva a mirarme y suelte una carcajada..., de que Emma baje la mirada y contenga la risa porque teme herir con ella a mamá..., antes de que Olga carraspee y ponga esa cara de circunstancias que con nosotros se repite a menudo y que esconde un mensaje que seguramente sonaría así: «Qué poco cerebro tiene esta mujer, qué poco serio todo en esta casa, y qué familia tan... tan... tan desestructurada»..., antes de que llegue todo eso y más cosas, de que la noche traiga todo lo que tiene todavía esperando para nosotros y descargue su saco de sorpresas sobre esta gran pantalla de radar que es la mesa del comedor, mamá, que ha recuperado por completo lo mejor de su cara A, se da media vuelta, coge la sopera de la mesa y agitándola en el aire como si llevara entre las manos un cojín de plumas, derrama media crema encima de la cola de Max, que suelta un ladrido de dolor, y dice, con un tono de falsa alegría:

—¡Y ahora, a comer, que no llegamos a las uvas!

Siete

—¿Cantante?

La que pregunta es mamá. Después de la crema, o de lo que hemos conseguido rescatar de ella, acaba de servir la fuente con ese pequeño lago lleno de «cosas en salsa» que al final han resultado ser buñuelos de espinacas con crema de calabacín, una receta que —cómo no— ha sacado de una de esas revistas de vida sana que le regala Ingrid y que, por lo que estamos viendo, no ha terminado de funcionar del todo, porque los buñuelos, al servirlos, han arrastrado consigo un círculo de salsa macerada como un trozo de costra, con lo cual estamos los seis con el plato delante y una especie de planeta con su anillo encima. Intactos todos.

Desde que tío Eduardo ha soltado la noticia de su boda y ha llegado el turno de los brindis, los abrazos, un nuevo brindis, reacciones, ruegos, preguntas y pullas varias desde el rincón de Silvia, la información que más tiene impactada a mamá es que su futura cuñada sea portuguesa.

No termina de entenderlo.

—Pero, mmm... ¿portuguesa portuguesa o portuguesa de Portugal? —pregunta por segunda vez.

Silvia deja escapar un bufido mientras Olga mira el *sputnik* marrón que tiene en el plato con cara de «yo con esto no sé qué se hace» y traga saliva.

—Mamá —le digo, sin poder contenerme—. Si es portuguesa, lo más seguro es que sea de Portugal.

Ella me mira.

—Hijo, era para concretar un poco —dice.

—Sí, claro, Amalia —responde tío Eduardo, encantado con el efecto que la noticia ha surtido en su público—. Portuguesa de Portugal.

—Ah —dice ella—. La verdad, tampoco es que sea tan extraño, ¿no? A fin de cuentas, siempre hemos tenido unas relaciones estupendas con Portugal, ¿verdad, cariño?

—Mamá, nunca hemos tenido buenas relaciones con Portugal, no digas chorradas —salto yo de repente. Tengo ganas de saber más y si mamá sigue por ahí vamos a tardar mucho en poder averiguar todos los detalles de lo que tío Eduardo se trae entre manos.

—No es verdad —replica ella, volviendo al vino—. Históricamente, los portugueses y los españoles nos hemos querido mucho. Pero mucho —dice, levantando su copa—. Y si no, mira Eurovisión. ¿Quiénes son los únicos que nos votan? Portugal. Bueno, Portugal y Andorra, pero los andorranos ¿a quién van a votar los pobres si no tienen a nadie que les quiera por lo que son? Solo por esas montañas y por el tabaco barato. Qué pena, ¿no? Claro, por eso conducen tan mal, porque como son todos contrabandistas de ron y de Marlboro Light, pues huyen. Y qué quieres, yo también huiría. No, si tontos no son. Raritos sí, pero tontos...

Silvia se ríe a mi lado. Es lo que tiene mamá. Cuando resbala, resbala sin freno, y eso, ese discurso sin costuras que hilvana como si estuviera en la sala común de un loquero y al que ella ni sabe ni quiere dar fin porque de repente se siente cómoda y libre, puede con Silvia, la desarma. A mí, curiosamente, a veces me crispa, porque hay algo de ese discurso que no me creo. Hay algo que no es de verdad. Demasiado ruido.

—Pues sí, Sindy es portuguesa —confirma tío Eduardo, encantado.

Mamá deja escapar un suspiro y asiente despacio con la cabeza.

—Ah, si es que desde Juana la Loca nada ha vuelto a ser lo mismo —dice con una mueca de pesar. Al ver que ninguno decimos nada, coge carrerilla y se lanza en plancha—. Lo digo por lo del síndrome de Juana y eso.

Olga la mira como si estuviera viendo un ornitorrinco adelantándola en la autopista.

—¿El síndrome de Jua... na?

Mamá asiente con firmeza.

—Sí —dice con cara de saber cosas que nadie más sabe—. Es que resulta que Juana no siempre estuvo loca. Lo que pasó fue que en esa época España y Portugal eran un país y ella, que era una princesa muy delicada, solo podía dormir entre sábanas de hilo portugués que se hacía traer desde Lisboa y claro, cuando se casó con Felipe, él solo quería cosas francesas, y Juana no podía dormir por la noche porque como era alérgica, no paraba de rascarse, como Shirley cuando le da por rascarse las orejas hasta que le paso las toallitas de aloe que me dio la veterinaria, pero por todo el cuerpo, y nadie la creía. Y claro, de tanto no dormir y con tanto rasca-rasca, pues la pobre perdió la chaveta y de ahí viene lo de la locura del hilo portugués o el síndrome de Juana.

Silvia la mira sin parpadear, boquiabierta. Los demás no recuperamos el habla hasta que Olga decide por fin intervenir.

—Ah, Sindy —dice, arqueando las cejas—. Un nombre muy... mmm... dulce.

Tío Eduardo suspira.

—Una dulzura es lo que es, cierto —dice, asintiendo despacio—. Aunque, claro, Sindy no es su nombre real. Su verdadero nombre es Teresinha.

Silvia se vuelve hacia él, pero no puede hablar porque mamá no da tregua.

—¡Oh! ¡Telesilla! Qué nombre más bonito, Eduardo —dice, asintiendo ella también y clavando el tenedor en el planeta rocoso que tiene en el plato y que se abre como una roca de yeso para mostrar un mejunje verde que supuestamente debe de ser el relleno de espinacas—. ¿Y en español cómo sería?

Ahora soy yo el que se ríe. Emma también.

—Te-re-si-nha —la corrige tío Eduardo, negando con la cabeza—. Se llama Teresinha, como su madre, aunque su nombre artístico es Sindy.

—¿Nombre... artístico? —pregunta Silvia arqueando una ceja. A tío Eduardo se le iluminan los ojos.

—Sí, Sindy es cantante.

Desde su cabecera, mamá da una pequeña palmada en la mesa que asusta a Olga.

—Lo sabía —declara—. Y seguro que tiene un puestecito en una placita de esas tan monas de Lisboa donde se caen todo el rato los niños y los viejecitos porque, claro, no sé dónde leí que como hay tantas cuestas, desde pequeñitos se acostumbran a tirarse al suelo para rodar calle abajo y así no se caen y fíjate, de paso tienen las calles limpias, pero limpias como patenas, no como aquí, que mira cómo está esta plaza, llena de papeles y de restos de cosas. Ah, y seguro que Teresita canta fados que te hacen llorar, ¿a que sí? Si es que Portugal es así. Tan... tropical... Cuando se lo diga a Ingrid, no se lo va a creer. Con lo que le gusta a ella llorar desde que el chamán le pasó las espadas por el lomo y le dijo que para desprenderse de toda la electricidad que lleva acumulada desde que trabaja en lo del turismo, lo mejor es llorar.

Tío Eduardo deja el tenedor junto al plato y toma un sorbo de agua de su copa.

—Bueno... —dice—, no exactamente.

—¿Ah, no? —pregunta Silvia con una voz de interés que suena ligeramente fingida.

—No —dice tío Eduardo—. Sindy es más... ¿cómo lo diría? —Inclina la cabeza a un lado y se frota la barbilla en un gesto que seguramente alguien le ha dicho que le da un aire interesante—. Mmm, más reivindicativa —dice, entrecerrando un ojo—. Más... como el Portugal de ahora.

La sonrisa de mamá se convierte en una mueca de pena y preocupación.

—Oh. ¿Es muy... pobre?

Silvia suelta una carcajada y yo, a pesar de que me gustaría que dejara hablar un poco a tío Eduardo, también. Cuando mamá habla desde su universo de conexiones y desconexiones varias, este es el resultado, y aunque lo sé —lo sabemos—, nunca deja de sorprenderme.

Tío Eduardo, que por supuesto está totalmente inmunizado a la lógica marciana de mamá, niega con la cabeza, deja la copa en la mesa y suspira. Luego retira la silla y se levanta. Va hacia su bolsa de mano y saca una funda de Louis Vuitton cuadrada que, aunque en un primer momento parece un portadocumentos, en cuanto la abre, vemos que es un iPad.

Cuando vuelve a sentarse, toca la pantalla con el dedo y se oye un siseo. Luego deja el iPad en vertical sobre la mesa y dice:

—Venid a ver. Quiero presentaros a Sindy.

Nos levantamos rápidamente y nos colocamos de pie detrás de él. Un segundo más tarde, cuando está seguro de que tiene toda nuestra atención, vuelve a pasar el dedo por la pantalla y el fondo negro se transforma como por arte de magia en un vídeo de YouTube que da comienzo con una especie de maracas sintéticas mientras en pantalla, con letras amarillas y rojas, aparece el nombre completo de Teresinha y el título de la canción en portugués subtitulado en castellano que estamos a punto de escuchar.

«Soy una perrita de la calle. Dame *crack*, dame *crack*», leemos en los subtítulos. Y debajo: Sindy Lopes.

Silvia me da un codazo que de poco me deja sin respiración al tiempo que articula, sin voz: «¿Sindy Lopes?» y Olga parpadea, incrédula, inclinándose un poco hacia delante, apoyada en el hombro de Emma. A mi lado, mamá aplaude, encantada.

—¡Le gustan los perros! ¡Le gustan los perros! —salta—. Ah, empezamos bien. Un puntito para Teresita.

Entonces los títulos de crédito desaparecen y lo que vemos emerger en pantalla es un poco peor que horrible y un poco mejor que catastrófico: una especie de Michael Jackson flaco y alto con el pelo como la piel de un pez araña y unos ojos redondos y enormes que parecen a punto de salir disparados de sus órbitas para atravesar la pantalla, sobre un bigote de cerdas alambradas. Es Sindy, que se deja ver en primer plano, vestida con un mono plateado y ceñido de puños y cuello púrpura, unos pechos diminutos con unos pezones marcados y unas zapatillas de deporte con plataforma blanca de las que pasaron por aquí en los ochenta y algún alma caritativa las defenestró por horrendas.

Sindy Lopes.

—Santo cielo bendito —dice Olga a mi lado con una voz que es casi un jadeo contenido—. Pero esto es...

No oímos lo que le parece a Olga, porque en ese preciso instante las maracas sintéticas se convierten en la versión infernal de un chucu-chucu rompeoídos y la Pez Araña con bigote empieza a contonearse delante de la pantalla mientras suelta un cúmulo de barbaridades al ritmo diabólico de algo que supuestamente es rap en salsa de bacalao y que dice lindezas —o así las leemos traducidas— como estas:

> Dame caña, dame caña.
> Tócame la cosa y ponle maña,
> si me sacas de paseo, yo te doy un buen meneo,
> toma ya, soy un *crack*, sabes que me gusta
> mucho por detrás.
> Ay ay ayá,
> ay ay ayá.

Tío Eduardo va siguiendo el ritmo de la música con los dedos sobre la mesa, encantado. Los demás no decimos nada. En la pantalla, Sindy se pasea manoseándose entera, hasta que de pronto se arranca los pantalones como una *stripper* de bar de carretera y se queda en tanga. En ese momento, tío Eduardo baja la música y se vuelve a mirarnos.

—¿Qué? ¿Qué os parece?

Silencio.

—¿A que es... especial?

Silencio.

Silvia se inclina un poco hacia delante para ver mejor lo que sucede en la pantalla mientras a mi lado mamá dice con voz insegura:

—Pero ¿cuándo sale ella?

Tío Eduardo la mira.

—Esta es Sindy, Amalia.

Mamá inclina la cabeza, suelta una risilla y se lleva una mano a la mejilla.

—Ji, ji, ji. Criatura. —Y luego, moviendo la mano en el aire como si fuera una pequeña zarpa—: Ay, Eduardo, cómo eres. Ese será su hermano, hombre de Dios. Parece mentira que confundas a tu novia con su hermano —dice, negando con la cabeza—. Aunque te digo una cosa: eso es la vista. Pero ahora que has dejado el alcohol, seguro que empiezas a ver mejor.

Silvia aprovecha para calentar motores:

—Es muy chic, tío, la verdad. —Él sonríe, volviendo la vista a la pantalla—. Y se la ve muy intensa. Casi... mmm... espiritual, diría.

Mamá ladea un poco la cabeza a un lado y a otro y durante un par de segundos sigue los movimientos de Sindy en la pantalla.

—Hombre, hija —dice por fin—, tampoco te pases, que la criatura, si de verdad es esta, que lo dudo, muy sor Teresita no es, no. Las cosas como son. —Se inclina un poco más hacia el iPad, poniéndose una mano sobre los ojos para evitar la luz que la deslumbra y, como al parecer no acaba de verlo claro, alarga los dedos y los pasa por la pantalla, como si quisiera limpiarla. Luego abre mucho los ojos y dice—: Pues es que yo la veo un poco... ¿negra?

Olga, en la que mamá está apoyada, arquea la ceja y pone los ojos en blanco:

—*Es* negra, Amalia.

—Ah —dice mamá, acercando un poco más la cara a la pantalla. Y añade con una sonrisa de niña feliz—: ¡Claro! ¡Por eso tiene el pelo tan rizado! —Luego baja la mirada y arruga un poco los labios—. Fíjate, esa es una de las cosas que siempre me han dado como penita de las negras.

Silvia se vuelve a mirarla despacio y clava en ella una mirada de incredulidad, pero no dice nada. Espera a que mamá termine su reflexión. Mamá, que la ve, se lanza cuesta abajo en su mejor versión.

—Sí —dice, asintiendo despacio con la cabeza—. El pelo. —Y como nadie dice nada, aclara—: Es que lo tienen tan duro que seguro que no pueden dormir, porque cuando apoyan la cabeza en la almohada se les clava en el cogote y eso tiene que doler una barbaridad. Por eso tienen que dormir con la cabeza fuera de la cama, así, boca abajo como los murciélagos.

—Cállate, mamá —dice Silvia con cara de no aguantarla un segundo más. Mamá me mira, buscando mi apoyo, pero yo no le sigo el juego y Silvia aprovecha entonces para decir con voz de falsa dulzura—: ¿Y cuándo has dicho que cumple los quince años, tío? —Tío Eduardo se vuelve y la mira con el ceño arrugado. Luego, tras unos segundos de vacilación, decide pasar el comentario por alto y vuelve a concentrarse en el iPad mientras la tal Sindy se contonea ahora en pantalla en compañía de dos adolescentes llenos de *piercings* que lanzan disparos a cámara con pistolas falsas y le hacen los coros. La letra de la canción suelta tantas marranadas por segundo que Olga traga saliva y se lleva la mano a la mejilla. A mi lado Emma mira la pantalla con gesto ausente y le pone la mano en el hombro a tío Eduardo:

—Pues tío, si a ti te gusta, a mí me parece fantástica —dice con voz suave mientras Olga se vuelve hacia ella y estira un poco el cuello, inclinando levemente la cabeza.

—Mmm... a lo mejor es un poco... [carraspera] ¿radical? —dice justo cuando suena la melodía de un móvil y mamá, que cuando oye sonar un teléfono se le erizan las orejas como un podenco y deja lo que tenga entre manos para contestar, se incorpora de golpe y se vuelve bruscamente, barriendo con el brazo de la mesa el iPad, que sale volando y se estrella contra el suelo mientras ella corre hacia la encimera de la cocina gritando «¡Voy, voy!», hasta abalanzarse sobre su móvil.

En el suelo, Sindy parece haber enmudecido boca abajo, mientras mamá se aleja por el pasillo hacia su cuarto al tiempo que la oímos decir:

—Ay, Ingrid, cariño, tú no me vas a creer cuando yo te cuente. Ponte bien el buda porque... ay... tú no sabes...

Nos quedamos todos en silencio, viendo desaparecer a mamá sin movernos, y cuando por fin se pierde por el pasillo, mientras tío Eduardo se agacha a recoger el iPad del suelo, Silvia recorre con la mirada los *sputniks* envueltos en costra marrón que siguen intactos en los platos sobre la mesa y dice, bajando la voz:

—Corre, Emma, ayúdame a tirar las piedras a la basura. Así pasamos directamente a las uvas. —Mira su reloj y ahoga un jadeo—. ¡Dios! ¡Son casi las doce menos cuarto! ¡El champán! ¡Hay que descorchar el champán!

Sin embargo, la que se levanta, afanosa y solícita como siempre, es Olga, que comparte con Silvia ese sentido de la eficacia doméstica y esas ganas de «poner orden al desorden» que las acercan más de lo que a cualquiera de las dos le gustaría admitir. En la cabecera de la mesa, tío Eduardo está agachado, recogiendo el iPad del suelo, en el que Sindy Lopes vuelve a soltar porquerías por la boca acompañada de sus dos criminales tatuados, y delante de mí, Emma me mira con unos ojos llenos de una luz que es la del comedor, pero que lleva también salpicada otra, una luz más hermética, anterior. Es una luz que reconozco porque hubo un tiempo en que ella y yo la compartimos a diario, un lenguaje inventado entre nosotros, de hermanos que han pasado cosas juntos.

La mirada dura apenas un par de segundos. La interrumpe la voz de Olga con un tenso:

—Emma, cielo, a lo mejor si nos ayudas...

Ella la mira y asiente y cuando Olga vuelve a lo suyo en la cocina, coge el iPhone que tiene encima de la mesa y lo manipula deprisa con las dos manos, manejando el teclado con una agilidad casi pasmosa al tiempo que Olga y Silvia van metiendo platos y copas en el lavavajillas, tiran restos de comida a la basura y organizan el cava, las uvas y el turrón.

Instantes después suena un pequeño tintineo en mi móvil. Lo saco del bolsillo y veo un nuevo WhatsApp. Es de ella, claro.

Dice así:

«Si es niña, se llamará Sara».

Cuando levanto la vista, me encuentro con sus ojos verdes clavados en los míos. Los dedos siguen todavía pegados al iPhone, tensos, a punto.

—¿Estás segura? —le pregunto, articulando la pregunta sin voz. Ella sonríe y asiente despacio con la cabeza en un gesto que quiere ser discreto pero que parece mecánico. Luego vuelve a bajar la mirada y escribe una vez más en el iPhone.

Su segundo WhatsApp llega apenas un segundo más tarde, después de que sus dedos hayan volado sobre las teclas imaginadas de la pantalla. Dice así:

«No se puede encontrar paz evitando la vida, Leonard».

La frase, claro. Cuando nos miramos, ella sonríe. Yo también.

Al fondo, mamá habla y se ríe en su cuarto, hablando con Ingrid; a nuestro lado tío Eduardo murmura entre dientes mientras reinicia el iPad que ha vuelto a depositar encima de la mesa; y al lado de la cristalera se oyen los gritos y las risas renovadas de gente que cruza la plaza y anticipa la fiesta. Más allá, casi a la vez, un coche frena de pronto en lo oscuro con un chirrido que es casi un grito, cortando de cuajo risas, voces y noche, y en su lado de la mesa, Emma se contrae bruscamente en la silla, entrecerrando los ojos, a la espera de que llegue el choque. Son apenas unos segundos que quedan suspendidos en el aire del comedor como una fila de medusas flotando en el falso mar de un acuario, ingrávidas y letales.

Y entre esa ristra de segundos, siento un golpe sordo en el pecho cuando entiendo que la cara de espanto que veo en Emma, el gesto encogido de los hombros y la línea que le comprime la mandíbula son los mismos que encontré en ella el día que Sara no llamó, esa tórrida tarde de junio que Sara tropezó con la acera de la vida y a Emma la arrolló el tiempo, arrastrándola en su ola llena de espuma sucia, de maderos, botellas vacías y páginas de cosas no vividas hasta aquí, hasta esta mesa.

Hasta esta noche.

Sara.

Sara y Emma.

A diferencia de esa tarde, hoy el choque no llega y los segundos de espera por fin se desvanecen sobre nosotros. Una campana da los tres cuartos y Emma abre los ojos, destensando hombros, arrugas y tendones. Luego coge aire despacio y, aliviada, lo exhala por la nariz antes de volver a ser la Emma llena de ventanas cerradas que desde hace años copia el nombre de Olga una y otra vez sobre el de Sara para que la memoria no la traicione.

Entonces sonríe a nadie y con esa voz llena de luces claras de la Emma que fue, la de antes de que todo se torciera, dice, volviéndose a mirar hacia la ventana:

—Sara es un nombre precioso para una niña, ¿verdad?

Libro tercero

Este barco que a todos nos lleva

Hay dos clases de personas:
las que viven, juegan y mueren,
y las que se mantienen en equilibrio
en la arista de la vida.
Los actores y los funámbulos.

Nieve, MAXENCE FERMINE

Uno

Fue todo muy sencillo, tanto que contado así, a toro pasado, casi parece una de esas anécdotas que oímos por casualidad en una conversación ajena, o un titular cualquiera que, a falta de más información, cae rápidamente en el olvido, solapado por el siguiente. Fue sencillo como lo son las cosas que ocurren sin plazos ni procesos, o como cae la piedra en el agua del lago: caída, golpe, ondulación, calma.

Acción, reacción.

Física. La vida y la muerte.

Y es que algunas veces pasan cosas que impactan sobre nosotros de tal modo que en un principio importan solo en sí mismas, porque tienen tanta carga y tanta dimensión humana que el cerebro solo es capaz de entenderlas como un conjunto cerrado. Luego el tiempo se encarga de mostrarnos que, a pesar de lo brutal del impacto, lo que realmente importa no es tanto el golpe como su onda expansiva, la misma que recoloca las fichas sobre el tablero de la vida y cambia un paisaje que hasta entonces creíamos inalterable. A veces —solo a veces— ocurre lo que ocurrió con Sara. Entonces la vida se despliega en un plano nuevo, como un escenario cuyo decorado se eleva en el aire mientras los actores siguen a lo suyo, ajenos al repentino cambio de luz, de mobiliario, de espacios. Lo que antes era el comedor de una casa se convierte en una calle. La noche cerrada en día. El frío en verano. La penumbra en resplandor. Esa es la magia de la ficción y también el horror de lo real: que la vida no siempre es lo que ocurre, sino las secuelas de lo que parece ser. Y que las dimensiones que el tiempo acumula sobre los acontecimientos son en muchas ocasiones las que dan la medida de lo vivido.

Eso fue exactamente lo que ocurrió con Sara. Hubo primero un hecho real que cayó en la vida de Emma como una piedra en el agua y de allí se expandió en círculos sobre nosotros, zarandeándonos como zarandea el paso de una lancha las boyas que flanquean los malecones. Luego, cuando el agua volvió a la calma, entendimos que no éramos los mismos. Ya no. Ninguno de nosotros.

Sara se fue un 13 de junio por la tarde. Emma y ella habían quedado en encontrarse en una terraza de la Gran Vía para ir juntas al notario a firmar los papeles del piso que acababan de comprar. Era el año 2010, aunque eso poco importa ya. Lo que sí importa —o importa más— es la hora. La hora y los minutos que siguieron. Y la vida que llegó a partir de entonces. La de todos.

Emma entró en la cafetería a las cinco. Pidió un agua con gas y una madalena y se sentó a una mesa de la terraza, la que estaba más cerca de la acera. A las cinco y dos minutos recibió un mensaje de Sara.

«Salgo ahora de la escuela. En diez minutos estoy allí. Un beso.»

En los diez minutos que siguieron, Emma se comió la madalena, se tomó la mitad de la botella de agua, se fumó un cigarrillo —en aquel entonces Sara y ella fumaban— y repasó la documentación que llevaba preparada en la carpeta. Luego se recostó en la silla, se puso las gafas de sol y se dedicó a esperar mientras veía pasar a la gente por la acera, envuelta en el ruido del tráfico, el humo de los autobuses y el calor que se elevaba en el aire desde el asfalto.

En ese mismo momento, a dos calles de allí, un taxi se detuvo delante de un semáforo en rojo. El taxista pulsó el botón del climatizador en el salpicadero y levantó la vista hacia el retrovisor para contestar el comentario de la clienta que llevaba detrás. Sin embargo, su voz no llegó a hablar. Una fracción de segundo más tarde, el coche recibía la embestida de un camión que no había podido frenar a tiempo y salía despedido hacia delante, arrolló al grupo de peatones que esperaban a cruzar en la acera y se estrelló contra el semáforo, que cayó al suelo con un golpe sordo y un chasquido de cristales. La mayoría de los peatones pudieron moverse a tiempo y sortear por milímetros el morro del taxi. Dos no lo lograron. Sara, que en ese momento le escribía un mensaje a Emma apoyada en el semáforo, avisándola de que se retrasaba un par de minutos, ni siquiera pudo levantar la mirada. Nunca sabremos qué fue lo último que pensó, ni tampoco lo que vio o sintió. Sabemos, sí, lo que alcanzó a escribir. En la pantalla de su móvil, que seguía atascado entre sus dedos agarrotados tiempo después de que la metieran en la ambulancia, quedaron extrañamente grabadas tres palabras y media de un mensaje que no encontró fin:

«Cariño, espérame. Ahora lle».

No, nunca supimos lo que vivió Sara en ese instante de despedida. Tampoco lo que vivió Emma durante las casi tres horas que estuvo sentada a su mesa, viendo pasar a la gente por la acera mientras el tiempo y la angustia se deslizaban sobre la espera y las ambulancias y los coches patrulla pasaban por delante de la terraza en dirección a Sara. Ni lo supimos entonces, ni lo hemos sabido hasta ahora, porque Emma no ha hablado jamás de esas tres horas y ninguno de nosotros se ha atrevido a preguntar. Para los demás, para los que en ese momento no éramos nada todavía en ese escenario, la tragedia empezó justo después. A las ocho y catorce minutos de esa noche recibí una llamada de Emma mientras paseaba con Max. Recuerdo que nos habíamos parado en una heladería y que esperábamos nuestro turno mientras una pareja de japoneses mareaban a la vendedora dominicana, pidiendo información sobre los distintos sabores que tenía en la bandeja del mostrador, y recuerdo también las miradas de cansancio de la dependienta, su mueca de aburrimiento y el calor que caía a plomo sobre el toldo. Me sonó el móvil tres veces. Las dos primeras no lo cogí porque finalmente los japoneses se habían cansado de preguntar y por fin tenía el helado de trufa en la mano y estaba pagando. La tercera, contesté. Al otro lado de la línea, Emma tardó en hablar. La oír respirar despacio, como si soplara al teléfono. Creí que era el viento. Cuando por fin habló, su voz sonó como si estuviera llena de ceniza.

—Sara no ha llamado —dijo.

Eso fue todo. «Sara no ha llamado.» La piedra cayendo a plomo en el agua y el impacto provocando una ola quieta que se expandió desde la terraza de la cafetería hacia el este de la ciudad, anegando calles, plazas y avenidas hasta caer sobre mí como un aluvión de fango. Esperé, muy quieto; ella también. Luego, tras un silencio que se hizo eterno, repitió, esta vez más despacio:

—Sara no ha llamado.

Y luego:

—Sarano ha llamado. Saranoha llamado. Saranohallamado. Saranohalla madoSaranohallamadoSaranohallam adoSaranohallamado.

Noté el sabor de su angustia en la boca y de repente la trufa helada me supo a arena. Un segundo después vi cómo la bola del helado se me caía a la acera desde la mano abierta y a Max que se acercaba y la lamía despacio, encantado.

La llamada de Sara. Ese fue el impacto. Después llegó todo lo demás.

Podría dedicar toda una vida a contar lo que ocurrió y cómo ocurrió. Podría detallar las llamadas, la espera, la confusión, el hospital, los padres de Sara, mamá, Silvia, el funeral, la preocupación, lo terrible... Podría destripar escenas, emociones, recuerdos..., pero después de todo este tiempo sé que no es eso lo importante. Lo que realmente importa es que efectivamente ocurrió, que Sara se dejó la vida en una acera con un mensaje a medio enviar, y que eso provocó cosas que cambiaron muchas otras. Importa que de pronto tuvimos que ponernos en guardia, dispuestos a zurcir a Emma entre todos cuando hacía muy poco que la familia había quedado troceada por la desaparición de papá y yo empezaba a salir adelante sin Andrés. Nos preparamos sin tiempo, improvisando un protocolo de primeros auxilios que no tuvimos ocasión de utilizar, porque Emma nos sorprendió con una entereza que no esperábamos y que nos pilló a contrapié, despistándonos.

Emma se negó en redondo a ir al hospital a identificar el cadáver de Sara. No, no fue al hospital. Tampoco al entierro. No quiso hablar. Y no la vimos derramar una sola lágrima. Mamá se la llevó a su casa y allí pasaron juntas los dos primeros días, pero cuando le propuso que se quedara una temporada con ella, Emma se negó con una firmeza y una decisión que nos desbarató. No quiso dejar su piso —el que había compartido con Sara durante los últimos cuatro años— y no hubo forma de convencerla para que pidiera la baja en el instituto. «Está demasiado dolida», pensamos. «A veces reaccionan así», nos dijeron. «Dadle tiempo.» Eso hicimos. Tiempo, supusimos que todo era cuestión de tiempo, que el *shock* era todavía demasiado reciente, demasiado inabarcable, demasiado todo. Decidimos observarla, vigilarla, monitorizarla. «Cuando caiga, tendremos que estar ahí para recogerla», auguró Silvia. «Esta niña necesita ayuda», insistía angustiada mamá, apartados todos a un lado por la máscara de calma chicha y de dulzura hueca que

Emma había adoptado de repente, y que había sacado de quién sabe dónde.

A simple vista, muy poco fue lo que cambió en la vida de Emma tras la muerte de Sara. El día que, después del primer fin de semana retenida en casa de mamá, volvió a su piso, me llamó a media tarde para preguntarme si podía sacar de paseo a Max. Recuerdo que era lunes y que había estado lloviendo toda la mañana. En la terraza, el aire caliente del verano precoz sacaba nubes de vapor de los charcos y olía a sal y a asfalto. Aunque la llamada y la pregunta me pillaron desprevenido, le dije que sí. Supuse que en realidad necesitaba salir de su casa, airearse, distraerse. Cuando pasó a buscar a Max y me ofrecí a acompañarlos, ella me miró sin pestañear y, con la misma suavidad impregnada de firmeza que había utilizado en muchas de sus negativas desde el accidente, respondió:

—No.

Eso fue todo. «No.» Fue un «no» lento y crudo que se deslizó sobre mí como una lona fina y casi transparente, una nueva piedra en la superficie del agua que no dejó resquicio para la réplica. Me quedé plantado en mitad del salón sin saber qué decir mientras Max y ella salían por la puerta y se perdían escaleras abajo para volver unas horas más tarde. Luego cenamos juntos.

—¿Te importa que me quede a dormir? —preguntó después de recoger la mesa.

Desde ese día, el ritual fue siempre el mismo: Emma llegaba a casa hacia las cuatro y media, después de salir del instituto. Se iba de paseo con Max y regresaba pasadas las ocho. Luego cenábamos, nos sentábamos a la mesa del comedor, ella corrigiendo exámenes o preparando las últimas clases del curso y yo subtitulando la película de turno en el portátil o fregando los platos y ordenando un poco antes de volver a salir con Max a dar juntos el último paseo del día. A veces jugábamos al ajedrez o veíamos alguna película, y muchas noches salíamos a la terraza con un par de Coca-Colas y nos sentábamos con Max en el escalón que comunica con el salón a hablar durante horas. Las conversaciones con Emma eran relajadas, muy tranquilas, y la bonanza nocturna de junio acompañaba. Hablábamos de mamá, de sus clases en el instituto, de la vida en general y de nada en particular. Ella preguntaba mucho. Sobre todo le gustaba que le contara cosas de mi trabajo.

—Cuéntame, venga —decía, poniéndome la mano en el brazo. Ese era un gesto que todavía hoy conserva. Cuando Emma te pide algo, te pone la mano en el brazo y la deja allí un rato. Es una mano que no pesa, pero que da calor, como la zarpa de un gato cuando no quiere arañar. Yo le contaba lo que había hecho ese día y ella escuchaba, interrumpiendo a menudo. La atrapaban los detalles, esas cosas que para uno son rutina, pero que desde fuera resultan atractivas por raras o singulares, sobre todo si yo andaba metido en el doblaje de algún actor que a ella le gustaba especialmente. Entonces me pedía que repitiera algún diálogo, lo que fuera, y ella se inventaba la escena, o improvisaba una réplica. También le gustaba verme subtitular en el ordenador. Se sentaba a mi lado en la terraza y escuchaba muy atenta los diálogos del original mientras yo buscaba encajar la versión castellana en la pantalla del subtitulado. Ella atendía y a mí me gustaba hablarle de lo que hacía, supongo que en parte porque también era algo nuevo para mí, y en parte también porque desde que Andrés ya no estaba, yo no tenía a mucha gente con quien compartirme. No hacía mucho que a mi trabajo subtitulando películas y traduciendo guiones había sumado el doblaje primero y la locución de publicidad después, y en poco tiempo, y por una cadena de casualidades que todavía hoy me sorprende recordar, mi vida laboral había dado un vuelco de ciento ochenta grados y me vi trabajando a un ritmo que un par de meses antes jamás habría imaginado. El subtitulado de películas me había llevado al doblaje —uno de mis clientes me había animado a que hiciera una prueba de voz para un estudio de grabación con el que trabajaba a menudo y que buscaba una voz como la mía. «Voces rotas como la tuya siempre hacen falta, Fer, y no tienes nada que perder, hazme caso», me había animado. Y así había sido. Un día había sonado el teléfono y alguien al otro lado me había pedido que pasara por un estudio para hacer una prueba. Yo había ido, había hecho la prueba, había gustado y había doblado mi primera película—, y el doblaje me había llevado casi de forma natural a la publicidad, con tan buena suerte que el segundo anuncio que me había tocado locutar había sido el de un coche que, quién sabe cómo ni por qué, cambiaría la fórmula de hacer publicidad en el sector y mi voz había quedado de repente ligada a ese nuevo modo de locutar.

En la época en que Emma empezó a dormir en casa, yo vivía sumergido en un intenso ritmo de trabajo que me obligaba a activarme y a salir a diario. Mis días estaban marcados por una doble coordenada que facilitaba las cosas porque las simplificaba: por un lado el trabajo, por el otro, Max. Lo personal, lo más íntimo, esa ristra de cosas mal resueltas que habían llegado rebotadas conmigo al estudio, tuvo que quedar aparcada para más adelante. De repente había ruido a mi alrededor: mi voz en sus múltiples tonos, timbres y facetas, anunciando coches, cepillos de dientes, gasolina, energías renovables, lavadoras, chicles y grandes almacenes suecos; incorporando a mi día a día una nueva terminología —«*claims*», «labiales», «*takes*»— que me daba aire y me ayudaba a ser menos y a hacer más. Empecé a ser un hombre que trabajaba mucho y empecé también a verme así: «Soy locutor, soy doblador, soy un tipo que tiene éxito en lo que hace», me decía, satisfecho de verme convertido en un hombre que había entendido por fin que «uno no es lo que es, sino lo que hace», sobre todo cuando lo que haces depende de ti y no te exige confiar en nadie. La llegada de Emma a casa coincidió con el nacimiento de ese Fernando, y lejos de juzgarlo —de juzgarme—, ella se limitaba a preguntar, a querer saber sin más. Me escuchaba como escuchan los niños que, a pesar de esperar una respuesta que no llega —y que quizá no ha de llegar—, no se cansan de esperar. Nos quedábamos hablando muchas noches hasta tarde y luego nos acostábamos en el sofá cama, encogidos los dos con Max a nuestros pies. Ella me daba un beso de buenas noches, metía el móvil debajo de la almohada y se volvía hacia el ventanal antes de apagar la luz. Los días de diario se levantaba temprano, bajaba con Max a darle el primer paseo y se iba a trabajar. Los fines de semana, la dinámica era la misma: se levantaba a las siete y media, desayunaba, sacaba a Max y se marchaba.

Así fue durante casi un año: ni una lágrima, ni una referencia —velada o no— a Sara. Jamás la oímos mencionarla. Y si alguna vez preguntábamos, comentábamos, insinuábamos... ella ni siquiera parpadeaba. Sonreía como si supiera algo que nosotros ignorábamos, siempre con el teléfono en la mano o encima de la mesa, moviéndose despacio, casi a cámara lenta. Mamá y Silvia se tranquilizaron cuando supieron que prácticamente vivía en casa conmigo, y poco a poco fueron relajando tensiones, aunque nunca bajaron del todo la guardia. «Es Emma, pero no es Emma», decía mamá con esa manera tan suya de resumir las cosas que a veces es tan simple que no es necesario más. «Está como anestesiada, no puede ser bueno», insistía Silvia. Tenían razón. Emma era ella, la esencia y el esqueleto eran los de Emma, pero había algo que no estaba. Su risa era hueca; la sonrisa, ausente. Miraba fijamente al hablar, pero era una mirada cerrada en sí misma en la que quedábamos atrapados cuando nos barría con ella. Comía bien, seguía yendo a nadar todos los días, había incluso dejado de fumar y había retomado las clases y los partidos de pádel en el gimnasio, pero era toda ella un gesto estudiado, un personaje con diálogos escritos por otra mano como los que yo doblaba en la cabina de grabación a diario: sonaban bien y tenían un hilo lógico. El orden y la entonación eran los adecuados, pero entre líneas no había emoción, sino aire.

Y luego estaban sus ojos.

Una de las cosas que antes o después aprendemos los dobladores es que hay mucho más lenguaje en nuestros ojos que en nuestros labios. Los ojos anuncian el momento exacto en que el personaje está a punto de intervenir y la emoción que va a imprimir a lo que quiere comunicar. El buen doblador sabe que gran parte de nuestro trabajo es descifrar miradas, no labios, porque los labios son el altavoz de los ojos, poco más. En el caso de Emma, sus ojos no anunciaban lo que decía su voz, porque la expresión que anticipaban era un conjunto vacío. Yo la oía hablar y a veces, si hacía el ejercicio de imaginarme doblándola, veía lo imposible. Desconectada. Emma estaba desconectada de su propio pozo de emociones: hablaba con suavidad, inalterable siempre, casi con dulzura en los matices. Parecía deslizarse sobre una suave capa de hielo con una fluidez casi líquida que solo se quebraba cuando le llegaba algún mensaje al móvil o cuando de repente creía que no tenía el teléfono a la vista. Entonces la mirada se llenaba de barro, los ojos se entrecerraban y ella se encogía como un puño sobre sí misma, hasta que leía el mensaje o localizaba el teléfono. Respiraba hondo y volvía la sonrisa tersa, las manos sobre el regazo, los ojos tristes.

Y así seguimos todos en ese barco que nos llevaba: Emma sumida en su duelo velado y hermético a un lado del sofá, yo con mi nueva vida inventada al otro y Max a los pies de los dos, compartiendo el cariño de ella y también el mío, testigo de cargo de una rutina y de una compañía diaria que las semanas primero y los meses después alargaron en el tiempo como una calma chicha que ni ella ni yo habríamos sabido ni podido romper y que sin duda se habría eternizado si la casualidad o el destino no hubieran jugado una vez más con las cartas marcadas.

Y si mamá no hubiera hecho lo que hizo, sorprendiéndonos a todos y cayendo, ella también, como una piedra contra la delgada capa de hielo sobre la que deslizábamos nuestras cuchillas.

Cambiándolo todo.

Dos

Desde el comedor, el tintineo de copas y de cubiertos queda solapado por las voces apagadas de Emma, Olga y Silvia mientras mamá habla por teléfono con Ingrid en su cuarto. Llega de pronto una risa nerviosa de Olga, un comentario de tío Eduardo y la réplica seca de Silvia que no alcanzo a oír desde aquí mientras la noche va cerrándose sobre nosotros y desde el exterior el estallido de un cohete anuncia que ya nos vamos, que diciembre expira. Las ganas de celebración impregnan el aire.

El baño de mamá, o mejor, sus paredes, son el reflejo de la mujer en la que se ha convertido desde que llegó a este apartamento y pudo empezar a imprimir su huella en lo que decora sin esperar el permiso ni la crítica incierta de papá, que desde siempre odiaba —y debe de seguir odiando todavía— ver cosas en las paredes. Las paredes tenían que ser blancas y estar vacías. Nada de cuadros, nada de agujeros. Nada de plantas.

«Las plantas son como los perros: tienen que vivir fuera», decía. Y no había más. Si en algún momento intentábamos convencerlo de que nos dejara colgar un póster en nuestra habitación, una foto, una postal, él negaba con la cabeza y soltaba un bufido de mal humor. Luego el comentario era siempre el mismo. El tono también: «Mientras sigáis viviendo en mi casa, las paredes seguirán blancas y las plantas vivirán en los parques. Cuando os ganéis la vida y os independicéis, podréis hacer lo que os dé la gana».

Las paredes de este baño han corrido idéntica suerte que las del resto de la casa. En cuanto mamá se instaló, no tardó en llenarlas de cosas. Son «sus» cosas y por horribles que puedan parecernos a los demás —y por mucho que Silvia y yo nos empeñemos en hacerle entender que no es necesario que lo tenga todo a la vista—, ella no da su brazo a torcer y juega a hacernos creer que sí, que está en ello, que cuando pinte la casa ya las quitará, o «mejor cuando cambie este armario, que ya toca», o «cuando guarde la ropa de verano y saque la de invierno, así aprovecho».

Siempre hay una excusa para no tocar lo que para ella es intocable, aunque jamás la hayamos oído decir: «No, esto es mío y me gusta así». No, mamá no habla así. Han sido demasiados años esquivando la autoridad —primero la del abuelo y después la de papá— y sorteando el enfrentamiento. Demasiados años echando mano del subterfugio, intentando salirse con la suya por los resquicios que la vida de los demás le dejaban, y ahora que ya no tiene quien la acordone, hace lo que quiere, pero sigue sin declararlo abiertamente. Aprendió a ver y a actuar en la sombra y ya es tarde para cambiar.

La pared de encima del retrete está ocupada por un gran rectángulo de corcho abarrotado de recortes, carteles de películas en miniatura y otros papelajos que lo llenan prácticamente en su totalidad. Encima del marco de madera que rodea el corcho, en letras blancas, está mi nombre. Conozco bien el corcho y lo que contiene: es el resumen de lo que han sido mis últimos tres años, una especie de pantalla sólida en la que mamá ha ido clavando con pequeños alfileres de colores lo que he hecho, las marcas que he ido dejando, semana a semana, mes a mes, en su mapa de recuerdos. Los alfileres de cabeza amarilla clavan los recortes de diarios o de revistas en los que aparece algún anuncio locutado por mí. Los hay de toda clase: sopas, coches, cadenas de hamburgueserías, dentífricos, leche de soja o cereales *light*. Los alfileres de cabeza azul sujetan los carteles en miniatura de las películas en las que he doblado a algún actor; y los de cabeza roja, las que he subtitulado, además de un par de entrevistas publicadas en una revista de cine y en un dominical. Mi currículum entero, mis últimos tres años, están aquí, a la vista. Esto es lo que mamá muestra de mí, su forma de decirle a todo aquel que pasa por el baño lo orgullosa que está de su hijo, y su forma de decirme que lo que le preocupa son los espacios donde no hay nada colgado, los vacíos que no son trabajo y que están huecos de todo lo demás. «Trabajo» dice el cuadrado de corcho. «Eres lo que haces, Fer.» En realidad, es un buen resumen de lo que ha sido mi vida desde que terminé con Andrés y me mudé con Max al estudio de la playa: trabajar, trabajar y trabajar. Poco o nada más. Hemos hablado mucho de eso mamá y yo, y los dos sabemos lo que piensa.

—No puedes seguir recelando así del mundo, Fer —me dice con esa confianza ciega que ella sigue mostrando en los demás y que, después de haber vivido lo que ha vivido con papá, a mí me cuesta entender—. Andrés ya pasó. Salió mal, pero ya pasó. —Sabe que no solo ha sido Andrés, que ha sido él y también los que llegaron antes, que no elijo bien porque en el fondo soy como ella. Sabe que no elegí bien la primera vez, que repetí el error la segunda y que reincidí la tercera. Siempre el mismo patrón, siempre el mismo perfil: el encantador de serpientes, el inseguro que se vende bien, la risa ancha, la sombra estrecha, el reflejo de papá repetido. Mamá lo sabe como lo sé yo, y sabe también que Andrés importa tan poco como los anteriores, porque quien elige soy yo. En eso Emma y yo somos muy parecidos. Cada uno a nuestra manera, pedimos poco del otro, nos conformamos con saber que importamos, que somos capaces de ganarnos una mirada. Emma no ha sabido parar. Yo decidí que no más.

Llegados a este punto de la conversación, ella nunca dice nada. Me mira con pena, chasquea la lengua y va clavando agujas de colores en el corcho, para recordarme que cada vez quedan menos huecos de vida por llenar. Por mi parte, yo la veo clavar sus agujas de colores y sigo esperando que el tiempo me dé alguna señal, o un empujón, o ya no sé... algo que me indique que quizá estoy preparado para volver y elegir mejor, para equivocarme menos, o distinto.

En la pared opuesta, junto a la puerta, hay otros dos corchos, más pequeños e idénticos. El de la derecha es el de Silvia. Es el más vacío. Aparte de una foto reciente de carné que mamá debe de haber rescatado de alguna de sus carpetas, lo único que muestra el corcho son postales: Miami, Río, Auckland, Nueva York, Oslo... Algunas están colgadas con la imagen de cara al corcho, dejando a la vista el breve mensaje con la letra pulcra y afilada de Silvia, que casi siempre es el mismo: «Hola, mamá. Aquí, desde .... Espero que estés bien. Te echo de menos. Un beso muy fuerte. S.». El corcho de la izquierda —el de Emma— está lleno de fotos en las que Emma aparece sin falta con alguien: Emma conmigo, Emma con mamá, con Silvia, con Olga, con unas amigas en la Patagonia, con las chicas del equipo de pádel, Emma con. En ninguna aparece sola. Hay también algunas de Emma con Sara.

Los tres corchos son las tres ventanas que mamá tiene siempre abiertas para nosotros, desde las que nos habla sin voz. Son lo que ve de sus hijos, la luz roja que reconoce en los tres. El baño es, en sus paredes, la carta que mamá lleva escribiéndonos desde hace un tiempo a cada uno, su manera de expresar en silencio «me doy cuenta. Soy vuestra madre y me doy cuenta de lo que os pasa, de dónde estáis». Con el corcho que le dedica, mamá le dice a Silvia que no sabe cómo llegar a ella, que dos frases y media desde la distancia una vez cada quince días no son nada y que echa de menos cosas que no sabe explicitar. Mamá expone las postales como quien ofrece las fichas de un rompecabezas. «Hija, mira todo lo que no me dices», le dice a Silvia. «Mira lo lejos que estás.»

En el caso de Emma, el mensaje es otro: «Mi niña mediana que no sabe estar sola», dice su corcho lleno de compañía. «Tan dependiente como yo, tan errada como yo.» Eso le dice con su *collage* a Emma, que tampoco lee en él ningún mensaje. Mamá nos dedica las paredes de su cuarto de baño y yo sé que es importante, que no lo hace simplemente para alegrar las paredes. Es su forma de decirnos que es nuestra madre y que, como puede, está ahí, intentando, ahora que papá y su sombra no la oscurecen, recuperar su papel.

Oyéndola ahora al teléfono, no puedo reprimir una sonrisa. Las carcajadas con las que salpica lo que dice son tan contagiosas y sus comentarios tan... ella que todavía me sorprende que hiciera lo que hizo en su día para traer a Emma de vuelta a la vida. Aunque quizá no fue tanto lo que hizo ni cómo lo hizo, sino sobre todo lo que vimos de ella en su reacción, esa Amalia entera y mayor que hasta el momento no había figurado en nuestros mapas. Mamá se hizo grande, se descubrió protagonista sin papá al lado y con su gesto nos empequeñeció a todos, reordenando una vez más un escenario que creíamos invariable.

Me seco las manos con la toalla y abro la puerta. Cuando estoy a punto de girar hacia el salón, me detengo. La frase supuestamente susurrada de mamá me llega desde su cuarto y me clava al suelo.

—¿Tú crees? —dice—. Ay, no sé, Ingrid. No creo que sea buena idea. Tal y como están los ánimos, si lo digo esta noche van a saltar sobre mí como fieras, sobre todo Silvia. —Un breve silencio—. Sí, hoy está que muerde.

Un nuevo silencio, este más prolongado.

—Ajá —vuelve a la carga mamá—. Si es que hace mucho tiempo que esta niña no está bien, no hay más que verla. Pero, claro, cualquiera le dice nada. Además, como a mí nunca me hacen caso, pues eso.

Silencio. Giro hacia la izquierda y avanzo por el pasillo hasta llegar a la puerta de su cuarto. Cuando me asomo a ver, la encuentro estirada en su cama y recostada sobre un par de almohadones enormes, con Shirley roncando sobre su cuello como una estola viva. Mientras habla por teléfono, sujetándose el auricular entre la cabeza inclinada y el hombro, teje uno de los cuadrados de la manta que lleva un par de meses haciendo para mí. Tiene los ojos entrecerrados. Demasiada luz. No me ve.

—Pues no sé, la verdad —dice—. Entre lo del embarazo de las niñas y lo de mi hermano... —Se lleva la mano a la mejilla y arruga los labios. Está preocupada, casi acongojada, y se expresa como lo hace cualquier madre en un momento de intimidad con una amiga que está acostumbrada a escucharla—. A veces tengo la sensación de que no cuento, Ingrid —dice con voz triste—. De que no me toman en cuenta. Y... bueno, me acuerdo de Manuel, de que siempre me daba miedo hacer las cosas mal porque siempre estaban mal y...

Silencio. Trago saliva. De repente me siento mal escuchando. «No debería», pienso. «No está bien.» Pero no me muevo. Mamá y su cara B vuelven a hablar y yo sigo donde estoy.

—Y encima Eduardo con esa... chica, o lo que sea. Ay, Ingrid, mi hermano no aprenderá nunca. —Deja escapar un suspiro entre triste y conforme—. Yo es que no sabía qué cara poner, la verdad. —Asiente, atenta a lo que Ingrid le dice desde el otro lado de la línea, sin dejar de tejer y tapando con la lana a Shirley, y luego—: Si es que ni siquiera estoy segura de que sea una chica. Con esos bigotes, esas patazas peludas, y ese... tanga —dice, poniendo cara de asco—. Yo no veo mucho, pero te aseguro que ahí dentro había algo gordo, pero gordo, que nosotras no tenemos, por no hablar de... —se calla, al parecer interrumpida por Ingrid. Instantes después abre mucho los ojos, asiente despacio y se lleva la mano al pecho—. Dios mío —dice, con un jadeo de angustia—. Entonces... —Cierra los ojos un par de segundos y vuelve a abrirlos como platos—. ¿Tú crees que a lo mejor Eduardo es... gay?

Silencio.

—¡Claro! ¿Cómo no se me había ocurrido antes? —suelta, poniendo las agujas en alto y alzando la voz. Enseguida se da cuenta de que podemos oírla y se tapa la boca con la mano, pegándola al auricular—. Por eso lo de vivir siempre fuera, y lo de su mala suerte con las mujeres. ¡Claaaaro! —Respira hondo y asiente despacio con la cabeza—. Ay, Ingrid... va a ser que mi hermano... también. Y fíjate tú lo que tiene que haber sufrido el pobre, llevándolo tan en silencio. Y tan solo. —Arquea una ceja e inclina un poco la cabeza—. Aunque no sé de qué me extraño, la verdad, porque, claro, a lo mejor si la homosexualidad es genital, y debe de serlo porque lo leí el otro día en la contra de *El País*, entonces es que se hereda, y ya sabes lo que dicen: no hay dos sin tres. Y no hace falta que te diga que aquí ya tenemos a dos.

Ay. El disco de mamá ha girado de pronto y ahora la aguja surca su cara A, la del ruido y las interferencias. De repente se ilumina y vuelve a abrir los ojos como platos. Su expresión es la de una niña.

—Ay, Ingrid. Genética, genital... ¿qué más da?, no seas tan quisquillosa. La cosa es que se hereda —dice, agitando una mano en el aire. Luego un silencio. Muy breve—. ¡Sí! Bueno, yo no sé qué es lo que es, pero lo que sí te digo es que la tal Sindy Teresilla no es trigo limpio y tiene pelos y bultos donde no debe. Te lo digo desde ya. Y ya que estamos, también te digo que no sé cómo van a dormir juntos con esos pelarros tan duros que tiene el muchacho en la cabeza y en las piernas. Y dormir es muy importante, aunque la gente no lo crea. Porque mira, lo del sexo dura lo que dura, que gracias a Dios suele ser poco, pero dormir... ah, dormir hay que dormir, sí o sí. ¿O no te parece?

Silencio.

—Si es que estoy en *shock*, cielo, así te lo digo. —Silencio breve—. Y que ninguno nos hayamos dado cuenta hasta ahora... —Otro silencio—. Ya, es verdad. Qué valiente, mostrar así a su novio, ¿no? Imagínate lo que le podíamos haber dicho, con la lengua que tienen Silvia y Olga, y el chico tan negrito y tan... portugués. —Niega despacio con la cabeza y chasquea la lengua—. Lo mal que lo debe de estar pasando. —Silencio. Asiente como una niña obediente—. Sí, claro. Si Eduardo ha decidido salir del armario, tenemos que ayudarlo, y que salga del todo. —Pausa—. Sí. Voy a ponerme manos a la obra. En cuanto vuelva a la mesa, descuida.

Se hace un silencio más prolongado. Mamá escucha atenta mientras va acariciando a Shirley, que ahora se tumba boca arriba sobre su cuello y echa la cabeza hacia atrás. Mamá asiente despacio y de repente frunce el ceño:

—¿Lo... nuestro? —pregunta con expresión confundida.

Silencio.

—Ah, lo nuestro, sí. Ahora me había perdido. —Sobre el cuello de mamá, Shirley empieza a resbalar muy despacio hacia el vacío cabeza abajo. Mamá no se da cuenta—. No, Ingrid. Cualquiera sabe cómo se lo van a tomar —dice, acariciando distraídamente a Shirley en la tripa con la punta de la aguja. Shirley saca la lengua y deja la cabeza colgando sobre el hueco entre las dos camas como un murciélago narcotizado—. Pero puede que tengas razón. Total, aquí cada uno con sus cositas, uno que sale del armario, las otras que se embarazan por el vientre común, o como se llame, y cualquiera diría que a mí nunca puede pasarme nada —añade con una mueca de niña contrariada—. Pues mira tú por dónde —suelta, de repente envalentonada—. Mejor que lo sepan ya y así se van haciendo a la idea, ¿no te parece? Además, entre una cosa y la otra, ¡se nos va a echar el tiempo encima! —Suelta una risotada feliz y Shirley sigue en caída lenta hacia el suelo, deslizándose relajadamente—. Ay, no sabes las ganas que tengo. ¡No veo la hora de estrenar el kimono! —exclama, bajando la voz y tapándose una vez más la boca con la mano, como si de repente hubiera vuelto a caer en la cuenta de que alguien puede oírla.

No es difícil adivinar que mamá e Ingrid se traen un nuevo desquicie entre manos, aunque, la verdad sea dicha, tampoco es ninguna sorpresa. Desde que se conocen, las dos conspiran sin descanso a brazo partido como dos niñas de vacaciones y nosotros intentamos como y cuando podemos ponerles coto, aunque no siempre lo hagamos bien ni a tiempo. Mientras mamá va despidiéndose de Ingrid, yo me retiro de la puerta y empiezo a alejarme despacio por el pasillo hacia el salón, entre divertido y curioso, hasta que de repente la oigo decir:

—¿Y cómo era eso que tenemos que decir cuando lleguemos? —Se hace un pequeño silencio y luego, con un acento aspirado que enseguida distingo y que dispara todas las alarmas en mi radar de luces rojas, añade con una risilla traviesa que le conozco bien y que no augura nada bueno—: Pues eso mismo: hasta la victoria siempre, compañera Che. —Silencio, este muy breve—. Ah, ¿sin Che? Mmm, bueno, pues hasta la victoria siempre, compañera Sinché.

Silencio. Mamá asiente con cara de fastidio y chasquea la lengua.

—Ay, hija, no me confundas. Si lo decía yo bien. Además, no sé a qué viene ahora lo de ponerte ese nombre tan... tan oriental. ¿O es que tenemos que cambiarnos de nombre porque son comunistas y a lo mejor no nos dejan entrar si saben que somos divorciadas por la iglesia?

Es entonces cuando entiendo con un pequeño escalofrío de anticipación que la noche, esta noche única de este año que está a punto de terminar, no ha hecho más que empezar, y que tengo que estar preparado. En cualquier caso no hay tiempo para más. La voz de Silvia rompe el silencio desde el comedor con un «¡mamá, están a punto de dar las uvas! ¿Quieres hacer el favor de venir?», al que mamá responde desde su cuarto con un suspiro de paciencia.

—Ya vamos, cielo —dice, incluyendo como hace siempre a Shirley en el *pack*—. Sírveme solo un culín, ¿eh? Que ya sabes que el cava me da gases.

—A lo mejor lo que te da gases es hablar tanto por teléfono, mamá —replica Silvia, cuyo comentario llega acompañado por una carcajada rasposa de tío Eduardo.

—Bueno, te dejo, Ingrid —dice mamá, bajando la voz hasta casi un susurro—. Sí, ya la has oído, ¿no? ¿Qué te había dicho? Está im-po-si-ble.

—¡Mamá, o cuelgas o cuelgas!

—... Y acuérdate de hacerme un poco de reiki, pero del mismo que les haces a los monitores de la perrera, ¿eh? Ah, ahora que me acuerdo, no te he dicho que ayer me encontré en el banco con Isidro, el chico de la silla de ruedas que pasea perros...

—¡Mamá!

Me detengo un segundo en el pasillo, casi delante de la puerta del baño, y al volver la vista a la izquierda, me encuentro con mi propia imagen reflejada en el espejo de pie que mamá ha colgado en alto y transversal, como una especie de ventana alargada. Por un momento, vuelvo a verme como me vi hace ahora un par de meses en la barra del bar, mientras esperaba a que el camarero me sirviera, y siento de nuevo un escalofrío al recordar el momento en que los ojos de la figura que desayunaba en el rincón se volvieron y nuestras miradas se encontraron en el espejo. Recuerdo también lo que ocurrió después, o mejor, empiezo a recordar, porque enseguida la imagen se quiebra en el cristal cuando la voz de mamá rompe el instante.

—¡Shirley, cuidado!

Lo que sigue es un golpe sordo al que se une un chillido largo y agudo como de rata vieja y un segundo más tarde veo pasar a Shirley como una exhalación entre mis piernas, gruñendo y arrastrando entre los dientes la labor de mamá, agujas incluidas, mientras en su cuarto mamá parece que se ha puesto por fin en movimiento al tiempo que va diciendo entre dientes: «Ay, cariño, es que mamá es muy torpe y no te ha visto. No te vayas así, reina. Ven, ven, que mamá te dará un masaje de esos mágicos que da tía Ingrid y verás como ya no duele».

En el espejo, el encuentro de miradas ha desaparecido y solo quedo yo. Mis rizos rojos se iluminan desde atrás, envueltos ahora en un halo naranja, y la piel blanca parece todavía más blanca así, reflejada contra el blanco de la pared.

Mamá aparece en el marco de la puerta de su cuarto. Se le ha quedado el pelo aplastado por detrás de la cabeza y sigue llevando puestas las zapatillas de cuadros. Al verme sonríe y se le ilumina la mirada, hasta que desde el comedor Silvia vuelve a llamarla y ella pone los ojos en blanco y le saca la lengua antes de encogerse de hombros y reírse en silencio, buscando mi complicidad, que inevitablemente encuentra.

Luego me pone la mano en el brazo y se mira en el espejo. Nuestros ojos se encuentran. Ella sonríe. Yo también.

—¿Vamos, Fer? —me dice sonriendo.

Le ofrezco el brazo y ella lo coge antes de mirarse una vez más en el espejo y darse cuenta de que tiene todo el pelo pegado a la cabeza por la parte de atrás. Abre los ojos, horrorizada.

—Dios mío —dice, llevándose la mano que tiene libre a la coronilla y palpándose el pelo a tientas—. Me falta un trozo de cabeza.

Nos reímos. Los dos.

—¿Y no pensabas decirme nada, demonio? —dice, poniéndose seria y ahuecándose el pelo, aunque sin éxito—. Mmm, ¿mejor? —pregunta.

—Mucho mejor.

—Mentiroso.

—¡Los cuartos, los cuartos! —grita Silvia desde el salón. La vemos levantarse de la mesa, arrastrando su silla sobre el parqué—. ¡Mamá! ¡Fer!

Mamá inspira hondo, se coge otra vez de mi brazo y dice, poniendo nuevamente los ojos en blanco:

—Vamos, hijo. Como tu hermana y Shirley sigan chillando así, los vecinos van a creer que estamos en plena matanza y van a llamar a la policía.

Y así, riéndonos los dos, echamos a andar hacia el salón, donde ya nos esperan. Fuera, los cuartos terminan de cerrar el año y más abajo, hacia el mar, los primeros cohetes surcan el aire, iluminando el ventanal del salón como luciérnagas de colores. Alrededor de la mesa ya están todos de pie, con los cuencos de uvas en la mano: tío Eduardo en la cabecera; a su derecha, Silvia. A su izquierda, el cubierto intacto y la silla vacía, seguida de Emma y de Olga.

Pronto, muy pronto tocará brindar.

Y después llegarán otras cosas.

Sigue la noche.

Tres

Es la una y cuarto y hace rato que los cohetes que han llenado la noche después de las campanadas han dejado de oírse. Ahora el silencio en la plaza es casi total, salpicado muy de vez en cuando por algún bocinazo o por los gritos puntuales de un grupo de adolescentes que cruzan hacia la boca del metro. Aquí, en el salón, se acabaron el cava y los turrones y ha quedado solo el café y las conversaciones reposadas. Ha sido una velada tranquila después de las uvas, del brindis y de los besos y abrazos.

Silvia fuma a mi lado mientras Olga lleva un buen rato contándonos con todo lujo de detalles las reformas que van a hacer en casa para cuando nazca el niño. Mamá la escucha con expresión de fingido interés y una sonrisa clavada en la cara. Asiente cada cierto tiempo, añadiendo de vez en cuando uno de sus «qué mono» de rigor que Olga saluda con una carraspera seca, antes de seguir detallando los materiales —todos ecológicos, sobre todo la pintura—, los colores, las texturas y las marcas que quieren usar para la obra.

Sobre todo las marcas.

—Son tan importantes... —insiste por tercera vez, poniendo su mano en la muñeca de mamá, que parpadea para recuperar la concentración—. Porque deja que te diga [carraspera] que las marcas, aunque no lo parezca, importan. Y mucho. Una marca es una garantía. Y con los hijos, hay que buscar garantías —remata con voz de vendedora de seguros.

Silvia se vuelve a mirarme con cara de aburrimiento al tiempo que me suelta una patada por debajo de la mesa que logro esquivar. Al ver que nadie dice nada, Olga traga saliva y sigue a lo suyo:

—Si es que en el fondo, unos buenos padres —se interrumpe y se vuelve a mirar a Emma, que en este momento manipula distraídamente su iPhone—, o madres... —dice, inclinando un poco la cabeza y tensando una mueca que quiere ser una sonrisa—, deben ser como un buen banco.

Tío Eduardo levanta la vista del iPad que tiene junto a su copa casi vacía y asiente un par de veces, como si estuviera en la terraza de un bar y hubiera visto pasar una bici sin nadie encima. En el extremo contrario de la mesa, mamá abre los ojos y pone su mano en la de Olga.

—Ay, hija, qué cosas dices. —Olga la mira con cada de no saber si lo de mamá es crítica o cumplido, pero mamá la saca de dudas—. Cómo se nota que estás acostumbrada a tratar con gente. Qué digo, con gente. Con personas. A mí nunca se me habría ocurrido una imagen tan... mmm... poética.

Silvia me suelta una nueva patada por debajo de la mesa que en este caso alcanza su objetivo. Delante de nosotros, Olga sonríe, encantada, y carraspea. Cuando quiere continuar con su cháchara, mamá vuelve a la carga.

—Es verdad, Olga —dice, asintiendo despacio, como midiendo bien sus palabras—. Una buena madre tiene que ser como un buen banco.

—Correcto —dice Olga.

—Sí —insiste mamá—. Un banco como los de antes. —Olga parpadea, de pronto descolocada, y mamá se da cuenta—. Ya sabes, hijita: un banco de esos en los que podías sentarte, con sus cuatro patitas y las tablas de madera verde, así gastaditas para que no te dejaran marca, no como estos potros de tortura que nos han puesto en la plaza. —Inclina la cabeza y sonríe, complacida con lo que acaba de decir—. Fíjate que durante un tiempo, cuando me mudé aquí, creí que eran papeleras, no te digo más. Y yo que veía sentarse a los abuelos así, como encorvados, unos mirando para allá y los otros de espaldas, y me decía: «Amalia, este barrio no sé yo. Mucho golden y muchos niños rubios, pero en el fondo, somos todos iguales: a los mayores nos sientan en las papeleras y los chiquillos se fuman las plantas», ¿verdad, Eduardo?

Olga va tensándose por momentos. Desde su conversación telefónica con Ingrid, mamá intenta incluir como sea en la conversación a tío Eduardo, que sigue concentrado en la pantalla de su iPad, renegando entre dientes, y que participa de lo que hablamos con frases cortas y genéricas.

—¿Eh? —dice ahora, levantando la vista—. Ah, sí. Lo de los bancos es terrible —concede con una sonrisa forzada al tiempo que le da un par de golpes a la carcasa de la tableta. Al ver que Olga lo mira con una ceja arqueada, él reconsidera—. Tan... oscuros —añade, moviendo una mano en el aire—. Y tan... inhóspitos.

Mamá se ilumina como una bengala y deja su taza de café en el plato con un tintineo.

—Ni que lo digas, Eduardo —dice. Y luego—: Inhóspitos como... como la selva, o como el océano, o como... como... los armarios, ¿verdad?

Tío Eduardo vuelve a levantar la mirada.

—¿Los... armarios?

Mamá asiente despacio con expresión compungida.

—Sí. No hay nada más inhóspito que un armario.

Silvia se vuelve hacia ella.

—Mamá.

—¿Sí?

—¿Se puede saber qué estás diciendo?

Mamá tensa el cuello.

—Ay, hija. Pues eso, lo que todo el mundo sabe: que los armarios son terribles, pero terribles de verdad. No sé dónde leí que hay un estudio de una ONG de esas que tratan los traumas de las guerras o algo que dice que el mucho por ciento de la población del primer mundo tiene pesadillas con armarios. Pero pesadillas terribles: armarios con dientes, con ametralladoras, armarios llenos de suegras, de payasos como el de McDonald's y de escritores noruegos, y armarios que son como las tiendas de los chinos, pero sin el chico salvadoreño que te acompaña por esos pasillos llenos de plásticos y de cortinas de ducha que...

—Mamá. —Silvia la mira como si no diera crédito—. ¿Te pasa algo?

Mamá, que está lanzada, ni la oye.

—¿O de dónde si no os creéis que viene eso de caerse del armario?

—Es salir, Amalia —la corrige tío Eduardo, dejando boca abajo el iPad sobre la mesa con una mueca de fastidio—. Salir del armario. No caerse.

—¡Eso, sí! —salta mamá, dando una pequeña palmada sobre la mesa que hace tintinear tazas y cubiertos y que Shirley, que está acurrucada sobre sus rodillas, saluda con un respingo y un ladrido—. ¡Salir del armario! —Y luego, mirando a tío Eduardo—. ¡Hay que salir de los armarios, Edu!

Olga carraspea e intenta un amago de mediación que suena así:

—Amalia, cielo, cuando tengas que guardar la ropa de invierno y sacar la de verano, si quieres vengo a ayudarte. Yo no sabía que te afectara tanto...

Mamá la mira y sonríe, sin verla. Luego vuelve a concentrarse en tío Eduardo, pero como no sabe cómo abordar lo que quiere decir, empieza a mover las manos en el aire, aunque sin pronunciar palabra. Rápidamente cojo la botella de cava vacía que tiene delante y que a punto ha estado de salir volando sobre Olga. Esto, este aleteo silencioso, es algo que mamá suele hacer cuando lleva tiempo dándole vueltas a un problema e intenta abordarlo de la forma más suave posible. Quiere llegar y sabe adónde, pero el camino que ha de llevarla hasta allí no termina de definirse. De repente se atasca, como ahora, y baraja un chorro de formas, principios y fórmulas que, en el noventa y nueve por ciento de los casos, terminan resumidos en la peor opción. A mi lado Silvia me mira y arquea las cejas. Intuye que yo sé, pero mamá no da tregua ni tampoco tiempo para más. Allá va.

—Eduardo, cielo —empieza, llevándose la mano al cuello y masajeándoselo con cuidado—. Es que estaba pensando que... bueno, que, mmm... si te casas con Teresita en Lisboa, pues que a lo mejor es un poco violento para ti, porque claro, los portugueses son así como son, o sea, un poco peludos, y con las cejas juntas porque como les da el aire del Atlántico, si no tuvieran esas trincheras de pelo no podrían ver, y además no sé yo si son muy abiertos, la verdad.

Silencio. Silvia enciende un cigarrillo y Olga alarga la mano sin decir nada, con un gesto mecánico, pidiéndole uno. Mamá ni siquiera las mira. Sabe dónde quiere llegar. Cierro los ojos e inspiro hondo.

—Digo lo de abiertos porque ahora no sé si en Portugal también se casan los gais, las lesbianas y los transgenéricos, y bueno... yo no quiero que sufras, Eduardo. —Niega con la cabeza, moviéndose entera y zarandeando a Shirley, que asoma el hocico sobre la mesa y lo apoya en el mantel—. Y, ya que estamos, también te diré otra cosa que me preocupa. —Tío Eduardo frunce el ceño. No está entendiendo nada—: El bulto.

Bajo la vista y la clavo en la taza, pero por mucho que intento no reírme, mamá me vence y suelto una carcajada que rápidamente convierto en tos.

—¿El... bulto? —pregunta tío Eduardo, claramente fuera de juego. De pronto algo le cruza la mente, porque se tensa y mira a mamá con cara de preocupación, un gesto que Emma imita desde su sitio—. ¿Qué bulto, Amalia?

—La... cosa —responde mamá, sirviéndose un poco de agua—. La cosa gorda.

Sé que si levanto la vista no podré volver a convertir risa en tos, porque me está costando lo suyo respirar, de modo que opto por seguir mirándome las manos como si de repente hubiera aprendido a leerme la línea de la vida, la de la salud y la del dinero en un tres en uno instantáneo. Silvia fuma a mi lado, sacando humo como una posesa. Cuando la miro de reojo la veo concentrada en mamá, observándola sin pestañear. Un instante después la oigo preguntar:

—Mamá, ¿quieres que te grabe con el móvil y luego, antes de irte a dormir, te escuchas un rato para que entiendas por qué a veces es tan difícil ser tu hija y no puedas dormir en dos semanas?

Mamá la mira y chasquea la lengua, seguramente fastidiada no tanto con el comentario, sino con el momento en que ha llegado.

—Eduardo, cielo —vuelve a la carga—, lo que quiero decir es que, mira... Teresita tiene un bultito en el tanga que no es... normal. Qué digo, normal. No es sano. Pero claro, es de Portugal, y ya se sabe, los portugueses... Dice Ingrid que como cantan tanto en los bares y comen siempre bacalao, que tiene mucho mercurio, pues tienen exceso de testosterona, y resulta que la testosterona les hincha todo por debajo y les deja sin pelo arriba. —Niega despacio con la cabeza y arruga los labios—. Lo que quiero decir es que... —duda, de repente insegura—, si vas a casarte con Teresita o como quiera que se llame la criatura, yo creo que debería operarse antes, ¿no te parece? —Tío Eduardo abre aún más los ojos y un poco la boca, pero no dice nada. Silvia suelta un bufido a mi derecha—. No, no me mires así —dice mamá—. Eso se opera desde hace muchos años y, créeme, es mucho más sano. Coser y cantar, vamos. Y aquí paz y después gloria. Así Teresita aceptará su sexualidad del todo y tú también, cariño. Eso es lo que quería decirte, Edu: que has sido muy valiente enseñándonos a tu novio así, a pecho descubierto, y que te honra, y tu hermana está muy orgullosa de ti. —De repente se le quiebra un poco la voz y traga saliva antes de seguir—. Y también que siento mucho que hayas tenido que vivir escondiéndote todos estos años, fingiendo por miedo y saliendo con todas esas mujeres que... en fin, esas pobres chicas no tenían la culpa de tu... problema.

Por un momento, la escena se difumina ante mis ojos y en un par de destellos aparecen, una por una, las caras de algunas de las novias más insignes de tío Eduardo, que desfilan por mi memoria como por una pasarela de despropósitos: recuerdo a Irina, una chica guapísima, nieta de una condesa rusa —o eso decía ella—, que tío Eduardo había conocido en Buenos Aires y que estaba tan poco acostumbrada a la cocina y a llevar una casa que el primer día que tío Edu y ella se fueron a vivir juntos, Irina le preparó un pollo en salsa Strogonoff y no se le ocurrió otra cosa que meter el pollo en la olla con plumas y todo, lo que puso así fin a la aventura rusa de tío Eduardo; recuerdo también a Lorena, una azafata boliviana quince años mayor que él que, según nos contó años después tío Eduardo, no llevaba nunca bragas y hacía pipí de pie, pero lo peor no era que no se sentara para hacerlo, sino que lo hacía en cualquier parte, porque decía que las indígenas de su país lo hacían así y así lo hacía ella también; y recuerdo también a Rose, una alemana de Hamburgo que desayunaba con cerveza y que era catadora de tabaco, con unos dientes amarillos como palas de moler aceite y un pelo rojo que se lavaba día no y semana tampoco y que a mamá le daba pánico. Son solo tres de los múltiples perfiles femeninos que han pasado por la vida de tío Eduardo, pero las demás no han sido tampoco ejemplo de normalidad, la verdad sea dicha, y eso es algo que a mamá la ha tenido siempre en vilo. Por eso entiendo que, en su cabeza, la mala suerte de tío Eduardo con las mujeres tenga una explicación sencilla, cabal y entendible como la que entre Ingrid y ella han pergeñado al teléfono. Tío Eduardo debe de ser gay, ha dicho Ingrid. Y mamá ha visto la luz, claro, como la ve siempre que la angustia por alguno de nosotros puede con ella y se aferra a lo primero que tiene a mano.

Y cuando se aferra a algo, mamá es como un bull terrier: no suelta lo que tiene en la boca ni para beber agua. Aquí viene de nuevo.

—No —dice, poniendo los ojos en blanco y levantando un poco la mano para hacer callar a tío Eduardo—. No hace falta que digas nada, Edu. Imagino lo que has sufrido y quiero que sepas que eso se acabó. Es más, creo que deberías traer a Tonino aquí, para que lo conozcamos. —Se le ilumina la cara y abre los ojos, radiante—. ¡Claro! ¡Y que se opere aquí! —Se lleva la mano al pecho y suelta una especie de silbido—. ¡Oh! Podríais casaros por el ritual chamánico. Seguro que Ingrid puede hablar con Osvaldo, o como se llame el chiquito de las espadas que le quita la corriente, para que os case. Ah, sería precioso. Y a lo mejor hasta podría operar a Tonino él. Total, si solo es cortar... ¿no? —dice, volviéndose a mirar a Olga, que está tan absolutamente petrificada que ni siquiera parpadea. Entre sus dedos, el cigarrillo se consume sin que lo haya tocado, y a su lado Emma va pasando el dedo por la pantalla del iPhone como si pasara las Páginas Amarillas, buscando una dirección de urgencia.

Entonces, en el silencio que sigue, uno de esos intervalos que tanto la molestan y que tanto la animan a su mejor versión tapatensiones, mamá sentencia:

—Es que la homosexualidad es una cosa muy seria —dice. Y luego—: Y muy genital. Ya lo creo que sí.

Olga abre la boca y la cierra enseguida en un gesto que es pura mecánica. Luego se vuelve hacia Emma y le lanza una mirada de alarma:

—Cariño —le dice, cogiéndole la muñeca y mirando la hora en su reloj—. Creo que se nos está haciendo tarde y que tu madre está cansada. Además, no me fío del tráfico en noches como esta. Ya sabes cómo va la gente...

Silvia, que ha dejado de reírse, apoya la barbilla en la mano y, todavía con la sonrisa en los labios, dice:

—Mamá, definitivamente vamos a grabarte. Pero no para torturarte antes de que te acuestes, sino para llevarte a *Tú sí que vales*. —Mamá la mira y frunce el ceño, sin comprender, y Silvia inclina un poco la cabeza antes de observarla atentamente durante unos segundos y preguntar—: Pero ¿tú has oído lo que has dicho?

Mamá desbarra, está claro, y todos sabemos que es muy capaz de seguir así hasta el final de la noche, liándose ella sola y adentrándose cada vez más en esos pantanos surrealistas de los que al final sale a trancas y barrancas y no siempre bien parada. Viéndola así, así de entrampada, reconozco en ella lo que disimula, porque he oído parte de su conversación con Ingrid y porque la conozco bien. Está jugando a despistar desde hace unos minutos. Lo que en realidad la preocupa no es ya la boda ni la sexualidad imaginada de tío Eduardo. Ya no le importan Teresinha, ni tampoco el bulto ni sus pelos como alambres, porque en su mente eso es ahora agua pasada. El ordenador personal que tiene insertado en el cerebro ha estampado el sello de «asunto revisado» al tema Eduardo en cuanto ha caído en la cuenta de que se estaba metiendo en la camisa equivocada y, temiendo el silencio y la vergüenza, ha seguido hilando una marcianada tras otra, cosa por otro lado harto frecuente en ella. Y es que cuando el silencio amenaza, mamá ataca con lo primero que le viene a la cabeza, tenga más o menos lógica, como una niña que, tras soltar la primera mentira, se enreda en una espiral de embustes cada vez más flagrantes hasta que algo externo —siempre es algo externo— acude en su ayuda y confisca la atención que hasta el momento tenía en ella fijo su foco.

Lo que hace mamá en estos últimos minutos es dejar pasar el tiempo, a la espera de que alguien diga algo que le arrebate el protagonismo y le permita preparar en la sombra su siguiente intervención, ese «lo nuestro» que le he oído mencionar al teléfono mientras la escuchaba desde el pasillo. Sé, por los años que llevo disfrutándola y sufriéndola, que eso es lo que en parte la tiene tan ansiosa esta noche, y sé también que lo de tío Eduardo ha sido su manera de preparar el terreno para lo que ha de llegar.

Un salvavidas, eso es lo que espera. Y eso es exactamente lo que llega cuando la voz suave de Emma llena el salón con su timbre discreto, cayendo a plomo sobre esta noche como una nueva piedra y meciéndonos a todos con su oleaje.

—Sara decía siempre que no hay nada más inhóspito que no saber —dice, pasando la mano por la servilleta de papel rojo que sigue intacta en el plato que tiene a su derecha. Es un gesto distraído, casi automático—. Aunque yo creo que, sobre todo, lo terrible son las ausencias —añade con una sonrisa triste. Y luego, casi como disculpándose—: Las ausencias son lo más inhóspito de todo.

Mamá me mira y yo le devuelvo la mirada. Esa frase, exactamente esas mismas palabras fueron las que pronunció ella hace ya un tiempo para rescatar a Emma de su pozo de fango y devolverla a la vida tras la muerte de Sara. Esa fue la frase que remató lo que ninguno de nosotros creíamos posible, la que certificó el milagro. Ahora, después de tanto tiempo, al oírla de labios de Emma, es como si de repente volviéramos atrás y reviviéramos lo que ocurrió ese día, lo que mamá y yo descubrimos justo un año después de la muerte de Sara y lo que llegó luego, apenas unos días más tarde.

En el silencio que ahora nos mece, miro a Emma y mi mirada abarca también el cubierto vacío que tiene a su lado, con sus dos platos, sus copas, la servilleta y la silla en su sitio. Sé que si nos vieran desde fuera pensarían que esperamos a alguien que no ha venido, y sé también que esa es la lectura que yo haría si no supiera lo que sé. Pero no estoy fuera, sino dentro. No soy papá, ni Andrés, ni tampoco Sara, sino parte de los que todavía quedamos, de esta familia que, gracias a mamá, ha aprendido a venerar sus ausencias y a hacerles un sitio en lo real. Eso es algo que todos le reconocemos y le agradecemos. Sobre todo Emma.

Aunque antes no era así. Las cosas no eran así.

Pero la casualidad o las cartas marcadas del destino quisieron que empezaran a cambiar el día que mamá y yo descubrimos el secreto de Emma y mamá decidió actuar sola, saltar a la arena y jugársela al todo o nada.

Después de eso, ninguna de las dos volvería a ser la misma.

Cuatro

Fue la casualidad. O quizá no, quizá fue más sencillo que eso. Quizá fue simplemente que a veces la vida nos quita cosas y otras, cuando menos creemos necesitarlo, decide cuidarnos, fiel a una ley de la compensación que no responde a la física ni a la química, sino a un orden que nadie ha sabido explicar todavía. Aún no sé lo que fue, pero sí lo que recuerdo. Recuerdo que hacía calor y que faltaban muy pocos días para San Juan, porque ya se oía el estallido de algún petardo al caer la tarde y en las plazas empezaban a acumularse muebles y trastos viejos para las hogueras. Aparte de eso, empezó siendo un día como otro: Emma se marchó de casa muy temprano, después de pasear a Max, y yo estuve trasteando y ordenando hasta mediodía. Había quedado con Silvia en el centro para comer en un vegetariano y a las cuatro entraba en el estudio de grabación para repetir la locución de un anuncio que había grabado la semana anterior y que no había terminado de convencer al cliente. Como suponía que —si nada se torcía— la grabación no habría de llevarme más de media hora, había quedado con mamá a las cuatro y media en la puerta del estudio para ir juntos a una tienda de artículos para gente con minusvalía visual a comprar un móvil que Silvia había visto en el escaparate.

Todo fue según lo previsto, incluida la regrabación de la locución en el estudio, y pocos minutos después de las cinco menos cuarto, mamá y yo bajábamos por una de las calles que desembocan en la Gran Vía, muy cerca de la plaza Universidad, hablando de nada en particular y buscando sombras donde guarecernos de un sol de primera hora de la tarde que empezaba ya a no resultar agradable. Cuando salimos a la Gran Vía y giramos hacia la izquierda en dirección al centro, me paré en seco. Mamá me imitó un par de segundos después. Se volvió a mirarme y se cubrió los ojos con la mano, sin comprender.

—¿Qué pasa?

Delante de nosotros, a unos escasos diez metros de la esquina, vi a Emma sentada a una mesa de una terraza con Max tumbado a sus pies. Estaba de perfil a nosotros y llevaba puestas las gafas de sol. Sobre la mesa había una botella de agua y un bollo o un bocadillo pequeño, no conseguí distinguir exactamente qué era. Durante unos instantes seguí mirándola sin decir nada. No me moví. En esos momentos no habría sabido decir por qué, pero había algo en la escena que parpadeaba en rojo al fondo real de la calle, del tráfico y del asfalto. Había algo que estaba mal. Torcido.

—Emma —dije sin elevar mucho la voz, como si temiera que pudiera oírme. Mamá entrecerró los ojos, intentando ver, aunque fue en vano.

—¿Dónde? —preguntó.

Fue precisamente ese «dónde» lo que me clavó al suelo y me devolvió de golpe la respuesta a una pregunta que yo todavía no había sido capaz de formularme.

Dónde. Claro, eso era.

Emma estaba sentada en la terraza de la cafetería donde había esperado a Sara el día en que todo se había partido por la mitad. La terraza era la misma. La mesa también. La botella era de agua. Y el bocadillo no era tal, sino una madalena cortada en dos.

Sentí un escalofrío que me atornilló a la acera al tiempo que una cortina de sudor me bajaba por la espalda, empapándome la camiseta. Mamá se acercó despacio y me cogió del brazo.

—¿Qué pasa? —dijo, tirando de mí con suavidad hacia ella.

Dudé por un momento. Sabiendo como sabía lo mal que mamá se orienta en la ciudad y lo despistada que es, se me ocurrió que si actuaba rápido y fingía una normalidad que en ese momento estaba muy lejos de sentir, lo más probable era que ella no se diera cuenta de que la terraza y la cafetería eran las que eran. A punto estuve de decirle que me había equivocado, que había creído ver a Emma, pero que me había confundido y que nos convenía más cruzar la Gran Vía por el semáforo de la esquina, aprovechando que estaba en verde, y seguir por la acera de enfrente hacia la tienda. Estuve a punto, y lo habría hecho si en el segundo antes de hablar no hubiera vuelto la vista hacia la terraza, justo en el momento en que el reloj de la universidad daba la hora, dejándose oír apenas sobre el runrún del tráfico.

Fueron cinco campanadas metálicas y huecas, como el tamborileo de cinco dedos de un autómata contra un cristal, al término de las cuales Emma había dejado de ser la mujer relajada y sentada a una mesa con su perro para convertirse en una espalda rígida apenas apoyada contra el respaldo de la silla, la cabeza gacha y el iPhone en la mano. La vi tomarse el agua que tenía en el vaso y dar después un pequeño mordisco a la madalena, todo con la misma mano, mientras sostenía el iPhone en alto sobre la mesa.

—¿Qué pasa? —insistió mamá a mi lado.

Entonces entendí que ya era tarde y que, además de que fingir me iba a resultar demasiado farragoso, quería ver. Me volví a mirar a mamá.

—Es Emma —dije, buscando en mi base de datos de locutor un tono de voz que pudiera resultar tranquilizador.

—¿Y?

Inspiré hondo.

—Es la misma hora y también la misma terraza, mamá.

Eso fue lo que dije. Por sorprendente que pueda parecerme ahora, no hizo falta más. Mamá se acercó un poco más a mí y dijo:

—¿La ves bien?

Asentí.

—Más o menos —respondí.

—Acerquémonos un poco —dijo ella. Y luego—: ¿Crees que nos verá?

En cuanto oí la pregunta, supe que no. Emma estaba sentada de perfil a nosotros, demasiado adelantada en la acera para poder ver lo que ocurría a su espalda. «Sí, podemos acercarnos un poco», pensé.

Caminamos en dirección a la cafetería prácticamente pegados a las fachadas del primer par de edificios que mediaban entre la esquina y las mesas de la terraza. Cuando llegamos al tercer portal, nos paramos y nos metimos en la entrada de la tienda de electrodomésticos contigua. A escasos metros de nosotros, Emma había dejado el teléfono encima de la mesa y había levantado la cabeza. Tomó un poco de agua de la botella y terminó de comerse los restos de madalena que le quedaban en el plato. A sus pies, Max dormía con la cabeza entre las patas, también de espaldas.

Mamá, que seguía cogida de mi brazo, entrecerró los ojos, intentando ver.

—¿Qué hace? —preguntó.

No respondí enseguida. Al cabo de un par de segundos, Emma levantó un poco la mano izquierda, miró la hora, tensó aún más la espalda e hizo un movimiento brusco con la cabeza, a la vez que cogía el iPhone de la mesa y se lo acercaba a la cara. Sin pensarlo, imité su gesto y miré mi reloj.

Eran las cinco y dos minutos.

—¿Qué hace? —insistió mamá, tirándome del brazo, esta vez con una angustia en la voz que no se molestó en disimular.

Quise decirle que nada, que no se preocupara, y que quizá era mejor que nos marcháramos. «Vamos», estuve a punto de decir. Pero cuando quise hablar, Emma hizo algo que me atrancó la voz en los pulmones: sentada a la mesa, con la espalda rígida y el móvil en la mano, había empezado a balancearse, muy poco primero, con un movimiento suave y casi imperceptible —de atrás hacia delante y vuelta— que con el paso de los segundos fue ganando en recorrido, no en velocidad. Al cabo de nada, se balanceaba como una boya en altamar, adelante y atrás, adelante y atrás, sin apartar los ojos de la pantalla del móvil salvo para mirar su reloj. Me apoyé en el escaparate de la tienda y seguí observándola en silencio, incapaz de hablar.

A mi lado, mamá me apretó el brazo con la mano.

—Fer —dijo.

La miré.

—Se balancea, mamá —dije por fin con una voz que no sonó como la mía. Ella frunció el ceño.

—¿Se... balancea?

No supe qué inventar.

—Se balancea, sí. —Y al ver que mamá seguía inmóvil, mirándome como si esperara más, tragué saliva y me lancé cuesta abajo, consciente de que no había ya marcha atrás—. Se balancea mientras mira el teléfono y a veces, cada ciertos balanceos, también mira la hora. Luego vuelve a empezar.

Mamá no apartó su mano de mi brazo mientras se volvía hacia la figura que desde su pobre visión debía de intuir que era Emma.

—¿Y... después? —preguntó con un hilo de voz.

Miré a Emma y, mientras la veía balanceándose como una loca en la silla —balanceo, iPhone, balanceo, iPhone, balanceo, reloj y vuelta a empezar—, me pregunté si esa escena, esa Emma perdida en esa terraza con Max a los pies, era una escena puntual, una simple casualidad, o, por el contrario, era lo que era y era siempre, todos los días desde que Sara ya no estaba y ella había pasado a buscar a Max para dar su primer paseo con él.

De repente los detalles fueron cayéndome encima como una lluvia de piedras, colocando una pieza tras otra en un rompecabezas que yo ni siquiera sabía que tenía desplegado sobre la mesa. Me vino a la cabeza la puntualidad crispada de Emma cuando llegaba a buscar a Max, su negativa a que yo o nadie la acompañáramos, las ganas con las que Max salía a dar conmigo su último paseo del día, cuando hacía poco más de tres horas que había vuelto de sus largas caminatas por la playa con Emma y supuestamente tendría que haber estado agotado. Todo encajaba.

—Quizá deberíamos marcharnos —empecé a decir, sin saber muy bien por qué.

A mi lado, mamá ni me miró.

—No —me cortó—. Espera. —Y unos instantes más tarde—. A lo mejor se le pasa —dijo con una voz pequeña que a mí me cortó por la mitad. Había tan poca esperanza en esa voz que enseguida supe que mamá había empezado a divisar también los huecos del rompecabezas y que su mente buscaba respuestas, motivos, material de urgencia con el que tapar agujeros, porque el dolor que anticipaba amenazaba con poder con ella. Entonces, inspirando hondo y dejando escapar luego el aire por la nariz, dijo—: No podemos dejarla así.

—No podemos hacer nada, mamá —le dije.

Ella me miró. Su voz, la que articuló lo que articuló a continuación, fue el primer signo de que algo en ella había empezado a cambiar.

—Podemos mirarla —dijo—. Desde aquí. Y saber. —Y antes de que yo pudiera decir nada, se colocó a mi lado en el portal de la tienda, inclinó un poco la cabeza hasta tocar con ella mi hombro y añadió—: Cuéntame, cariño. ¿Qué hace ahora?

Emma se balanceaba, atrapada entre la pantalla del iPhone y su reloj. Eso fue lo que quise decirle a mamá porque eso fue lo que vi. «Se balancea, mamá», estuve a punto de decir. Sin embargo, no fue eso lo que dije.

—Emma espera, mamá.

Mamá me soltó el brazo y su mano buscó la mía.

Sí, Emma esperaba y continuó esperando durante las tres horas que mamá y yo seguimos donde estábamos, cogidos de la mano, callados e inmóviles. Mirando.

De vez en cuando, mamá preguntaba:

—¿Y ahora?

La respuesta era siempre la misma, porque lo que ocurría en la mesa de Emma era siempre lo mismo: balanceo hacia delante, pausa muy breve, balanceo hacia atrás, mirada nerviosa a la pantalla del móvil, un nuevo balanceo, muñeca, reloj y vuelta a empezar mientras la tarde iba destilando calor y la ciudad ganaba sombras desde las esquinas, entre el ruido incansable del tráfico, la gente y lo cotidiano. Sí, la respuesta fue siempre la misma durante esas horas, y el silencio con el que mamá la aceptaba, también. La gente se movía, pasaba el tiempo y las campanadas de la torre de la universidad dieron primero las seis, después las siete y por fin las ocho. Cuando la última campanada se fundió con el runrún de autobuses, ciclistas y coches de la Gran Vía, mamá me apretó la mano y dijo:

—¿Vamos, Fer?

Su voz sonó tan mal hilada y tan cansada que ni siquiera le contesté. Me limité a pasarle el brazo por la espalda y a darle un beso en la cabeza. Luego echamos a andar por la Gran Vía en dirección opuesta a Emma y giramos por la primera calle que subía hacia el oeste, hasta que vi un taxi con la luz en verde y el cartel de «Libre» y levanté la mano.

Mamá se colgó de mi brazo.

—No —dijo—. Me gustaría andar. —Bajé la mano.

—Claro. Te acompaño.

Caminamos despacio, cada uno encapsulado en su propio silencio. La noche empezaba a fundir las calles en grises y el tráfico era otro, en retirada. Cuando llegamos a la puerta de su casa, mamá se despidió de mí con un beso, metió la llave en la cerradura y, antes de cerrar tras de sí la puerta, se volvió a mirarme. Con una sonrisa cansada dijo:

—Mañana volveré.

No supe qué decir. Yo también estaba muy cansado.

—No hace falta que me acompañes, Fer —dijo, sin borrar la sonrisa de sus labios—. Puedo ir sola.

Por su tono de voz, supe que no tenía sentido intentar convencerla de que no fuera.

—No, mamá —le dije—. Iré contigo.

Ella asintió. Luego, antes de volverse de espaldas y cerrar con suavidad la puerta, añadió:

—Será mejor que no le digamos nada a Silvia todavía, ¿te parece? —Y luego—: Ya sabes cómo se pone. Además, mañana se va de viaje y va a estar fuera un par de semanas, así no la preocupamos.

—Claro.

Cuando, después de un largo paseo, por fin entré en casa, Emma y Max acababan de llegar. Emma era la misma de siempre: neutra, tranquila, hueca. Estaba haciendo la cena y hablamos de esto y de aquello, nada importante. La normalidad —la suya— era tal, que por un momento llegué a plantearme si lo que mamá y yo habíamos visto en la terraza de la cafetería había sido real, pero la duda no duró; o duró poco. Cuando nos sentábamos a cenar, recibí un SMS de mamá que decía así:

«Mañana a las cinco menos cuarto en la misma esquina, ¿vale?».

Durante los tres días siguientes, las tardes —las mías, las de Emma y las de mamá— fueron idénticas: Emma vino como siempre a buscar a Max al salir del instituto. En cuanto ellos dos se marchaban, yo salía de casa, subía en bicicleta por Las Ramblas y giraba por Pelayo hasta plaza Universidad, donde dejaba la bici en el aparcamiento que está junto a la boca del metro. Mamá ya me esperaba. Poco después llegaban Emma y Max, siempre a la misma hora. Lo que seguía, el ritual de la espera, también era repetido: agua, madalena, tiempo, campanadas, rigidez, balanceo, móvil, reloj... siempre igual, todo igual, un día tras otro, mientras mamá intercalaba su pregunta como se intercalaban las campanadas del reloj de la universidad en el flujo del tráfico y de las tardes:

—¿Y ahora qué hace?

Poco más podría decir de lo que fueron esos días. Los recuerdo ahora llenos de silencio —el que mamá y yo compartimos de pie en nuestro escaparate— y sobre todo de espera: Emma sentada a su mesa esperando en vano a que sonara su teléfono, y yo esperando a que mamá despertara de esa especie de laberinto mental en el que parecía haberse instalado y del que yo no sabía cómo sacarla. Las pocas veces que intenté hablar con ella durante esas horas de vigilia, mamá reaccionó de un modo muy poco propio de ella: fruncía el ceño, molesta, y sin apartar en ningún momento la vista de la terraza, decía casi con brusquedad: «Espera. Estoy pensando», y de ahí no la sacaba. Pensé incluso en llamar a Silvia a Tokio y contárselo todo, pero nunca terminé de decidirme. Y debo reconocer ahora que me alegro de haberme contenido. Probablemente, si lo hubiera hecho, lo que ocurrió después no habría ocurrido jamás, mamá no habría podido encontrar su hueco y reclamar su papel, y no habría hecho lo que hizo, y Emma no estaría esta noche aquí sentada, con Olga a un lado y el cubierto vacío e intacto al otro.

Si mamá no hubiera conspirado como lo hizo, sacándose de la chistera eso que bautizaría poco tiempo después como la Silla de las Ausencias, probablemente Emma se habría vuelto loca y la habríamos perdido.

Y nosotros con ella.

Cinco

Tres días después de esa primera tarde apostados en el escaparate de la Gran Vía, viendo balancearse a Emma en su silla sobre la acera, recibí un SMS de mamá que decía así:

«Mañana no iremos. Voy a llamarte. Tú di que sí a todo».

Así fue. El teléfono sonó cinco minutos más tarde. Eran casi las diez y estábamos terminando de cenar. Mamá y yo hablamos como si no nos hubiéramos visto esa tarde, contándonos las cuatro naderías de costumbre, y cuando yo empezaba a preguntarme si lo del mensaje de texto era una falsa alarma o una de esas ocurrencias suyas que luego se le olvidan y que encima ella jamás reconoce haber tenido, me dijo que una amiga de Ingrid había abierto un restaurante a dos calles de su casa y que había pensado que por qué no íbamos a comer allí al día siguiente, aprovechando que era viernes y que Emma salía del instituto temprano. Tapé el auricular y lo consulté con Emma, que dijo que sí. Luego pareció pensarlo mejor.

—Es que mañana salgo a las dos y media —dijo—. Tengo claustro y nos quedamos después de clase.

Se lo dije a mamá.

—Perfecto —respondió con voz resuelta desde el otro extremo de la línea—. Cuanto más tarde, mejor —añadió, bajando la voz como si Emma pudiera oírla. Y luego, recuperando su tono habitual—: ¿Os parece a las tres?

Volví a preguntárselo a Emma, que asintió, aunque no parecía muy convencida.

Nos encontramos en la puerta del restaurante a las tres menos cinco, tal y como habíamos acordado. No ocurrió nada extraordinario durante la comida, salvo un pequeño detalle, un comentario al que en su momento ni Emma ni yo dimos importancia, pero que marcaría lo que estaba por llegar con una claridad tal que todavía ahora no me explico cómo no me hizo sospechar.

Lo que pasó fue que, cuando nos sentamos a la mesa, el camarero nos dio una carta a cada uno, dejó la cesta con el pan y un platito con aceitunas en el centro y cuando se disponía a retirar el cubierto de mi lado —nos habían sentado a una mesa de cuatro—, mamá levantó un poco la mano y, con una sonrisa de clienta de toda la vida acostumbrada a tratar bien al servicio, negó con la cabeza.

—No te molestes, hijo —le dijo al chico. Él la miró sin saber qué hacer, pero mamá no apartó la vista ni tampoco rompió su gesto y el camarero se encogió de hombros y se marchó. Luego cada uno se concentró en su carta.

No recuerdo lo que comimos, y tampoco creo que eso importe a estas alturas. Lo que importa es que mamá estaba sentada al lado de Emma y yo delante de mamá. Importa eso y también que, debido a lo tarde que era, el restaurante no tardó en vaciarse y pronto nos quedamos solos los tres, además de una mesa de dos, situada en la otra punta del local, que parecía ocupada por un matrimonio amigo del encargado, un tipo mayor de pelo canoso y pinta de ligón argentino que a menudo se acercaba a la pareja y se quedaba unos minutos charlando y riendo con ellos.

Cuando pedíamos el postre, eran pasadas las cuatro y cuarto. Al ver la hora, Emma se tensó.

—Debería irme —dijo—. Tengo que pasar a buscar a Max.

Mamá me miró.

—No, cariño —dijo con voz despreocupada, alargando la mano y poniéndola sobre la de Emma antes de que yo pudiera decir nada—. Ya lo hemos sacado nosotros antes de venir, ¿verdad, Fernando?

—Pero... —empezó Emma, extrañada, mirándome—. Es que Max está acostumbrado a salir a esta hora.

Sonreí. Intenté que fuera una sonrisa tranquilizadora, aunque no sé si lo logré.

—No te preocupes —le dije—. Hemos dado un buen paseo, así que puede aguantar hasta tarde.

Emma tragó saliva pero no insistió, porque en ese momento llegó el camarero para tomar nota de los postres y mamá aprovechó la interrupción para añadir, mirándola por encima de la carta:

—Además, me ha dicho Ingrid que pasaría a tomar el café. Tiene tantas ganas de verte...

Emma no pidió postre. A las cinco menos veinte sonó el móvil de mamá. Era Ingrid.

—Sí, aquí estamos. —Silencio—. Claro, claro que te esperamos. —Un nuevo silencio—. Sí, Emma también está. Ya le he dicho que vienes. —Un último silencio, este más breve—. Vale, no tardes. Un beso.

Cuando Emma fue a decir algo, mamá la interrumpió:

—Dice que está aquí mismo, en casa de una clienta, dándole un poco de reiki a la cotorra. Lo que tarde en bajar.

Emma miró su reloj y apretó los labios. Luego inspiró hondo, miró la pantalla de su iPhone, que tenía junto al plato, y pareció relajarse. Cuando el camarero se acercó a preguntar si tomaríamos café, mamá negó con la cabeza y yo pedí un cortado con hielo. Emma, sin embargo, dudó un instante. Luego levantó la mirada y dijo:

—Para mí una botella de agua con gas y una madalena.

Mamá me miró.

Los quince minutos que siguieron fueron un mundo, sobre todo para Emma, que nos miraba hablar sin escuchar lo que decíamos, tensa por momentos, callada y con una mirada hueca y plana que no era buena compañía. De vez en cuando tomaba un poco de agua, nada más, y mordisqueaba despacio la madalena que había cortado en pequeños trozos mientras mamá me daba conversación y yo le seguía el hilo con el estómago cerrado y pendiente en todo momento de Emma.

A las cinco, en el iPhone de Emma sonó un pitido que silenció a mamá. Duró apenas un par de segundos y se apagó, cubriéndonos de pronto con una lona de silencio que nos dejó aplastados contra la tranquilidad susurrada del restaurante. Mamá se volvió hacia ella.

—¿Las cinco ya? —dijo con voz de sorpresa—. Hay que ver esta Ingrid. A este paso nos cierran —añadió con un mohín de contrariedad. A su lado, Emma no la escuchaba. De repente tensó la espalda, separándola un poco del respaldo de la silla, y volvió a mirar su reloj, levantando el iPhone en el aire con un gesto mecánico que, visto así, de cerca, me espantó. La vi tragar saliva una, dos y tres veces, como si quisiera hablar.

—Yo... —empezó con la voz roída, parpadeando muy deprisa— tengo que irme.

La mano de mamá se cerró sobre su muñeca como un garfio, tan rápida que no alcancé a ver el gesto, solo sus dedos rodeando la piel morena de Emma, que volvió la cabeza hacia ella, perpleja.

—No, cariño —dijo mamá con una voz tan dulce y tan cristalina que pareció llegar directamente rebotada de la ventana que teníamos justo delante—. No tienes que irte.

Emma soltó un jadeo y bajó la vista hacia la mano de mamá. Luego frunció el ceño, como si no entendiera, y con un susurro, preguntó:

—¿No?

Mamá negó muy despacio con la cabeza y sonrió, pero no la soltó.

—No, hija. —Luego, con un amago de sonrisa, añadió—: Puedes esperar aquí.

Emma parpadeó y entonces fui yo el que, desde mi sitio, tragué saliva, porque en ese momento su rostro se comprimió como un papel arrugado y durante un instante abrió un poco la boca, como si no pudiera respirar bien.

—Mamá —dijo, volviendo la vista hacia el iPhone y cerrando los ojos.

Mamá me miró sin soltarla y se volvió luego hacia ella, inclinándose sobre Emma con el cuerpo entero. Mientras le daba con la otra mano suaves palmadas sobre los dedos, susurró:

—Esperaremos juntas, Emma.

Emma no dijo nada. Se volvió a mirar hacia la puerta y negó despacio con la cabeza.

—¿Quieres? —insistió mamá.

Más silencio.

—¿Cuánto más, hija? —preguntó entonces. Emma frunció el ceño de nuevo, sin comprender—. ¿Cuánto más vas a seguir esperándola?

Emma tiró de la mano de mamá, intentando liberarse, aunque sin éxito. Mamá no la soltó.

—Puedes seguir esperando todo el tiempo que quieras, cariño —dijo mamá con una voz tan segura y tan calma que no parecía la suya—. Toda la vida, si quieres. —Emma dejó de tirar—. Pero ¿sabes?, si hay algo que la vida me ha enseñado es que esperar lo que nunca ocurrirá es una muerte demasiado horrible. Y yo no voy a dejar que eso le pase a una hija mía.

Emma arqueó la espalda sin llegar a tocar el respaldo de la silla y carraspeó mientras iba pasando el pulgar de la mano derecha sobre la pantalla del iPhone. Acariciaba la pantalla cada vez más deprisa, en un gesto automático y feo.

—No, Emma, cariño —dijo entonces mamá—. Sara no llamará.

Emma soltó entonces una especie de tos que pareció un sollozo seco y apenas una décima de segundo después se inclinó hacia delante con un gesto brusco que casi cogió a mamá desprevenida. Mamá me miró y cuando nuestras miradas se encontraron, Emma se echó despacio hacia atrás y recuperó su postura inicial sobre la silla como un autómata. Luego empezó a balancearse mientras parpadeaba y negaba con la cabeza al tiempo que entre dientes dejaba escapar una sola palabra que sonó como un disparo sordo:

—No.

Mamá y yo nos quedamos mirándola mientras el balanceo ganaba en extensión y el primer «no» iba solapándose sobre una lenta y gradual ristra de «noes» que brotaban de los labios de Emma como un mantra sincopado.

—No, no, nono, nonononononononono.

Y así seguimos los tres, durante lo que debieron de ser apenas unos segundos y nosotros vivimos como una vida entera, con su infancia, su juventud, su madurez y su agonía: Emma encerrada en su eco de «noes» y mamá y yo tragando barro y daño hasta que de pronto mamá se levantó de la silla, empujándola con el cuerpo, se acercó a Emma por la espalda y la abrazó por detrás, encajándole la barbilla entre el cuello y la clavícula y pegando con suavidad su mejilla a la de ella. Emma se quedó entonces quieta apenas un instante, el tiempo suficiente para que mamá le dijera, pegando la boca a su mejilla:

—No voy a dejar que te pierdas así, cariño —dijo—. Porque si te pierdes, te juro que yo no querré seguir.

Emma tragó saliva y cerró los ojos, apretándolos con fuerza y retirándose un poco, pero mamá le puso la mano en la barbilla, la agarró con fuerza y la obligó a mirar hacia delante.

—Mira —dijo, pegando de nuevo su mejilla a la de ella. Un instante después Emma abrió los ojos—. Aquí sentada, delante de nosotras, está Sara. —Emma apretó la mandíbula—. ¿La ves? —Emma negó despacio con la cabeza. Tenía la mirada desencajada—. Y está también la abuela Ester, ¿te acuerdas de la abuela? —Emma asintió despacio, la mirada brillante, el ceño fruncido.

—Mamá... —balbuceó. Pero mamá no había terminado.

—Yo vivo todos los días con la abuela, hija —siguió—. En mi casa, cuando creéis que como sola, muchos días pongo la mesa para dos: su silla, su plato, sus cubiertos y también su copa, la de cristal azul, que es la que más le gusta. Hay días en que hablamos, y otros en los que primero escuchamos un rato la radio y después aprovecho para contarle cosas de mí, de vosotros... o, si nos aburrimos, tejo y le enseño la manta que estoy haciéndole a tu hermano, y ella se ríe con esa risa que tiene y me dice que estoy chiflada, que con esta vista cómo se me ocurre tejer una manta con unas agujas tan puntiagudas, que a ver si me voy a sacar un ojo, dice, con la falta que me hacen.

Desde mi lado de la mesa, inspiré hondo y cerré la mano sobre la servilleta. Me acordé de pronto de la abuela y de su risa abierta y contagiosa, y sentí una oleada de añoranza tan grande, tan húmeda y salada, que fue casi como si una espiral de calambres me naciera en el cuello y me comprimiera vértebras y costillas hasta la base de la columna. La eché de menos como hacía tiempo que no echaba de menos a nadie y de pronto entendí lo sola que debía de sentirse mamá sin ella, sin todo lo que la abuela sacaba de ella y sin sus ojos validándola, animándola a seguir. Y esperándola. Cuando quise decirlo, la voz de mamá apagó la mía.

—Yo daría la vida por poder abrazar a mi madre una sola vez, una sola, y por poder decirle que lo he conseguido, que he salido de lo que he salido y que me falta su mirada para saber que lo he hecho bien. Daría todo lo que tengo, hija —dijo con una voz triste—. Todo menos a vosotros tres, porque sin vosotros, sin tus hermanos y sin ti, no me quedaría nada que dar y tampoco nada que esperar. Y eso no. Vivir sin tener nada que esperar, no.

Bajé la mirada y busqué aire con la boca, aunque fue en vano, porque cuando inspiré me encontré con los pulmones cerrados. Al volver a levantar la vista, delante de mí Emma boqueaba como debía de estar haciéndolo yo. Me miró pero no me vio.

—La abuela decía que todos tenemos nuestra silla de las ausencias, cariño —prosiguió mamá con la misma voz—. Está ahí desde que nacemos, esperando a que le demos la vida. En la mía se sienta siempre ella. La siento en ella para sentirla, para que no se me pierda, y también para no perderme.

Emma cerró los ojos y el brillo de unas lágrimas pequeñas le recorrió muy despacio las mejillas, casi como si exploraran un camino reseco y duro que no les resultaba familiar. Enseguida empezó a balancearse de nuevo, esta vez con más suavidad. Aunque su mirada seguía hueca, no la apartaba de la silla que tenía delante. Se balanceaba su cuerpo, su mirada no, y mamá, abrazada a ella por la espalda, y con la cara encajada en su cuello, empezó también a moverse a su ritmo, adelante y atrás, adelante y atrás.

—Sí, cielo, sí —dijo, dándole un beso—. Mírala que yo te acuno. Y dile que a partir de ahora, siempre que te sientes a mi mesa, ella estará también. Que la sentaremos con la abuela, con todos los que se fueron y ya no llamarán más, con nuestras ausencias —le contó, con la boca pegada a su mejilla, mientras las dos seguían balanceándose delante de mí y yo tragaba saliva una y otra vez para no derrumbarme sobre la mesa y pedir que me hicieran un sitio en esa silla para mis pérdidas, que me dejaran un hueco para poder balancearme con ellas—. Dile que querer no es esperar lo que no te van a dar —susurró mamá—. No. Eso no es querer —dijo, volviendo a darle un beso.

Emma tenía la cara tan contraída que las lágrimas saltaban directamente de sus ojos al mantel. Esperó unos segundos antes de hablar y cuando por fin lo hizo, fue con una voz ronca, agotada.

—Duele. —Eso fue lo que dijo: «Duele».

Mamá la estrechó aún más desde atrás entre sus brazos y siguió acunándola despacio.

—Sí, Emma, claro que duele —la oí decir—. Empezar a vivir de mayor duele, pero más duele no volver a hacerlo. —Esperó un instante antes de volver a hablar—. Sé muy bien de lo que hablo, hija. Créeme.

Emma asintió, cerrando los ojos. Yo también los cerré durante un instante. Cuando los abrí, el balanceo parecía haber remitido.

—Pero yo estoy aquí —continuó mamá—, y seguiremos balanceándonos juntas el tiempo que haga falta. Y si tengo que hundirme para que flotes, me hundiré. Y si tengo que arrancarte del agua para que me vivas, te arrancaré, duela lo que duela. Porque no tengo nada mejor que hacer en la vida, hija. —Y luego, levantando la mirada hacia mí, y clavándome con ella a la silla, añadió—: No hay nada mejor que hacer en la vida. Para una madre, no.

Poco a poco, el balanceo terminó por remitir del todo y las dos se quedaron quietas, Emma jadeando por la boca y mamá sin despegar su mejilla de la de ella, acariciándole despacio la cabeza. Unos segundos después, tendió la mano y la cerró sobre el iPhone de Emma, que apretó los dedos sobre la pantalla.

—Ya, Emma, ya —dijo mamá.

Emma siguió jadeando, cada vez más despacio, hasta que mamá tiró del iPhone y Emma relajó la presión de los dedos. Mamá se quedó con el móvil en la mano y lo dejó encima de la mesa, boca abajo.

—Ya, cariño. Ya.

Entonces Emma se replegó sobre sí misma y se hizo pequeña, encogiéndose y acurrucándose como si quisiera desaparecer entre los brazos de mamá, que la cubrió entera.

Los sollozos roncos de Emma rebotaron durante un buen rato contra las paredes desnudas del restaurante al tiempo que mamá seguía acariciándole la cabeza y le susurraba cosas al oído que yo no llegué a oír. Al fondo, en el rincón junto a la barra, el encargado y su matrimonio amigo seguían a lo suyo, tomando una copa entre risas y charla mientras el tiempo fue pasando sobre nosotros, balanceándose él también, hasta que por fin llegó la calma.

Cuando salimos a la calle, la tarde había empezado a alargar las sombras sobre las aceras. El aire olía a sal y a humedad y un viento caliente barría la ciudad desde el este. Dimos un paseo hasta casa de mamá, Emma y ella delante, caminando abrazadas. Yo iba detrás, estudiando sin pretenderlo la doble espalda de su volumen.

Cansados, muy cansados los tres.

Seis

Desde ese día, siempre que nos reunimos a comer o a cenar para celebrar algo en familia, no falta jamás la Silla de las Ausencias, con sus platos, sus copas y su servilleta. Es el primer cubierto que servimos y el último que recogemos, y está invariablemente situado junto a una esquina de la mesa, a menudo al lado de Emma. Para nosotros es «La Silla». Para Olga es «esa costumbre de vuestra madre que hay que respetar, porque las madres son las madres y ya se sabe». Ahora, mientras Emma endereza el tenedor que ha golpeado sin querer cuando ha vuelto a dejar el iPhone en la mesa después de mirar la hora y anunciarle a Olga que «ya son las tres y media. Cuando quieras nos vamos», nos envuelve uno de esos silencios incómodos interrumpido por un par de pequeñas campanadas que llegan desde fuera y que mamá, desde esa política antisilencios tan suya, rompe con uno de sus:

—Ah, pues qué bien, ¿no?

Tío Edu la mira y arquea las cejas mientras Olga se vuelve hacia ella.

Mamá, que desde hace un rato ha decidido traer la manta a la mesa y tejer mientras conversamos, hace un alto en su labor y dice, con una sonrisa encantada:

—Lo del yoga y tal.

Silvia y yo nos volvemos a mirarla al mismo tiempo.

—¿El yoga? —pregunta Silvia—. ¿Qué yoga?

Mamá levanta despacio una aguja en el aire y abre mucho los ojos.

—Ah, pero ¿no os lo había dicho? —dice—. Me he apuntado a unas clases de yoga.

Olga mira a Emma de reojo antes de hablar.

—Qué bien, Amalia —sentencia con su voz de ventanilla—. Te va a sentar de maravilla, ya lo verás. A una cierta edad, no hay nada como la actividad física suave para mantener tonificado el cuerpo y la mente. De hecho, fíjate cómo son en el banco que este año nos dan un bono gratis para unas clases de...

—Sí, estoy encantada —la interrumpe mamá con un suspiro de satisfacción—. Me he apuntado con Ingrid. —Se calla un momento y añade—: En Semana Santa.

Silvia arruga el ceño.

—¿En Semana Santa?

—Sí.

—¿Y por qué en Semana Santa?

—Ah, pues... mmm... será por lo de las procesiones, digo yo.

Tío Eduardo pone cara de no entender y asiente despacio, intentando procesar lo que acaba de oír, y yo, antes de reírme, prefiero adelantarme al mal humor de Silvia y preguntar con calma.

—Pero, mamá, ¿qué tendrán que ver las procesiones con el yoga?

—Pues mucho —responde ella, poniéndose a la defensiva. Durante unos segundos nadie dice nada y ella, que huye de los silencios como de la peste, añade—: Es que dice Ingrid que los capuchones esos que llevan los esclavos en las procesiones atraen las malas vibraciones cósmicas y durante la Semana Santa el cuerpo necesita limpiarse de tanta basura espacial.

No puedo evitar soltar una carcajada que ella recibe con una sonrisa encantada. Enseguida entiendo que es un error.

—Además —se anima, espoleada por mi risa—, también dice que Jesús fue maestro de yoga. Y de reiki. Por eso sanaba todo lo que tocaba. Y por eso lo querían tanto los burros y los bueyes del establo.

Emma, que no está mucho por lo que está, pregunta:

—Pero Semana Santa son muy pocos días, ¿no?

Mamá agita la aguja en el aire y el ovillo sale disparado de su regazo, rueda por el suelo y se pierde por el pasillo. Shirley echa a correr tras él, ladrando como una posesa.

—Bueno, es que es una especie de... taller.

Silvia inclina un poco la cabeza.

—Ah, un taller. Qué interesante —dice muy seria. Y luego, metiendo la cucharilla en la taza vacía de café que tiene delante, añade con voz cansada—: A lo mejor, de paso podríais aprovechar y decirle al mecánico que os ajuste un poco las tuercas a las dos.

Mamá agita otra vez la aguja en el aire, sacudiendo con ella la botella de agua, que se tambalea peligrosamente sobre la mesa hasta que Olga alarga la mano y la coge a tiempo.

—Hija, cómo eres —la regaña, negando con la cabeza—. Si Ingrid te oyera... con lo que te quiere...

Silvia suelta un bufido y arruga el morro.

—Pues a mí me parece una idea estupenda —interviene tío Eduardo—. Seguro que en esos... talleres se conoce a gente muy interesante, ya verás. —De repente sonríe—. Y... y a lo mejor hasta te sale un novio, Amalia.

Mamá se echa a reír.

—Ay, Edu. Qué novio ni qué novio. Tú siempre pensando en lo mismo.

—¿Y dónde es el... curso? —pregunta Emma—. ¿Aquí? ¿En el barrio?

Mamá parpadea y pone cara de circunstancias. Luego me mira, como esperando que yo responda por ella. De pronto, al ver su mirada, entiendo que está pisando terreno pantanoso y ella lo sabe. Su mirada es una de esas bengalas con etiqueta de «ayúdame, hijo» que conozco bien. Me acuerdo entonces de los retazos de conversación que he oído hace un par de horas desde el pasillo y me pongo en guardia.

Es el momento de mamá.

—Pues más o menos —dice, soltando la aguja de tejer y llevándose la mano detrás de la cabeza, donde sigue teniendo el pelo aplastado.

Olga carraspea.

—¿Más o menos?

—Sí —dice mamá—. Ya sabes: aquí y allá.

«Dios mío», me oigo pensar mientras a mi lado Silvia estira la espalda y hace restallar los nudillos de una mano.

—A ver, mamá. Aquí y allá, no —dice con voz de hermana mayor—. O aquí o allá.

—Eso mismo —se apresura a responder mamá.

Tío Eduardo suelta una risilla y Silvia enciende un cigarrillo.

—Mamá, no empecemos —dice—. ¿Se puede saber dónde es el curso?

Mamá vuelve a retocarse el pelo y con aire distraído contesta:

—En un sitio.

Si no la viera tan angustiada como la veo, me reiría. Pero está encogida y empieza a buscar una salida que no atisba. Silvia deja la cucharilla en la taza.

—¿Un sitio, cuál?

—Mmm... ahora no me acuerdo bien.

—Mamá...

Mamá me mira y suspira.

—Pues mira, está un poco lejos, hija, la verdad. Pero no te preocupes, porque iré con Ingrid, y además en el centro nos cuidarán bien.

—Ya, mamá, si me parece estupendo —dice Silvia, sacando el aire por la nariz—. Pero ¿podrías ser un poco más precisa? Un poco lejos puede ser desde Las Ramblas hasta cualquiera de esos pueblos de montaña ocupados por *hippies* con hijos llenos de mocos que comen verduras sin cocer.

Mamá sonríe.

—Mmm... es más playa que montaña.

Tío Eduardo asiente.

—Ah, la playa —dice—. No hay nada como la playa. En Lisboa hay una playa a la que llaman el Baberinho, porque está tan llena de mujeres guapas con las cositas al aire, que los hombres van por ahí soltando babas como bulldogs.

Olga suelta una carraspera y chasquea la lengua. Silvia ignora el comentario y sigue con la vista clavada en mamá.

—¿Playa, dónde? ¿La Barceloneta?

Mamá no contesta.

—¿Sitges?

Sonrisa tersa de mamá.

—¿Cadaqués?

Mamá se masajea el cuello despacio hasta que por fin se aclara la garganta y dice, juntando el índice y el pulgar en el aire:

—Es un poquito más lejos.

Silvia se eriza a mi lado y Olga, que parecía estar a punto de levantarse, vuelve a ponerse cómoda.

—Ah —dice—. Más lejos.

Mamá asiente.

—Es al otro lado.

Silvia no puede más.

—¿Al otro lado de dónde? —salta de pronto, dando una palmada encima de la mesa que hace tintinear cubiertos, vasos y platos.

Mamá traga saliva e inspira hondo.

—En Varadero, hija —dice por fin, lanzándome una mirada de auxilio que acompaña con una mueca mal disimulada de «ay, la que se me viene encima, Fer»—. Ingrid y yo nos vamos diez días a Varadero.

Silencio. La campana de la iglesia de la plaza da los

tres cuartos y entre las campanadas se oyen los gruñidos ahogados de Shirley que debe de estar jugando con el ovillo de lana de mamá en su habitación.

El silencio se alarga.

Los sonidos mueren.

A mi lado mamá, tensa como una vara al sentir todas las miradas puestas en ella, baja despacio la cabeza, cierra durante un instante los ojos y dice con un hilo de voz:

—O sea, casi en... Cuba. —Y cuando vuelve a abrir los ojos y se encuentra con los de Silvia clavados en ella, dice, con una voz que quiere ser cándida—. ¿No?

Siete

A diferencia de Emma, Silvia y yo hemos heredado los ojos de papá. Verdes. Grandes. Más claros en verano y oscuros, casi azules, en invierno. Cuando era pequeño la abuela Ester me decía que tenía una mirada incómoda y unos ojos como bosques alemanes. Nunca supo aclararme qué quería decir exactamente con eso de «bosques alemanes» y yo siempre creí que se refería al color, al tono de verde. Entendí que «alemanes» era sinónimo de bosques «del norte» y nunca pedí saber más. Mucho tiempo después, en esos años en que a veces le fallaba ya la memoria y se perdía en tiempos remotos que ni yo ni nadie habíamos transitado con ella, un día, mientras merendábamos juntos en su casa, se calló de pronto y, mirándome muy seria, como si hasta entonces no se hubiera dado cuenta, me dijo:

—Tienes los ojos como bosques alemanes.

Hacía tanto tiempo que no se lo oía decir que no pude disimular una sonrisa. Al verme sonreír, ella me imitó y enseguida nos echamos a reír. Nos reímos como se ríen dos niños que se han escondido de las miradas de sus padres y conspiran en la intimidad de una tienda de campaña levantada en la terraza, ligeros en su inocencia. Esa es una de las cosas que más echo en falta de la abuela: su sentido del humor, una percepción mezclada de los distintos planos de la vida casi tan surrealista como la de mamá, aunque más consciente y sin duda más alerta.

Eso y también su risa, ancha y franca, sin miedo a nada. La abuela se reía desde dentro y la risa la ocupaba entera. «Cuando me río, me río», decía, encantada de oírse. Y es que era así: todo o nada, brutal con sus sentencias, letal con todo lo que amenazara el bienestar de los suyos, de crítica hiriente y cruel cuando se torcía, salvo con mamá y conmigo. Con nosotros la abuela era otra: tenía también su cara B, que reservaba para mamá y para mí. Quizá por eso con ella nunca necesité explicarme demasiado. La abuela me leía bien y rápido, y enseguida sacaba su punta de humor para quitarme de encima todo el hierro que desde muy niño acostumbré a ponerle a la vida y que ella, práctica y optimista como era, sabía barrer con una risotada y con ese sentido común de mujer que ha visto cambiar el mundo demasiadas veces como para que el mundo pueda con ella. Recuerdo ese día en el comedor de su casa y todavía ahora siento el calor del sol de la tarde sobre el parqué y veo sus manos temblorosas y llenas de manchas, con las dos alianzas en el dedo, sirviendo el café. Nos quedamos mirando un momento, y cuando creía que retomaríamos el hilo de la conversación, me señaló los ojos con el índice y añadió:

—Como bosques alemanes —dijo—. Llenos de huecos donde nunca da el sol.

No supe qué decir. Después de tantos años, la respuesta me llegó como un golpe en el pecho, seco y hondo. Sonreí, intentando disimular, y ella siguió sirviendo el café como si no hubiera dicho nada. Luego me puso el medio sándwich en el plato, cubrió con su mano la mía y dijo:

—Intenta darles un poco más de luz, Fer. —Y bajando la vista, añadió—: Antes de que sea tarde.

Nos miramos. Vio que yo no sabía exactamente a qué se refería y me sonrió:

—A los huecos, cariño, no a los ojos.

Esas palabras —esa expresión exactamente— fue lo primero que me vino a la cabeza cuando hace apenas un par de meses la figura que estaba sentada a la mesa del rincón de la cafetería se volvió hacia la barra con la mano en alto y nuestras miradas coincidieron en el espejo del bar mientras sentía que la sangre se me agolpaba en la cara y me quemaba la piel.

Eran mis ojos. También los de papá.

Los ojos que encontré sobre los míos en el espejo eran dos huecos verdes en una cara que me sorprendió por envejecida. «Qué mayor está», pensé. Me costó tragar saliva y no supe qué hacer. El primer pensamiento fue levantarme y salir corriendo, pero no lo hice, porque en ese momento llegó el camarero con mi café y el cruasán, y su silueta se interpuso entre nuestras miradas, rompiendo el momento. Cuando el hombre se apartó, papá volvía a estar de espaldas, encorvado sobre su mesa.

Supongo que no debió de pasar más de un minuto, dos a lo sumo. Duró lo que duró y eso poco importa ahora, porque más que cuánto duró lo que cuenta es lo que fue: papá en una orilla y yo en la otra, de espaldas él y de espaldas yo, los mismos ojos llenos de huecos y cada uno con sus historias escritas, cada uno con el hierro que la vida había ido acumulándonos sobre los hombros. Intenté pensar, ordenar un poco la oleada de ideas, reproches, emociones e imágenes que de pronto me atornillaron al taburete, aunque fue en vano. Noté la camiseta empapada en sudor y por un segundo pensé en llamar a Silvia, pero enseguida entendí que no era una buena idea. Mientras intentaba calmarme y le echaba azúcar al café, el camarero volvió a acercarse y se puso a secar platos y cubiertos delante de mí, tapándome el espejo. Un par de segundos más tarde, levantó la cabeza y me sonrió. Al ver su sonrisa de dientes torcidos y ausentes, me acordé de la abuela y su frase planeó sobre mí, dejándose oír entre el estruendo metálico que llenaba el bar.

«Intenta dar un poco de luz a tus huecos, Fer», la oí decir de nuevo.

Se me ocurrió entonces que, a lo mejor, eso que la abuela llamaba «dar luz a los huecos» quizá fuera algo tan sencillo y tan humano como entender que, a pesar de que en la vida de cada uno son muchas las cosas que ocurren sin que tengamos control sobre ellas —cosas que nos afectan, que nos modifican de un modo u otro—, a veces podemos pararnos en la acera de la vida y preguntar. Quizá sea poco y quizá ocurra muy pocas veces, pero es mucho más que acumular hierro sobre los hombros para no molestar y mucho más que vivir cargando siempre con los mismos huecos. Entendí de pronto que había muchas cosas que yo no sabía y que quería saber, y pensé que quizá la razón me ayudaría a entender y a colocar lo que el tiempo y el silencio no habían conseguido encajar. La voz de la abuela Ester volvió a resonar en mi cabeza mientras removía el café con leche. Resonó su voz y también su risa, y la eché tanto de menos que habría dado lo que fuera por tenerla conmigo allí, sentada a la barra y compartiendo el momento, con sus certezas y su libreta de anillas y hojas de colores siempre cerca, esa que en los últimos años —desde que había empezado a fallarle la memoria y las lagunas eran cada vez más frecuentes— llenaba de listas de cosas que no quería olvidar: listas de la compra, noticias que iba oyendo en la radio mientras desayunaba y que le parecían importantes o curiosas, recuerdos que de repente la sorprendían y que ella se afanaba por atrapar y retener a su lado... listas de amigos y de gente que habían sido importantes y que ya no estaban. Y, sobre todo, listas de cosas que quería saber —o recordar— y que muy a menudo empezaban con un «¿Por qué...?»: preguntas que en los últimos tiempos eran incómodas por casi infantiles y desprovistas de pudor. Los porqués de la abuela se habían convertido en los de una niña que preguntaba lo que nunca se había atrevido a formular en alto, esas flechas directas al centro de las dianas que se guardan en los armarios de las realidades familiares y que nadie lanza porque sabemos que las respuestas abrirán cajas llenas de otras cajas que esconden tesoros venenosos. La sección de la libreta dedicada a los «porqués» —la de hojas violetas, la del final— era una parte que la abuela solo compartía conmigo. La llevaba sujeta con un par de clips, que solo retiraba para añadir alguna pregunta —o la respuesta, si yo se la daba o lográbamos encontrarla entre los dos— y para leerme sus nuevos porqués en alto. Con el tiempo he entendido que lo que hacía la abuela Ester era prepararse para morir en paz, una vez respondidas todas las preguntas que para ella eran vitales. Quería irse con todo sabido, con los deberes hechos. Necesitaba saber que todo estaba explicado y en orden. A veces me llamaba por teléfono y, después de un: «Hola, Fer, ¿qué haces, cielo?» casi de compromiso, decía: «Tengo la página llena. ¿Cuándo vienes a merendar? ¿Mañana?». Yo iba a verla siempre que podía. Me gustaba llegar a su casa y encontrarla esperándome en la puerta cuando salía del ascensor, con sus perlas, sus pantalones —nunca le vi una falda—, sus cuellos cisne y ese brillo en los ojos que acompañaba con una sonrisa de niña mala que a mí me desarmaba. Cuando cerraba la puerta, me daba la mano y tiraba de mí hacia el salón, donde ya tenía preparado el café, los sándwiches y una bandeja de pastas dulces. Sobre el brazo de su butaca estaba la libreta, siempre abierta por las páginas violetas. Enseguida se sentaba, soltaba un pequeño suspiro y, con una sonrisa de felicidad, decía: «Conspiremos», y yo contestaba sin falta: «¿Has registrado bien el salón por si nos han puesto micrófonos?». Y ella se echaba a reír, y yo con ella. Era siempre la misma broma y siempre la misma risa. Nos reíamos mirándonos a los ojos, encantados de poder conspirar así, como si todo lo que no fuéramos nosotros estuviera lejos o como si no hubiera nada más. Luego ella servía el café y me ponía medio sándwich en el plato, y mientras me veía comer cogía la libreta, se ponía las gafas y leía las cinco o seis preguntas que había anotado durante los días que no nos habíamos visto y que podían sonar así: «¿Por qué, cuando murió el abuelo, tu padre no vino al entierro?» o «¿Por qué tu madre tuvo que vender uno de los pisos que le regalamos para pagaros la carrera?» o «¿Por qué tu hermana Silvia y ese noruego que tiene de marido no han tenido hijos? ¿Es por ella o es por él?», o «¿Y Emma? ¿Tú crees que es así porque tuvo mala suerte con ese par de cafres novios suyos o ya lo era antes?». Preguntas. Porqués. La curiosidad de la abuela no tenía límite y la tranquilidad con la que aceptaba mis respuestas no dejó nunca de sorprenderme. A medida que yo respondía, ella iba anotando en la libreta, muy despacio, con su letra redonda y ordenada, al tiempo que asentía o murmuraba cosas entre dientes mientras yo hablaba, convertido en su memoria amiga, en biógrafo familiar, y entre los dos rellenábamos los huecos que ella no quería tener a oscuras.

Lo de las páginas violetas y los porqués de la abuela Ester se alargó hasta que tuvo muy cerca la muerte. Una tarde, horas antes de apagarse en la clínica donde la teníamos ingresada, esperó a que mamá y Emma bajaran a merendar a la cafetería y me dijo con una pequeña chispa de luz en la mirada:

—Tengo algo para ti.

Yo estaba sentado a su lado en la cama, leyendo una revista. No supe qué decir.

—Abre el cajón.

Hice lo que me pidió. Dentro encontré un sobre de papel burbuja con mi nombre escrito sobre la solapa.

—No se lo enseñes a nadie. ¿Prometido? —dijo, mientras me veía intentar despegar la solapa.

Asentí.

—Prometido.

Cuando por fin saqué lo que contenía el sobre, noté un sabor amargo en la boca. Esperé un par de segundos antes de levantar la mirada y encontrarme con sus ojos.

—Guárdala bien —dijo con una sonrisa tan cansada que tuve que tragar saliva—. Es la historia de nosotros, de los nuestros, contada por ti. —Y luego, después de tomar aire—: La de las verdades, no la de los huecos.

Volví a meter la libreta sin abrirla en el sobre y luego me tumbé junto a ella. Me hizo sitio a su lado con un pequeño gruñido y le pasé el brazo por la espalda. Estaba encogida y pequeña y era ya un amasijo de huesos. Las orejas grandes, los brazos apenas dos alas frágiles. Nos quedamos así unos minutos, en silencio, mirando por la ventana de la habitación mientras se oía el runrún de la clínica al otro lado de la puerta y desde el jardín llegaban voces apagadas y el chillido de las cotorras, hasta que sentí que apoyaba suavemente la cabeza en mi hombro. Esperé unos segundos, creyendo que quizá se había quedado dormida, y cuando me moví y a punto estaba de bajar de la cama, la oí decir:

—No esperes tanto como yo para rellenar tus huecos, Fer. —Habló con la voz sin fuelle, pero la entendí. Incliné la cabeza hacia abajo y la encontré mirándome con una sonrisa (siempre esa sonrisa) en sus labios sin color—. Seguro que no tienes un nieto tan guapo como el mío que te ayude cuando empiece a fallarte la memoria —añadió, apretándome el brazo con su mano huesuda. Luego cerró los ojos y soltó un diminuto suspiro por la boca entreabierta.

La dejé dormida en compañía de mamá.

Se nos fue durante la noche, llevándose una pieza del rompecabezas de los que tuvimos la suerte de tenerla cerca y dejando un hueco con el gran porqué de su muerte, ese al que nadie ha sabido hasta ahora darle respuesta. Mamá, que dormía con ella esa noche en la clínica, nos contó que había muerto cuando ella estaba en el baño, de madrugada. «Como si hubiera esperado a estar sola para irse», dijo, y todos la creímos, porque no nos costó imaginar a la abuela calculando el momento de su marcha. Mamá dijo también que un par de horas antes de morir había recuperado la conciencia durante un instante mientras ella leía a su lado. La abuela había abierto los ojos, había mirado a mamá y había dicho: «Creo que no me olvido nada». Luego había vuelto a ese sueño hondo del que ya no despertaría.

Tardé unos meses en volver a abrir el sobre con la libreta de la abuela. Lo había guardado entre unos libros en el estudio la misma noche en que me lo había dado y allí seguía. No había vuelto a acordarme de él hasta que una tarde, haciendo limpieza, apareció. Curiosamente, llevaba días acordándome de la abuela y las dos últimas noches había soñado con ella. No recordaba qué, pero sí que era ella, que estaba, que decía cosas.

Me senté en la butaca, abrí el sobre y saqué la libreta. Sonreí al ver que la había atado con un elástico —doble vuelta, siempre doble vuelta— y me sorprendió notarla tan delgada. Cuando la abrí entendí por qué: solo quedaban las páginas violetas. Todas las demás, los demás colores, habían desaparecido. Dediqué un rato a hojearlas, recordando escenas, conversaciones y risas mientras releía las preguntas con sus respuestas, escritas con esa letra firme de niña aplicada, echándola de menos una vez más. Al llegar a la última página, encontré un pequeño sobre pegado al cartón de la tapa trasera. Lo abrí. Dentro había una de sus tarjetas, con su nombre y su dirección en una esquina. En el centro, con rotulador violeta había escrito:

«Siempre nos queda el derecho
de querer saber, Fer».

Siempre nos queda el derecho de querer saber. Eso era lo que decía en su última nota, y eso fue lo que me vino a la cabeza mientras, sentado en el taburete, revolviendo el café con leche delante del camarero, decidía que si papá estaba allí sentado, que si él podía estar sentado, de espaldas a mí como si no me conociera, yo... quería saber. Y en ese momento, en cuanto decidí que no me iría del bar sin acercarme a su mesa y cerrar con él mi página de porqués, imaginé a la abuela sentada en su salón, con su libreta y sus páginas violetas llenas de listas. Le pedí al camarero un trozo de papel y un bolígrafo. Él asintió, se secó las manos con un trapo, fue hasta la caja y volvió con una hoja cuadriculada y un lápiz. Me los dio con otra sonrisa llena de huecos y en los segundos que siguieron garabateé a toda prisa en el papel cinco breves porqués casi ininteligibles.

¿Por qué no fuiste al entierro de la abuela?

¿Por qué te reíste de mamá y la llamaste idiota el día que no vio que el ventanal de la terraza estaba cerrado y se golpeó contra el cristal, llenándose la frente de vidrios?

¿Por qué nunca nos has dado un abrazo?

¿Por qué dices siempre que eres así y que no hay más? ¿Así cómo? ¿Así para quién? ¿Y nosotros? ¿No somos alguien? ¿No deberíamos?

¿Por qué no te echo de menos, si eres mi padre? ¿Por qué no sé quién eres, papá? ¿Por qué nunca nos has regalado nada por nuestros cumpleaños? ¿Por qué todavía me gustaría que las cosas fueran distintas?

No quise seguir. La pequeña página de bloc estaba llena y decidí que era suficiente, al menos para empezar. Le devolví el lápiz al camarero, me tomé el café con leche de un trago, cogí el papel y cerré los ojos. Luego inspiré hondo un par de veces y bajé del taburete. Antes de volverme, me acordé de la abuela y de su frase —«Siempre nos queda el derecho de querer saber»— y sonreí. El camarero me miró y volvió a lo suyo.

Entonces me volví de espaldas.

Horas más tarde, cuando mamá me abrió la puerta de su apartamento y me vio allí de pie, apoyado contra el marco con Max y mi bolsa de viaje, entrecerró los ojos y algo muy evidente debió de ver en mi expresión porque, a diferencia de lo que suele ser habitual en ella, no se acercó a darme un beso. Se quedó donde estaba, mirándome.

—¿Te importa si Max y yo nos quedamos a pasar unos días aquí, con Shirley y contigo? —pregunté.

—Claro, hijo —dijo, apartándose a un lado.

Ni un porqué, ni un «qué pasa». Nada. Cuando dejé la bolsa encima de la cama de las visitas y me senté en la suya con ella, mamá me puso la mano en la cabeza y preguntó:

—¿Quieres un té? ¿O mejor una cerveza?

Levanté la vista. Ni siquiera me molestó la pregunta.

—No bebo, mamá.

Puso cara de inocente y dijo:

—Ya, cariño. Por eso.

Nos reímos. Primero yo y enseguida ella, pero la risa no duró y mamá se puso a ordenar el armario para hacerme sitio. Aunque estuve tentado de intentarlo, no quise —o no pude— contárselo, y ella no me lo pidió entonces ni tampoco en las semanas que han seguido hasta ahora. Nunca una referencia a esa tarde. Nunca una pregunta ni un comentario en todo este tiempo. Mientras tanto, yo sigo instalado aquí. Compartimos habitación como si estuviéramos de viaje y yo sigo funcionando igual que antes —trabajo, gimnasio, Max, algunos fines de semana en el campo con Emma y Olga, pádel con Emma cuando baja a Barcelona, pádel con la gente del club cuando Emma no está—, con la única diferencia de que paso por casa a buscar el correo un par de veces a la semana. Poco más.

Y espero. No sé a qué, pero espero. Mamá no me atosiga y sé que en el fondo está encantada con la compañía, a pesar de que a veces la convivencia no sea fácil y de que tengamos nuestros más y nuestros menos que al final terminan resolviéndose con alguna salida de las suyas y con la risa, siempre la risa. Ella sigue con sus pequeñas locuras, conspirando con Ingrid a espaldas de nosotros, aunque muchas de esas conspiraciones acaba compartiéndolas conmigo y yo la cubro para que Silvia no se entere y tengamos la fiesta en paz. No es cómodo. Vivir así, en cuarenta y cinco metros cuadrados, con dos perros y una madre —sea la madre que sea—, no es lo que debería ser y lo sé.

—No es normal —me suelta Silvia a veces con un bufido de fastidio, cuando quedamos a comer en el centro y le cuento cosas de mamá—. No es sano esto de mamá y tú. Además, no entiendo qué haces tanto tiempo metido en su casa. —Y luego, según cómo, añade, bajando la voz—: No sé cómo la aguantas, la verdad.

Ni ella ni Emma están al corriente de que estoy instalado aquí. No saben que este es mi refugio, ni imaginan que hay algo como lo que pasó esa mañana en la cafetería que no he compartido con ellas ni tampoco con mamá. No sé cómo se lo tomaría Emma. Con ella es difícil saber, aunque probablemente le afectaría poco, ahora que está tan ilusionada con Olga y con su maternidad compartida. En cuanto a Silvia... no es un buen momento para ella, no hay más que verla.

Quizá, ahora que lo pienso, no se lo diga nunca.

Posiblemente sea mejor así.

¿Cómo saberlo?

Ocho

—¿A Cuba?

A mi izquierda, Silvia fuma despacio, mirando a mamá con unos ojos cargados de muchas sombras y el cuello tenso, como si estuviera intentando contener un chorro de agua sucia que le sube desde el estómago. A mi derecha mamá se sirve un poco de agua y derrama la mitad fuera del vaso.

Sí, Cuba. Eso ha dicho. Luego me ha mirado y ha hecho una mueca de «ay, la que se me viene encima. Quién me mandará a mí hablar» que de haber estado solos me habría hecho reír pero que, a juzgar por la mirada y la pose de Silvia y por la ceja arqueada de Olga, no ha sido bien recibida.

Eso ha ocurrido hace unos segundos. Mamá ha soltado su pequeña bomba particular y la oleada de metralla se ha esparcido en todas direcciones, salpicando el relajamiento que ya nos invade a esta hora de la noche —madrugada avanzada— con un chispazo de zozobra. A la bomba de mamá le ha seguido el silencio y ella, que teme la que le espera, no duda en llenarlo de ruido, lanzándose cuesta abajo con una retahíla de detalles sobre su viaje que no ayuda a mejorar las cosas.

—Es que vamos con una ONG —se justifica enseguida, adelantándose a la reacción de Silvia, que, curiosamente, ha optado por servirse un poco de cava y recostarse contra el respaldo de su silla con cara de cansancio.

Viendo que ninguno decimos nada, mamá decide seguir contando—. Resulta que Ingrid tiene una amiga, Suleima, que es profesora bloguera de yoga, o sea que tiene una de esas cosas donde escribe en internet pero de yoga y *bodyhealing* y más cosas cuerpo-mente. Pues resulta que la tal Suleima es además gurú, pero de las de verdad, con vestido naranja y todo y tiene un centro de yoga en Soria con famosos que van a desintoxicarse y voluntarios cubanos que le limpian gratis. Y a veces organiza cursillos en Varadero con unas cuantas mujeres. Poquitas, ¿eh? Solo unas quince o veinte, no más. —Se vuelve a mirarme, buscando en mi expresión alguna señal que la oriente sobre si va por buen camino. No sé lo que ve, pero enseguida desvía la mirada y prosigue—. Fíjate si es generosa Suleima, que nos paga la mitad del billete de avión de su bolsillo y nos ha conseguido un todo incluido en el hotel. ¡Y vip!

Tío Eduardo pone cara de estupor y frunce el ceño.

—Mmm, vaya. Si es que los cubanos, es lo que hay —dice con voz de hombre de mundo—. Cuando tienen, dan. El problema es que nunca tienen, de ahí que se inventen tantas cosas, porque les gustaría dar siempre. O sea, que no es que mientan, es que se adelantan a la realidad. Por eso lo del cubismo.

Soy yo el que se vuelve a mirarle. Olga coge un trozo de turrón y se lo mete entero en la boca y Emma bosteza mientras le saca brillo a la pantalla del iPhone con la servilleta de la Silla de las Ausencias.

—¿El... cubismo? —pregunta Silvia, dejando su copa encima de la mesa y cogiendo un cigarrillo del paquete.

Tío Eduardo sonríe, encantado con la atención.

—Claro —dice—. El cubismo se inventó en Cuba, si no de qué. —Se pasa la lengua por los dientes superiores y al ver nuestra expresión de perplejidad, añade—: ¿No me diréis que no lo sabíais?

Mamá acude en su ayuda.

—Totalmente, Edu —dice—. No hay más que ver a Gloria Estefan. —Nos volvemos todos a mirarla. A la vez, como en un partido de tenis—. O a Bola de Nieve.

Tío Edu suelta una carcajada rasposa que rebota contra las paredes del salón y que mamá recibe con una sonrisa de alivio. A mis pies, Max levanta la cabeza y deja escapar un suspiro. Cuando vuelve el silencio, mamá decide seguir:

—Pues esa es la cosa —dice—. Así que no hay de qué preocuparse. —Mira a Silvia, que sigue reclinada en su silla con la mirada ausente, y aclara—: Unos días de yoga, baños medicinales, masajes, meditación... Y, fíjate tú si será generosa Suleima que lo único que nos ha pedido a cambio es un poquito de... teatro.

Emma levanta la mirada.

—¿Teatro?

Mamá asiente.

—Sí. —Y luego—: Fingir que nos casamos un poco cada una con los chiquitos esos que ella tiene allí para que así puedan venir a limpiar al centro de yoga de Soria y ganarse el pan. Mira tú qué mujer más... más generosa.

Silencio. Olga por fin consigue partir el trozo de turrón de Alicante que ha estado paseándose por la boca desde hace unos minutos con un «croc» que no augura nada bueno. Silvia se apoya sobre la mesa.

—¿Ca... saros? —dice muy despacio.

Mamá asiente.

—Sí. Bueno, pero de mentira, ¿eh? —aclara con una sonrisa feliz—. Y solo en el aeropuerto. Luego, cuando lleguemos a España, ya no. Dice Ingrid que los chicos se quedan en Madrid, porque Suleima fleta un autobús solo para ellos y se los lleva directamente a la casa de Soria. Es que la pobre ya está escarmentada, porque al parecer al principio los llevaba un par de días a una pensión de Madrid para que vieran un poco la ciudad y se aclimataran, pero me ha dicho Ingrid que cuando se metían en El Corte Inglés muchos bajaban corriendo al súper y se lo comían todo, pero todo, todo, hasta los cangrejos y las langostas vivas del acuario, y, claro, al final decidió que es mejor que pasen directamente una temporada ayudándola en el centro, limpiando y dando masajes a las clientas, para que se les pase un poco lo del cubismo.

Silvia me mira, cierra los ojos y respira hondo un par de veces. Luego apoya la barbilla en la palma de la mano y dice con una voz que, para sorpresa de todos, suena exhausta, casi conformada.

—Mamá.

Mamá se vuelve hacia ella.

—¿Sí?

—Tú entiendes que lo que acabas de decir no es normal, ¿verdad? —pregunta muy despacio. Hay amenaza en su voz, pero muy velada, difusa.

Mamá, que la percibe tan bien como yo, parpadea, intentando ganar tiempo.

—¿Normal, cómo?

—Normal, mamá —es la réplica de Silvia—. Normal.

Mamá arruga el morro. Ese es un mohín que normalmente saca a Silvia de sus casillas y que esta vez, sin embargo, ni siquiera la hace pestañear.

—Bueno, la verdad es que Suleima no es una mujer que...

—Estoy demasiado cansada, mamá —la interrumpe Silvia.

Mamá se calla y deja escapar un suspiro incómodo.

—Ya, hija. Si es que es muy tarde. —Luego mira su reloj—. Huy, son casi las cuatro.

—No, mamá, quiero decir cansada en general —responde Silvia, encogiendo un poco los hombros—. Y sobre todo cansada de... esto —añade con un suspiro muy breve, recorriéndonos a todos con la mirada al tiempo que abarca la mesa con un gesto de la mano.

Mamá traga saliva.

—¿De... esto?

—Sí, mamá —dice Silvia con voz triste—. De oírte decir tantas burradas y tener que estar vigilándote continuamente, siempre detrás de ti para que no hagas alguna de las tuyas, como si nosotros fuéramos la madre y tú la hija. De eso, sobre todo de eso: de tantos años haciendo de madre de mi madre. Agota, ¿sabes? Te juro que agota.

—Bueno, bueno… —interviene tío Edu con tono conciliador, inclinando un poco la cabeza y poniendo la mano sobre el antebrazo de Silvia, que lo aparta con un gesto brusco como si acabara de recibir una descarga.

—Y de tus locuras —vuelve a la carga Silvia—. De que nunca hagas caso de nada y de tener que correr luego a solucionarte las papeletas porque, claro, la pobre Amalia, ya se sabe, tan despistada, tan poco acostumbrada a vivir sola… —Se interrumpe un momento e inspira hondo—. Pues ¿sabes una cosa?, no eres la única que está sola y, aunque lo fueras, eso no te da derecho a hacer lo que te da la gana sin pensar en los demás.

—Pero yo… —empieza mamá.

—Exacto. Ese es el problema —la interrumpe Silvia—. Ese «pero yo» con el que siempre lo excusas todo, con el que todo el mundo lo excusa todo, porque así es más fácil: yo hago, yo pienso, yo decido, yo juego y tú… tú te jodes. Así funcionamos todos. Y así nos luce. Así nos luce: a mí, a esta familia, a esta ciudad y a este país de mierda, con un gobierno de mierda y con unos empresarios de mierda que te dejan en la calle después de exprimirte como si hubieras nacido solo para eso, para que te expriman, y un día te sientan y te dicen que están muy contentos contigo, que eres una *crack*, pero que somos dos jefes de equipo y hay que prescindir de uno porque la vaca no da para tanto, y resulta que la que se va a la calle eres tú porque… porque no tienes una jodida familia que alimentar y porque no vas lamiéndole el culo al director general, ni juegas al golf con él, ni le consigues entradas gratis para que vaya con su novia rusa a ver jugar a Nadal. Así de simple. Y así de… normal.

«Ay.»

Bajo la mirada. Por el rabillo del ojo, veo a mamá un poco encogida sobre sí misma y con la mano suspendida en el aire, a un par de centímetros de la mesa, como si la apoyara en algo que los demás no vemos, y los ojos entrecerrados porque Olga ha movido la botella de agua y el reflejo de la lámpara en el cristal la deslumbra.

—Hija —dice. A mi izquierda, Silvia inspira hondo. Realmente suena agotada. No responde. Solo está—. Pero ¿entonces?... —pregunta mamá con un hilo de voz.

Silvia tarda en hablar. Cuando lo hace, recupera el tono seco, aunque no llega a ser el de la Silvia de siempre.

—Entonces nada, mamá —dice, frotándose despacio el cuello con la mano—. Nada.

—Ah.

Pasan unos segundos y nadie habla. Por fin, mamá posa la mano en el mantel.

—¿Alguien quiere un poco más de café? —pregunta Olga, alargando una mano tensa hacia la cafetera vacía.

Silencio.

—Bueno... —dice mamá con voz neutra. Y luego, un par de segundos después, añade casi con un susurro—: Pues yo... me alegro.

Silvia levanta la mirada y niega despacio con la cabeza. Perpleja, está perpleja.

—¿Cómo dices?

—Que me alegro, hija.

—¿Por qué?

—Porque ya no me mandarás más postales. —Cierra los dedos sobre una miga de pan y empieza a amasarla despacio, mecánicamente.

Silvia suelta un bufido y sigue negando con la cabeza.

—Mamá, te estoy diciendo que me han echado del trabajo —dice con la voz teñida de rabia—. «Nada» quiere decir «en la calle».

Mamá baja la mirada.

—Lo he entendido, hija. —Y luego, casi entre dientes—: No soy tonta.

Silvia se contrae sobre sí misma, como si hubiera recibido un golpe que no hemos visto.

—No quería decir eso.

Mamá la mira y esboza una sonrisa tan triste que hasta Olga suelta una pequeña carraspera. Silvia y ella se miran durante un instante antes de que mamá vuelva a hablar.

—Es que me ponían muy triste tus postales, hija —añade, bajando un poco la voz, como disculpándose.

Silvia arruga la frente. Es un comentario que no esperaba. Ni ella, ni los demás.

—¿Triste?

—Sí.

—¿Por qué?

—Porque estabas muy lejos.

—Estaba trabajando, mamá. —Y luego, bajando un poco el tono—: Estaba de viaje, mamá.

—Es que siempre estás de viaje, hija. Hasta cuando no viajas. —Lo dice estudiando la miga de pan con los ojos, sin atreverse a mirar a Silvia, que por su gesto lee la misma tristeza en la frase que yo—. Siempre te estás... yendo. —Mamá está triste y habla así, como una madre triste. Pasan un par de segundos. Cuando ve que Silvia vuelve a llevarse la mano al cuello, dice—: A lo mejor, ahora que tienes tiempo... —se interrumpe y coge aire antes de terminar— algún día podríamos viajar juntas. Sin postales, ni nada.

Un segundo de silencio. Luego Silvia traga saliva y hace una mueca que es casi una sonrisa, pero que no puede serlo porque le tiemblan los labios. Tiene los ojos brillantes.

—A mí me gustaría —dice mamá, mirándola con esos ojos de niña asustada que pone cuando pide algo con miedo a que la respuesta le duela y que le conocemos bien porque es su cara más B, esa con la que hemos crecido. Al ver que Silvia no contesta, inclina la cabeza y añade, tímida—: Bueno, si a Peter no le importa, claro.

A punto estoy de no mirar a Silvia, pero es tarde. En sus ojos veo la duda y el impulso de terminar de contar y vaciarse del todo. La veo brillar por un momento y luego la veo apagarse. Respira hondo y cuando vuelve a hablar el brillo que le llena los ojos es agua.

—A Peter no le importará, mamá —dice con una sonrisa que no sabe contener—. No te preocupes por eso.

Mamá también sonríe. Feliz. Está feliz. Sobriamente feliz.

—Le enviaremos una postal —dice—. Y le pondremos que lo echamos de menos. ¿Quieres?

Silvia aprieta los dientes y sigue sonriendo, mientras el agua de los ojos se le queda prendida en las pestañas y parpadea muy deprisa. Las dos lágrimas se estampan en el mantel como dos clavos y mi mano busca la suya por debajo de la mesa. Cuando la encuentra, ella me la aprieta antes de retirarla.

—Claro que sí, mamá —dice con la voz rota—. Claro que sí.

Y entonces mamá quema su último cartucho del año, pillándonos a todos por sorpresa. Después de aclararse la garganta, se levanta muy despacio y, dejando a Shirley en el suelo, va hacia el pasillo y se mete en el baño. Un par de segundos después, sale con el pequeño tablón de corcho donde están colgadas las postales de Silvia y vuelve a la mesa, rodeándola para llegar hasta mi hermana y colocándoselo delante, encima del plato de postre con restos de turrón. Luego, como lo hizo en su día con Emma, se abraza a ella por detrás y pega su mejilla a la mejilla mojada de Silvia, estrechándola contra su pecho y meciéndola con suavidad.

—Ya no más postales, hija. Ya no más postales —le dice al oído.

Mientras ellas se balancean a mi lado, el reloj de la plaza da las cuatro y cuarto y, en el silencio que nos envuelve cuando la campanada es solo la estela de su propio ruido, Max se despereza a mis pies y Olga se vuelve hacia Emma.

—Quizá deberíamos irnos, ¿no, cariño? —dice con una voz suave que yo no recuerdo haberle oído.

Desde la cabecera de la mesa, tío Eduardo asiente despacio, aunque tiene la mirada velada, como si asintiera en respuesta a algo que él oye pero que a los demás se nos escapa, mientras a su lado mamá y Silvia siguen abrazadas, ajenas a él y a lo que no son ellas. Ya no se mecen. Ahora solo respiran juntas con la vista al frente. Mamá sonríe y entre sus brazos Silvia tiene la expresión relajada y le brilla la piel de la frente.

—Peter ya no está, ¿verdad, cariño? —pregunta mamá.

Silvia no contesta enseguida. Se balancea una vez más con suavidad, al abrigo de mamá, hasta que por fin se vuelve a mirarla.

—No —responde con un hilo de voz.

Mamá asiente.

—Ya.

No se dicen más. Mamá vuelve a abrazarla y siguen así las dos, respirando a la vez, como si no hubiera nada ni nadie más que ellas en el salón y el tiempo no existiera, hasta que mamá vuelve a hablar.

—Ahora quitaré las postales, cielo. ¿Quieres?

Silvia no dice nada, pero tampoco se mueve. Cuando mamá entiende que no va a hablar, alarga la mano hacia la primera postal, pero entonces tío Eduardo la mira y tiende también él la mano hasta ponerla sobre la muñeca de Silvia.

—No —dice.

Mamá se queda quieta y Silvia y ella se vuelven hacia él, sin entender.

—Tienes que quitarlas tú —dice tío Eduardo, mirando a Silvia a los ojos. Ella niega despacio con la cabeza—. Sí —insiste él, asintiendo. Mamá retira la mano y se queda abrazada a Silvia por detrás, muy quieta, y Silvia se acurruca entre sus brazos—. ¿Sabes por qué? —pregunta, sin dejar de mirarla.

Silvia niega despacio con la cabeza.

—No —murmura entre dientes.

—Porque así podremos hacerlo juntos —dice tío Edu con un amago de sonrisa—. Como antes. Como antes de... todo. —Guarda un segundo se silencio y añade—: Y porque mientras arrancamos las postales te contaré cosas.

Silvia no se mueve.

—¿Quieres?

Silencio.

Tío Edu tira de la muñeca de Silvia hacia el tablero y, aunque al principio ella se resiste, consigue llevarle la mano hasta la primera postal. Luego le coge los dedos y los cierra sobre el primer alfiler. Despacio, muy despacio, los dedos de los dos extraen el alfiler y la postal mientras él habla:

—Te contaré que me gusta sentarme aquí, a esta mesa, y pensar que todavía queda alguien que me espera todos los años a pesar de los años. Que esto a mí me da la vida y me ayuda a seguir, porque desde que los abuelos murieron lo de la orfandad no se me da bien y creo que ya es tarde para aprender.

La mano de Silvia dirigida por la de tío Eduardo lleva la postal hasta la mesa y la deposita sobre el mantel junto a mamá. Luego vuelven lentamente al tablero con un gesto mecánico, como los brazos de un par de autómatas.

—Te contaré que me gusta veros reír, haceros reír —dice, apartando la vista de Silvia y recorriéndonos a todos con los ojos—. Y que si hubiera tenido una hija, habrías sido tú. No como tú, sino tú. Así de terca, de intensa, de tozuda... y de equivocada, tan parecida a mí en muchas cosas y tan tú en otras... Y que me habría gustado ser más para ti, más grande, más fuerte, estar más cerca y no dejarte tan sola con tanto. Y que siento muchísimo haberte fallado.

Las manos rescatan una segunda postal mientras Silvia traga saliva y, ya sin tanta resistencia, la depositan sobre la primera. Después, tío Eduardo retira la suya y la de Silvia se desplaza sola hacia el tablero, muy despacio, mientras él sigue hablando sin apartar los ojos de ella.

—Te contaré que Sindy no existe. —La mano se detiene en el aire un instante y enseguida retoma el movimiento—. No, no existe. Me la he inventado esta tarde en el avión para llegar aquí con algo y disimular lo que ya no hay ni creo que vaya a haber a estas alturas. —Guarda un instante de silencio e inspira hondo—. Y quizá me habría gustado que existiera, aunque también me gusta que no exista, porque así puedo seguir inventando sin arriesgarme a que duela más de lo necesario.

Silvia está concentrada en el tablero. Va quitando postales con un movimiento pausado y uniforme, como una niña jugando con un álbum de cromos, mientras tío Edu sigue hablándole desde la cabecera de la mesa.

—Te contaré que estás enfadada con la vida y que tienes motivos para estarlo. Seguramente en tu lugar yo también lo estaría, pero te equivocas si crees que no hacer es vivir mejor. No, no hacer es vivir menos, y eso tú deberías saberlo.

Silvia deja de manipular las postales durante un instante. Luego coge aire y lo saca por la nariz antes de seguir.

—Y te contaré que estoy solo y que me siento solo. Y también que desde que tu padre ya no está y podemos pasar juntos la Nochebuena, vengo todos los años con la ilusión de que me pidáis que me quede, porque me da vergüenza preguntaros si me echáis de menos. Me da miedo la respuesta. —Baja la mirada e intenta una sonrisa—. Soy un viejo tonto, ya lo sé.

Silvia va retirando las últimas postales mientras van cayéndole las lágrimas sobre los brazos de mamá, que tiene hundida la cara en su pelo. Mientras, tío Eduardo sigue contándole cosas de él, de lo que no ha dicho nunca y de lo que quiere decir, hasta que por fin Silvia extrae el último alfiler y con él la última postal. Luego se queda quieta con el tablero vacío delante de ella, esperando hasta que tío Eduardo se queda callado.

—Ya está vacío —dice.

Él sonríe. Esta vez sí.

—Buena chica.

Silvia asiente, pero no dice nada.

—Ahora habrá que empezar a pensar en volver a llenarlo —dice él.

Silencio.

—Con postales, digo.

Silencio.

—A lo mejor la primera podría ser desde... Lisboa.

Silvia levanta la cara hacia él, pero desde mi sitio no veo su expresión. La de tío Edu es casi infantil.

—¿Te gustaría?

Se miran pero ninguno de los dos dice nada, hasta que él inclina la cabeza hacia un lado y alisa la servilleta con la mano.

—Es solo una idea —dice, sonrojándose un poco—. No me hagas caso.

Silvia sonríe. Desde donde estoy sentado veo solo la mitad de su sonrisa. Es una sonrisa como las de mamá, aunque la de Silvia está mojada, cubierta de mocos y agua. Alarga la mano hacia tío Edu y la cierra sobre su brazo.

—Claro —dice—. Claro que me gustaría.

Él traga saliva y baja la mirada.

—Creo que tendría que limpiar un poco la casa antes de que vengas —dice, sin levantar la cabeza, como un niño.

Ella se echa a reír. Él también.

—Mejor, sí.

Se quedan así los dos, en silencio, con mamá abrazada a Silvia por detrás mientras al otro lado de la mesa, junto a la Silla de las Ausencias, Emma acaricia distraídamente el brazo de Olga con la mano, y una sirena se pierde en algún rincón de la plaza ciudad abajo. A mis pies, Max deja escapar un suspiro de sueño que se expande por el salón como una ola pequeña.

—Creo que deberíamos irnos —dice Olga, aclarándose la garganta y mirando primero su reloj y después a Emma—. Es muy tarde y tenemos un largo viaje de vuelta. Cualquiera sabe cómo irán esas carreteras —añade, volviéndose hacia mamá.

Mamá asiente, se incorpora despacio con un pequeño jadeo y se separa de Silvia, que sigue con su mano en la de tío Eduardo, ajenos los dos a nosotros. Luego le pone las manos sobre los hombros y se vuelve hacia el ventanal. Al otro lado del cristal, el cielo sigue oscuro, pero ya no está negro. Hay una luz, en alguna parte de la madrugada se intuye una luz que sube desde el mar, aunque todavía no ilumina nada.

—Creo que hoy veremos amanecer —dice, sin apartar los ojos de la ventana. Y luego, como si hablara con alguien que está al otro lado, alguien a quien solo ella ve, añade, al tiempo que asiente y esboza una sonrisa minúscula, casi una sombra de sonrisa—: Sí, hoy veremos amanecer.

Libro cuarto

Los amaneceres violetas

Todas las cosas en nuestra vida tienen un sentido; todos los finales son también comienzos. Lo que ocurre es que en su momento no lo sabemos.

M. ALBOM

Libro cuarto

Uno

Son poco más de las seis. Tío Eduardo y Silvia han sido los últimos en irse, apenas diez minutos después que Olga y Emma, porque el taxi que han pedido por teléfono ha tardado en llegar. Después, mamá y yo hemos terminado de recoger la mesa y hemos metido los platos en el lavavajillas, y cuando ya creía que nos íbamos a la cama, ella se ha agachado, ha abierto el armario que está debajo del fregadero y ha estado hurgando dentro mientras murmuraba algo entre dientes hasta que por fin ha sacado una caja de galletas.

—¿La última? —ha dicho tendiéndome la caja metálica con una mueca de niña mala. Son unas galletas de chocolate belga que compra a veces en la sección Gourmet de El Corte Inglés y que guarda como oro en paño, escondidas entre los detergentes para que nadie las encuentre.

—Mamá, como sigas así vas a reventar —la he regañado—. No has parado de comer chocolate desde que hemos tomado las uvas.

—Mentiroso —ha replicado mientras intentaba abrir la lata. Y luego—: Además, un día es un día.

Nos hemos sentado a la mesa con la caja abierta entre los dos. Ella se ha servido un vaso de Coca-Cola Light y yo, uno de leche.

—Ah —ha suspirado después de beber, dejando el vaso sobre la mesa—. Pues qué bien, ¿no?

Nos hemos mirado. He estado a punto de preguntarle que a qué venía esta vez el «qué bien», pero no ha hecho falta.

—Que por fin haya salido todo tan... así —ha aclarado, agitando las manos en el aire.

Me he reído. A pesar de la hora, del cansancio y de mamá, me he reído. Ella no.

—Fíjate qué manera más bonita de empezar el año, ¿no? —ha dicho, metiéndose una galleta en la boca. Luego ha sacado el cuadrado de *patchwork* de la manta que me está haciendo y se ha puesto a tejer, pegándose la lana a la cara—. Las niñas embarazadas, Edu que no se nos casa con Tonino o como se llamara el de los pelos, porque deja que te diga que yo no he querido insistir, pero eso de que Tonino era *ella* no me lo he tragado, vamos... —ha soltado un suspiro y ha asomado la cabeza por encima de las agujas. Cuando ha sonreído, tenía todos los dientes negros de chocolate—. Y Silvia... ah, qué descanso, hijo. Sin tanto viaje y tanto trabajo, y sobre todo sin... Peter —añade, bajando un poco la voz. Enseguida abre mucho los ojos y parpadea, como si acabara de acordarse de algo, y estira el cuello—. Huy, a ver si va a ser verdad eso de que no hay dos sin tres y resulta que ahora también se le pasa lo del *bayetismo* y encuentra un novio más normalito, como el que tenía antes. ¿Te acuerdas de Sergio? Ah, si es que era una monada. Cómo sería que hasta tu padre lo quería... no digo más. Aunque, claro, ahora que lo pienso, si tu padre lo quería, a lo mejor es que tampoco era muy allá, ¿no?

He cogido una galleta. Mamá no tenía sueño y cuando mamá no tiene sueño, necesita compañía. Entonces habla y habla, intentando retenerte con su cháchara como si de repente tuviera un sonajero en la mano y el que no pudieras dormir fueras tú. Ha vuelto a pegarse el tejido a la cara y he sentido un pellizco en los pulmones al verla así, dejándose los ojos.

—Quizá deberías parar, mamá —le he dicho, cogiéndole los palillos con la mano—. Déjalo, anda. Si tanta ilusión te hace, podemos comprar una.

Ha vuelto a mirarme por encima del tejido con los ojos entrecerrados y una mueca de fastidio.

—Ni hablar —ha dicho, muy resuelta—. Quiero terminarla. Aunque me lleve un año entero.

—Es que no entiendo por qué te ha dado por ahí —le he dicho, sin soltar las agujas—. Yo no necesito una manta, y tú vas a dejarte la vista, ¿no te das cuenta?

Ha arrugado el morro.

—¿Y en qué otra cosa mejor que en un regalo para ti se te ocurre que puedo dejarme la vista? —me ha soltado con un tono de voz en el que había ofensa y también una sombra de tristeza. No he sabido qué decir. Me ha quitado las agujas de la mano y ha seguido tejiendo durante un par de segundos en silencio antes de rematar—: Cuando yo ya no esté, tendrás esta manta. Te taparás con ella siempre que te eches a dormir la siesta en invierno y yo estaré feliz porque será como si te diera todos esos abrazos que necesitas y que nunca te dejas dar.

No he dicho nada. Aunque a menudo parece que no se entere, mamá sabe dónde disparar, y lo que ha dicho era un aviso a navegantes de última hora que yo he preferido no computar. Hemos seguido unos instantes en silencio y cuando ella ha retomado el tejido, me he levantado.

—Bueno, creo que me voy a dormir —le he dicho—. Estoy agotado.

Me ha mirado con cara de incredulidad.

—¿A... dormir?

—Sí.

—Pero, Fer... ¿y los perros?

He mirado a Max y a Shirley. Dormían en el sofá. Shirley boca arriba, con las patas encogidas, y Max con la cabeza colgando del borde del cojín, tocando el suelo.

—¿Los perros?

—Tenemos que sacarlos.

—Son casi las seis de la mañana, mamá.

—Por eso, Fer —ha dicho, dejando el tejido a un lado—. Llevan más de diez horas sin salir, y si nos vamos a dormir ahora, tendremos que levantarnos dentro de nada para sacarlos.

Tenía razón. A pesar de la pereza, del sueño y de las pocas ganas, mamá tenía razón.

—Vale, entonces los sacamos ya, y solo les damos una vuelta a la plaza, que no son horas.

Se ha levantado, se ha metido la última galleta de chocolate en la boca y ha cerrado la caja.

Un par de minutos más tarde hemos salido por la puerta de cristal del edificio a la plaza. Sobre nosotros, la oscuridad empezaba a difuminarse y un velo blanquecino cubría el cielo. Shirley y Max caminaban aturdidos a nuestro lado y mamá se ha cogido de mi brazo.

De eso hace apenas unos minutos. Hemos cruzado despacio la plaza y ahora hemos llegado al extremo opuesto, junto al quiosco y la parada de autobús. Caminamos en silencio. La brisa recorre la madrugada trenzada de soplos templados y húmedos, sobre todo en esta parte de la plaza menos protegida por los edificios. Ya no es de noche, pero el día no llega.

—No sé por qué nos cuesta tanto decir las cosas en esta familia —suelta mamá de pronto, como si llevara un buen rato pensando en cómo decirlo—. Con la de cosas que nos pasan, ¿no?

No digo nada.

—Y con lo sano que es contar —vuelve a la carga al cabo de un instante—. Fíjate lo a gusto que se han ido todos.

Seguimos andando en silencio.

—Es que no hay nada como sacar lo que uno lleva dentro. Sobre todo porque muchas veces creemos que una cosa es terrible o algo, y luego resulta que ¡pum! —agita la mano que tiene libre en el aire—, en el fondo nunca nada es tan grave como parece.

Me paro y la miro.

—Mamá, ¿estás queriendo... decirme algo?

Gira la cabeza y me mira con cara de no saber a qué me refiero.

—¿Yo? —pregunta, señalándose el pecho con el índice.

—Sí, tú.

No sé por qué lo pregunto. Conozco bien la respuesta, porque conozco muy bien a mamá, pero no sé si me apetece oírla. Volvemos a caminar. Unos metros más adelante, cuando llegamos a una zona de parterres de césped, dice:

—A lo mejor eres tú el que quiere decirme algo. —Me vuelvo hacia ella y la encuentro mirándome con la cabeza inclinada y una expresión de madre en alerta que me hace sentir mal—. ¿No? —pregunta con una expresión fingidamente inocente mientras se sienta en el banco que tiene al lado. Luego tira de mí, obligándome a sentarme, y suelta a Shirley, que enseguida sube a uno de los parterres y corretea a sus anchas por la hierba rala. Suelto yo también a Max y mamá y yo nos quedamos sentados muy juntos sin decir nada sobre el hierro frío del banco. En la plaza el silencio es total y el cielo ha empezado a clarear desde el mar, tiñendo lo oscuro de lenguas menos densas que son casi sombras. Mientras pasan los minutos y el año nuevo empieza su andadura hacia su primera luz, siento que mamá quiere saber, que lleva tiempo esperando, y que de algún modo, después de estos dos meses juntos, de esta noche y de todo lo que llevamos andado durante estos últimos años, se lo debo. Le debo la confianza y también la complicidad.

Y aunque cuesta, aunque me cuesta contar, sé que estoy en buenas manos y también en buena compañía. Seguimos en silencio unos minutos, viendo deambular a Max y a Shirley sobre la hierba y compartiendo la espera, hasta que me decido a hablar.

—Me encontré con papá —digo por fin. Mamá sigue

mirando al frente, sin pestañear—. Me encontré con él el mismo día que me instalé en tu apartamento. En la cafetería que está debajo de mi casa.

Mamá deja escapar muy despacio el aire por la boca antes de hablar.

—Ah —dice. Es un «ah» pequeño, como de rasguño o de golpe leve. Luego nos quedamos otra vez callados hasta que decide preguntar, mezclando en su voz preocupación y curiosidad. La que pregunta es la Amalia de las dos caras: la B (la más adulta) teme mi respuesta; la A (la niña que todavía conspira a escondidas y juega a las travesuras con su amiga Ingrid) quiere saber. Su pregunta es sencilla y es también la que espero—. ¿Y qué pasó? —dice.

Dos

Todo.

Se lo cuento todo mientras en el cielo la oscuridad se retira despacio como una lona traslúcida, aclarando la madrugada, y los perros se tienden sobre el césped, atentos a los primeros ruidos del día. Le cuento mi noche de mal dormir después del fin de semana en casa de Emma y Olga, el apagón de la letra ce del cartel luminoso que durante estos años en el estudio me ha servido de biblia de neón, mi llegada a la cafetería, los ojos de papá en el espejo, el camarero, mis recuerdos de la abuela, su libreta violeta, las preguntas, los porqués. Todo, todos los detalles de esa mañana. Y mientras hablo, mamá sigue con la mirada perdida en la plaza, escuchando muy atenta, hasta que llego al momento en que me bajé del taburete y me volví hacia el ventanal de la cafetería con mi pequeña hoja cuadriculada en la mano. Entonces hago un alto y me callo.

Después de unos instantes de espera, mamá gira la cabeza hacia mí y, entrecerrando los ojos porque su mirada se encuentra con la luz de la farola que tengo detrás, dice:

—¿Y entonces?

Pasan un par de segundos y un coche frena en el semáforo en ámbar.

—Nada —me oigo decir cuando el coche ya se aleja—. Entonces nada.

Ella sigue mirándome, pero no habla. No sé lo que debe de haber oído en mi voz, porque me pone la mano en el brazo y se queda así, muy quieta, esperando. Luego, me aprieta el brazo con los dedos y apoya la cabeza en mi codo, animándome a seguir.

Y eso es lo que hago, seguir recordando para ella y contarle, en esta madrugada del año que llega, que en la mesa de papá no había nadie y que eso fue lo que ocurrió: papá no estaba. Estaba el periódico, los restos del bocadillo y la taza vacía, pero él ya no. Me quedé con la hoja en la mano, plantado de espaldas a la barra y sin apartar la vista de su mesa hasta que al otro lado del cristal, en la acera, alguien levantó bruscamente la mano y un par de segundos más tarde un taxi se paraba a su lado. Papá no se volvió. Abrió la puerta, subió rápidamente al coche y cerró de un portazo. El taxi arrancó.

Eso fue todo.

Lo que pasó a partir de entonces forma parte de lo que, en mi archivo de recuerdos recientes, ha quedado incluido en las «cosas que han ocurrido después». El portazo de papá marcó un «desde ahora» que mi memoria ha ido ordenando como sigue: cuando salí de la cafetería no volví directamente a casa. Di un pequeño paseo por la playa, intentando pensar, aunque fue en vano. Sentía un vacío tan grande en el estómago que de haber podido, habría vomitado. Y pena. También había pena. Y muchas cosas que en ese momento dolían porque parecían diseñadas para eso, para hacer daño. Pensé en la abuela, en Andrés y en mamá, y me culpé por idiota, por haber esperado una vez más algo de quien no debía. Sí, otra vez. De repente sentí una bofetada de vergüenza y me vi ridículo al recordarme en la cafetería, escribiendo mi lista de porqués como cuando era pequeño y un par de semanas antes de Navidad, Emma, Silvia y yo nos sentábamos en el salón a escribir la lista de regalos que le pedíamos a Papá Noel, mucho después de que papá se hubiera encargado de decirnos que quien compraba los regalos era él y quien los repartía era mamá. Me volví a ver en la cafetería con el papel de mis porqués en la mano y me sentí idiota por esperar que la gente cambie. Como mamá, como la abuela. Como Emma. Como todos los que no somos papá.

Después del paseo, subí a casa y me preparé un té. Max vino a saludarme en cuanto entré y luego salió a la terraza y se tumbó a la sombra. Cuando tuve la taza en la mano, salí yo también yme senté a su lado en el suelo mientras en algún balcón de la calle alguien daba martillazos contra algo metálico y la humedad empezaba a molestar.

Max me puso la cabezota sobre las piernas y me enseñó los dientes, sonriendo como sonríe él, y de pronto, al verle así, tan rendido y tan confiado, tan pendiente de mí, me vi pequeño, pequeño como cuando todo te viene grande porque te das cuenta de que estás demasiado solo y de que aprender a protegerte no es siempre aprender a vivir mejor. Y sentí también un vértigo tremendo cuando volví a acordarme de papá, de la mesa vacía del bar y de su figura subiendo a toda prisa al taxi, huyendo de mí como si yo fuera el enemigo y no un hijo.

Y en ese momento, me acordé de la pregunta de Emma y su voz pausada resonó en mi cabeza: «¿Cuánto tiempo más piensas seguir en el faro?». Y enseguida, empujada por su pregunta, llegó también su respuesta. Nuestra frase, la de los dos:

—No se puede encontrar paz evitando la vida, Leonard —dije en voz alta, mirando a Max, que me respondió con un suspiro de placer y estiró las patas, desperezándose. Enseguida dejé escapar yo también un suspiro y me oí decir—: Y yo no sé por dónde empezar a dejar de evitar, Max. Lo único que sé es que necesito que alguien me ayude, que alguien me enseñe, porque si no...

No terminé la frase. De repente una nueva descarga de martillazos resonó desde el otro lado de la calle, seguida de un estruendo metálico que sobresaltó a Max. Dejé la taza en el suelo y me levanté a ver.

Al otro lado de la calle, tres operarios trabajaban en el cartel luminoso del edificio de enfrente. Al parecer llevaban trabajando en él desde primera hora, porque habían desmontado ya algunas letras y lo que quedaba en pie era una especie de estructura con aspecto de boca desdentada, con más huecos que piezas. Los tres obreros se habían sentado a fumar y bromeaban. Cuando leí las letras que quedaban todavía por desmontar, sentí un pequeño crujido en el abdomen. Eran solo cuatro.

MA... MA.

Eso fue lo que quedaba sobre la azotea: dos letras duplicadas como el balbuceo de un niño, y eso —ese «mama»— fue lo que empecé a repetir en voz baja en la terraza y lo que seguí repitiendo entre dientes mientras entraba en casa, metía el portátil y cuatro cosas en una bolsa de viaje y bajaba a la calle con Max.

Caminamos casi dos horas y media hasta llegar a casa de mamá.

—Lo demás ya lo sabes.

Mamá no me mira. Sigue con la cabeza pegada a mi codo, casi ingrávida, mientras una miríada de franjas rosáceas avanza por el cielo desde el este, adentrándose en tierra.

—Ay, Fer —dice. Y luego, respirando hondo, repite, casi en un murmullo—: Ay, Fer.

Se me encoge un poco la garganta. Sobre nosotros, la estela de un avión atraviesa el cielo con un rugido sordo y me acuerdo de la abuela, de su libreta de hojas de colores y de su sonrisa recta, y la echo tanto de menos que tengo que tragar un par de veces para que no se me ahogue la voz.

—¿Sabes lo que diría la abuela? —pregunta mamá como si me hubiera oído pensar, apartándose de mí y sentándose muy recta en el banco.

Niego con la cabeza.

—No.

No contesta enseguida. Cuando ya creo que no va hacerlo, dice con la voz muy clara:

—Diría que tu padre te ha hecho un favor. Por una vez, te ha hecho un favor. —No sé por qué no me gusta el comentario. Y no sé por qué sabía que diría algo así. Es más: me sienta mal, físicamente mal, aunque en cuanto me paro a pensarlo, entiendo que probablemente tiene razón—. Que te ha hecho un favor desapareciendo así —añade—, y que ahora ya no tienes ninguna excusa.

Me vuelvo a mirarla.

—¿Ninguna excusa? ¿Para qué?

Baja la mirada y se frota las manos. La oscuridad es cada vez más tenue y las formas ya no solo se adivinan. Empiezan a verse.

—Para seguir escondiéndote de la vida, cariño —dice—. ¿Para qué va a ser?

—Yo no me escondo de la vida, mamá —salto enseguida.

—Sí te escondes, Fer —dice con una media sonrisa que le conozco bien—. Te escondes, porque te da tanto miedo que vuelva a dolerte que prefieres no vivirla. —Cuando quiero replicar, se me adelanta—. Y sé muy bien de lo que hablo, hijo. Créeme.

No digo nada.

—Pero ¿sabes una cosa? —insiste, poniéndome la mano en la pierna en un gesto que quiere ser conciliador.

—No.

—Que has sido muy valiente. —La miro una vez más y ella asiente—. Y que, en el fondo, que tu padre se haya ido es lo de menos.

—¿Ah, sí?

—Sí —dice, asintiendo otra vez, más despacio. Y luego—: Lo importante es que te hayas atrevido a preguntar. A querer saber. Eso no lo hace todo el mundo. —Nos quedamos en silencio unos instantes mientras un siseo apagado se pierde por alguna calle cercana. Es el camión de la basura. La ciudad no descansa—. Yo no lo hice —dice, bajando la cabeza—. Viví casi cincuenta años de mi vida con miedo a preguntar.

Trago saliva una vez más y a punto estoy de abrazarla, pero cuando me muevo, ella se retira un poco, buscando a Shirley con los ojos entrecerrados hasta dar con ella junto a un seto. Luego dice:

—Yo no quiero verte así, Fer.

«Ay.»

Me quedo quieto en el banco, alerta, y siento de pronto la espalda tensa y contraída. «Y yo no quiero oír nada más», estoy a punto de decirle. «Quiero que nos levantemos, volver a casa, acostarnos y quedarnos viendo el canal de noticias veinticuatro horas hasta quedarnos dormidos. Y que no cambie nada. Quiero tiempo. Más tiempo.»

«Yo no quiero verte así», ha dicho mamá.

—¿Así, cómo?

Se encoge de hombros antes de contestar.

—Así —dice, bajando un poco los hombros—. Sin una vida. Refugiado en mi casa mientras esperas a que pase algo para que las cosas cambien —dice de carrerilla. Luego niega con la cabeza en un gesto de preocupación, casi de enfado—. Pero es que por mucho que las cosas cambien, si no las miras, si no tiendes la mano para tocarlas, nunca te darás cuenta de que ya no son las que eran. No pasará nada, Fer. Nunca pasará nada.

Siento un gusto amargo en la boca. No me gusta esto. No me gusta escucharlo. Y no me gusta oírlo de labios de mamá. Cuando estoy a punto de levantarme y dar la conversación por terminada, ella vuelve a la carga.

—Tu padre no es todos los hombres del mundo, cariño —dice, sin esperar mi respuesta—. Ni yo soy tampoco todas las mujeres. Nadie es todo el mundo, ni nadie es repetido. Parecido, puede ser. Repetido, no. Y eso es la vida, Fer: encontrar a los parecidos y esquivar a los repetidos. Lo demás llega o no, aparece o no, duele o no.

Me aprieta la pierna y cuando noto sus dedos flacos sobre el músculo, de pronto me siento pequeño. Tanto que el nudo que tengo en la garganta empieza a deshacerse. Empieza a ser agua y también sal.

—Tienes que salir y darte una oportunidad —dice—, porque si sigues así, así de asustado, llegarás a mis años y un día recordarás solamente todo lo que nunca fuiste. Y eso es tan triste, hijo...

Me vuelvo hacia ella y, con una voz seca que no reconozco entre las decenas de voces que tengo en mi catálogo de tonos, le digo:

—No sé cómo has podido perdonar a papá.

Ella recibe la pregunta echándose un poco hacia atrás para parar el golpe. Luego mira al cielo y sonríe.

—Yo he perdonado a mi marido —dice, retirando la mano de mi pierna y acariciándose con la yema de los dedos la zona de la sien donde, aunque no la veo, sé que tiene la cicatriz que le quedó el día que atravesó la cristalera del salón y volvió del hospital hecha un mar de costuras—. A vuestro padre no.

Nos quedamos mirando al frente, viendo deambular a los perros sobre los parterres, que olisquean y disfrutan de la libertad de esta madrugada sin más perros. Un par de figuras cruzan la plaza y se pierden por el extremo opuesto.

—No sé por dónde empezar, mamá.

Ella se vuelve hacia mí, me coge del brazo y apoya en él la mejilla.

—Ya has empezado, cariño.

—¿Sí?

—Sí —dice, asintiendo—. Empezaste preguntando y bajando de tu faro a tierra. Ahora te falta atreverte a volar solo, lejos o cerca, eso da igual, pero solo. Y volver a tropezar, a jugarte la suerte por ahí y a confiar, Fer. Eres demasiado joven para tirar la toalla. Vas a quedarte demasiado pequeño, vas a perderte demasiadas cosas. Y yo no quiero ayudarte a eso. No me lo pidas, hijo.

De repente siento como si, de algún modo, me estuviera echando de su lado, como si me estuviera empujando, muy suavemente, sí, pero empujándome. Lejos. Fuera. «No me quiere con ella», pienso, y aunque enseguida desestimo la idea, la frase sigue parpadeando en mi cabeza durante un par de segundos, doliendo.

—No puedes quedarte en mi casa eternamente, hijo —dice, adivinándome de nuevo—. Y por favor no te enfades —añade, con la mano levantada para impedirme hablar—. Lo digo por ti. —No hablo. Sé que lo dice por mí y aun así me duele. Tanto que bajo la cabeza porque no quiero que me vea llorar—. Pero, sobre todo, lo digo por mí —añade, arrugándose un poco contra el hierro del banco mientras sobre nosotros el cielo se abre en azules, malvas y pinceladas rojizas, creando un falso techo como un rosetón gigante. Siento a mamá encogida. Encogida ella y encogida su voz—. Porque si sigues instalado en casa, si sigues conmigo mucho tiempo, cuanto más tardes en irte, más me dolerá que te marches. Me dolerá tanto que ahora no puedo ni pensarlo. Así que hazlo y hazlo pronto, porque te voy a echar tanto de menos que me voy a volver loca de pena, y eso me da terror —dice, poniéndome la mano en la cabeza y acariciándome el pelo muy despacio mientras lo que yo respiro ahora es agua y veo cómo las gotas van manchando las dos baldosas que tengo entre las piernas.

Pasan los minutos así, ella acariciando y yo echándola ya de menos y con ganas de decirle tantas cosas que nunca le he dicho hasta ahora que no me encuentro la voz. Me gustaría aprender a decirle «gracias», pero sé que nunca encontraré el tono ni la voz que busco para expresar hasta qué punto mi vida es especial porque su forma de mirarme la hace así. Me gustaría decirle que si no lo hago es porque no tengo esa dimensión en la voz y no sé dónde se aprende. Y que qué suerte habernos encontrado. Qué buena suerte la nuestra.

—¿Qué decía la abuela de los amaneceres violetas?

—la oigo decir a mi lado con la voz vacilante mientras no deja de acariciarme la cabeza.

Sorbo un par de veces antes de hablar y me seco los ojos con los dedos.

—«Noches de luna gris y brisas encontradas, amaneceres violetas», decía.

Asiente.

—Sí, pero decía algo más. ¿No te acuerdas?

Cuando me vuelvo a mirarla la veo sonriendo, también ella con chispazos de luz mojada en las mejillas, y mirando al cielo. Sobre nosotros, un mar de lenguas violáceas, lilas y añiles se mezclan con lo que queda de noche.

—Sí —le digo—. Decía: «No hay amaneceres violetas sin ojos que los reflejen, ni largos caminos sin pies que los recorran».

Mamá sonríe.

—Eso es, sí —dice, dejando de acariciarme el pelo y apoyando la mano sobre mi espalda—. Todavía te queda mucho camino por recorrer, cariño. Y a mí me gustaría verlo —añade con voz cansada mientras apoya su otra mano en el banco y se levanta con un pequeño jadeo—. ¿Vamos? —pregunta, protegiéndose los ojos con la mano a modo de visera.

Caminamos abrazados, cruzando despacio la plaza. Max y Shirley corretean sueltos a nuestro lado, tranquilos y confiados mientras los primeros coches ruedan en las calles aledañas, ronroneando contra la mañana.

Al llegar junto a la fuente seca, mamá se detiene de pronto y, levantando la vista, dice con una mirada de niña ilusionada:

—Podríamos desayunar un chocolate caliente con un par de cruasanes. ¿Quieres?

Cuando bajo la cabeza para mirarla, su sonrisa es liviana como su mano en mi cintura, y el cielo se refleja en sus ojos, coloreándolos de violeta y grabando en ellos un par de pequeños amaneceres nuevos. Sobre las pupilas de mamá veo grabado mi retrato, rodeado de nubes y cielos cambiantes que ella ignora y que pasan sobre nosotros como sobre una ciudad que empieza a despertar a lo que trae el día. Hoy, ahora, la ciudad que amanece en violeta somos ella y yo en la plaza. Solos, juntos y con todas nuestras ausencias. Hoy somos mamá y yo, amaneciendo en violeta.

—Claro, mamá —le digo, acercándole la nariz al pelo y dándole un beso en la coronilla—. Claro que quiero.

Entonces ella apoya la cabeza en mi costado y nos quedamos así un par de segundos, viendo avanzar la luz desde el mar hacia nosotros como si alguien levantara despacio la lona que nos separa del día entre azules, añiles y naranjas. Luego seguimos andando juntos, poco a poco, cada uno a su paso, rodeados de los perros.

Adentrándonos en los primeros balbuceos del nuevo año.

Hacia casa.

Agradecimientos

Quiero dar las gracias a Sandra Bruna, por todo lo vivido, lo luchado y lo disfrutado; a Berta Bruna, porque eres un gran faro; a Quique Comyn, porque somos pocos; a Ofelia Grande y a Elena Fernández-Palacios, siempre; a Pilar Argudo, qué alegría y qué alivio siempre; a los libreros y libreras que me acompañan y sin los que yo quizá habría llegado, pero jamás me habría mantenido; a Claudina Jové, por la cordura; a Sarah Dahan, la risa y el tiempo siempre a nuestro favor; a mis almas grandes de las redes, que son legión de generosidad en vena y que siempre sacan tiempo para apoyar, para empujar y compartirme; a los bibliotecarios y bibliotecarias, por haberme moldeado a imagen y semejanza de vuestros mejores deseos para quienes acuden a vosotros/as en busca de la palabra y de la emoción; a Nuri Massó, prima querida, porque estoy cerca, aunque parezca que no; a Olga E., qué bueno encontrarte; a Isabel, Enric y Capi, por los menús; a María José Almiñana, no se puede ser mejor persona; a Alba Serrano y a Sònia Casals, claro; y muy especialmente a Anna Soldevila y Emili Rosales, porque esto va de sueños cumplidos.

Y sobre todo quiero dar las gracias a las mujeres de la familia, a todas las Pubill, por valientes y por enteras.

Y a Alba Fité, porque lo personal es nuestro. De los dos.

Twitter: @Palomas_Alejand
Facebook: Facebook.com/Avenidadeladesazon11
Instagram: alejandropalomas

Agradecimientos

Otros títulos del autor en Booket:

booket